Jack Vance

L'HOMME EN CAGE

Traduit de l'anglais (États-Unis)
par Patrick Dusoulier

Les Mystères inédits de Jack Vance

Déjà paru :

L'homme en cage (2016)

À paraître prochainement :

Les Îles de la mort

Sombre Océan

Drôles de gens

Jack Vance

L'homme en cage

Cet ouvrage a été publié aux États-Unis par Random House, New York, 1960,
sous le titre :
THE MAN IN THE CAGE
© Jack Vance, 1958, 2005

© Spatterlight, 2016 pour la traduction française
Traduit par Patrick Dusoulier
Couverture réalisée par Howard Kistler
ISBN 978-1-61947-154-2

Amstelveen
Pays-Bas
www.jackvance.com

Avant-propos

Jack Vance a écrit onze romans policiers, qu'il appelait ses « mystères ». Cinq ont été publiés en français, mais six sont restés inédits à ce jour. J'ai décidé de remédier à cette regrettable situation, du moins en partie pour l'instant, en en traduisant les quatre publiés sous son nom (les deux autres sont parus sous des pseudonymes, Peter Held et Alan Wade). J'ai évidemment confié la diffusion de ces traductions à Spatterlight qui, sous la houlette éclairée de John Vance Jr. et de Koen Vyverman, a déjà publié l'œuvre intégrale de Vance en anglais, telle que restaurée par le Projet VIE en 2005.

J'espère que les lecteurs français les découvriront avec plaisir. Plus encore que l'intrigue policière, ces romans privilégient le cadre et l'atmosphère et présentent de merveilleuses galeries de personnages hauts en couleur… Au détour d'une phrase, d'un dialogue ou d'un type de personnage, les amateurs pourront reconnaître la patte du Grand Maître.

Patrick Dusoulier
La Bresse, 2016

Chapitre I

Le 9 mars, vers midi, un camion chargé de gravier roulait sous le soleil vers le sud en cahotant, dans un nuage de poussière. La route, étroite et semée de nids-de-poule, séparait l'univers visible en deux : la vie d'un côté, la mort de l'autre. Sur la droite s'étendaient des masses de végétation dans un millier de nuances de vert miroitant au soleil : palmiers, tamaris, cultures maraîchères et champs de luzerne. Sur la gauche, c'était le désert qui s'étendait à perte de vue sous une chaleur implacable, parsemé de silex noirs.

Noel Hutson était au volant, un jeune homme au teint pâle et aux cheveux châtain clair, avec une moustache de dandy et une expression pleine d'insouciance. À côté de lui, penché en avant sur le bord de son siège, était assis Habdid El-Kazim, un homme au visage carré avec de petits yeux, trapu et musclé. Son seul trait saillant était un nez en bec d'aigle très mince. Il ne s'était pas rasé depuis plusieurs jours, et le bas de son visage était couvert de poils noirs. Il était vêtu d'une djellaba marron en étoffe grossière, dont la capuche était rabattue dans son dos. Il portait à la ceinture une dague incurvée au manche incrusté d'argent.

Cela faisait quatorze heures que les deux hommes étaient ensemble dans la cabine, chacun acceptant la présence de l'autre sans hostilité ni cordialité. Habdid El-Kazim connaissait une centaine de mots d'anglais. Noel Hutson ne connaissait qu'un mot d'arabe : *la*, qui signifiait « non ». Chacun ignorait le nom de l'autre.

La route bifurqua et s'engagea dans la palmeraie. Au bout de deux kilomètres, Habdid El-Kazim leva la main :

— Ralentir. (Il jeta un coup d'œil devant et derrière lui. Pas d'autres véhicules en vue. Il pointa le doigt.) Tourner là-bas.

Noel tourna le volant. Le camion franchit le fossé du bas-côté et gronda en escaladant la pente de l'accotement, entre deux palmiers. El-Kazim désigna une piste qui s'éloignait à travers un tapis d'herbe saline. C'est à bas régime qu'ils traversèrent la palmeraie, en longeant des canaux d'irrigation, des murets de brique d'argile et des buissons de tamaris. Des palmiers de différentes tailles se dressaient au-dessus d'eux, certains majestueux et d'autres trapus. La plupart avaient un tronc bien droit, quelques-uns étaient tordus et penchés.

El-Kazim était tendu sur le bord de son siège. À un moment, quand les roues patinèrent sur une plaque de boue, Noel fit rugir le moteur et El-Kazim eut un geste brusque.

— Les Français. (Il grimaça nerveusement, découvrant une rangée de dents en or. Il pointa le doigt à travers les arbres.) Deux kilomètres, pas plus. Des soldats.

Ensuite, Noel conduisit aussi silencieusement que possible. La palmeraie devint un peu moins dense, et devant eux apparut une casbah typique de la région, un village entouré de murs d'une dizaine de mètres de haut, avec des tours de guet et un solide portail en bois. El-Kazim fit signe à Noel de s'arrêter et sauta à terre. Une sentinelle se tenait au bord de la piste. Les deux hommes échangèrent quelques mots. La sentinelle parla dans un téléphone de campagne, écouta un instant, puis leur fit signe de continuer. El-Kazim grimpa dans la cabine et pointa le doigt vers la casbah.

— Il faut aller vite.

Noel embraya, première, seconde... Le diesel rugit et trembla. El-Kazim agita nerveusement les doigts.

— Vite, vite.

Noel enfonça la pédale d'accélérateur et le camion s'élança en grondant sur la piste. Les battants du portail s'écartèrent pour les laisser pénétrer dans un vaste campement, puis ils se refermèrent derrière eux.

Noel ralentit, s'arrêta et coupa le moteur. Il ouvrit sa portière et descendit sur le marchepied. Il sentit le soleil brûler sa peau humide de sueur. La cour était entourée d'habitations de deux et trois étages faites d'argile, semblables aux pueblos de l'Arizona – des masses de blocs rectangulaires et de surfaces planes, percées d'étroits tunnels pour le passage. Une caravane venait juste d'arriver, ou s'apprêtait à repartir : au fond de la cour se tenaient une douzaine de chameaux à côté d'un empilement de selles, de panières, de cordes et de sangles. Il flottait dans l'air une odeur d'urine, de moisi, de paille humide et de fumée provenant de feux rougeoyants. Noel pinça les lèvres de dégoût et recula pour s'abriter à l'ombre du camion.

Un groupe d'hommes et de gamins en guenilles s'approchèrent et le regardèrent avec fascination. Noel leur fit un sourire et un petit geste amical. Ils continuèrent de le fixer sans réagir. Noel décida de les ignorer et remonta s'installer sur le siège du conducteur.

Habdid El-Kazim avait traversé la cour et brièvement serré dans ses bras un homme au visage dur, vêtu d'une élégante djellaba grise et coiffé d'un fez rouge : une tenue de ville, aussi incongrue dans cette casbah que les vêtements légers de Noel. L'homme en djellaba grise était mince, avec une ossature fine, et plus grand que Habdid, mais il avait le même nez étrange, comme un bec de perroquet. Un autre homme, petit et gros, lui-même vêtu d'une sorte d'uniforme militaire, les rejoignit et ils entamèrent une discussion animée. Le gros homme agita la tête en direction d'une des grandes habitations, parlant de quelqu'un qui n'était pas visible. Habdid El-Kazim et l'homme en gris secouèrent la tête avec énergie, et le gros homme acquiesça, comme s'il avait obtenu gain de cause.

Noel observait la scène avec indifférence. Habdid El-Kazim n'avait rien d'un personnage romanesque, et la casbah n'était guère plus qu'un petit village puant. Encore treize voyages – à moins qu'Arthur Upshaw ne loue un autre camion, ou n'embauche un autre chauffeur. Peu probable, songea Noel. Ah, s'il n'y avait pas l'argent… Il s'affala contre son dossier en cuir et tapota des doigts sur le volant. Pas tant d'argent que ça, comparé à ce qu'Upshaw devait gagner. Mais enfin, il avait vécu cette expérience, et c'était le plus important.

De l'autre côté de la cour, les trois hommes étaient parvenus à une décision. Le petit militaire grassouillet s'avança d'un air décidé. Il aboya des ordres en tapant dans ses mains. Des hommes et des gamins se précipitèrent pour escalader le plateau du camion. Noel redescendit de sa cabine et s'appuya contre le pare-chocs brûlant pour observer. Le gravillon fut rapidement écarté, découvrant des caisses en bois cerclées de bandes métalliques que les hommes commencèrent à faire glisser du plateau. Mais aussitôt les premières caisses à terre, ils se jetèrent sur elles pour en fracasser les couvercles. Le petit officier rugit de colère et obligea l'équipe à se remettre au travail.

Le camion fut enfin vidé de sa cargaison. Il y avait dix caisses contenant deux mille pistolets Mauser, chacun dans son emballage avec un manuel d'utilisation en trois langues, une burette d'huile et un goupillon. Vingt-quatre caisses de pistolets-mitrailleurs, scellés sous film plastique, six par caisse. Trente caisses de cartouches 9 mm.

Maintenant, malgré les protestations véhémentes de l'officier, le groupe s'abattit sur les caisses telle une meute de loups déchirant une carcasse. L'intérêt de Noel se transforma en dégoût. Il regarda ailleurs, en se rassurant lui-même avec des justifications parfaitement rationnelles. Si je ne gagne pas cet argent facile, quelqu'un le fera à ma place. Si les Français ont droit à des armes, les Algériens aussi. Il s'appuya nonchalamment contre le pare-chocs en se curant les ongles avec une paille.

Les hommes de la tribu grouillaient autour des caisses. Ils brandissaient les pistolets en criant et en se hélant, glissant une arme, et parfois deux, sous leurs haillons. Le gros homme en uniforme gesticulait et lançait en vain des ordres que personne n'écoutait. Noel observait la scène avec un détachement amusé. Ce n'était pas son affaire. Lui, il se contentait de conduire le camion. Il examina ses ongles, qui étaient maintenant propres. Son détachement fut de courte durée. Il jeta un coup d'œil à travers la cour en fronçant les sourcils. À Tanger, une cargaison d'armes était une abstraction romanesque, un symbole d'aventure et d'excitation. Un jour, bien loin d'ici, en société, il pourrait évoquer tranquillement « l'époque où je faisais du trafic d'armes à partir de Tanger. Je traversais le Maroc du nord au sud, jusqu'à un petit fortin dans le désert dans les contreforts de l'Atlas, sur la frontière algérienne… » Mais maintenant que les armes étaient visibles, de vilains objets noirs prêts à être déchargés dans le corps de jeunes Français… Noel détourna les yeux. Treize autres chargements ? Non, merci, pas pour moi. Il grimpa de nouveau dans la cabine, mécontent de lui, pressé de repartir.

Quelque chose avait changé. L'agitation dans la cour s'était calmée. Noel regarda autour de lui. Un vieil homme en djellaba blanche venait d'apparaître. Il était grand et portait un turban blanc. Un poignard incrusté de pierres précieuses était passé à sa ceinture. Ses yeux étaient d'un gris brillant, ses traits fins et austères. Il jeta un coup d'œil aux caisses éventrées et poussa un cri de colère. Il y eut un silence de mort dans la cour. Le cheikh – c'est à l'évidence ce qu'il était – dit quelques mots en brandissant le poing. En baissant la tête et en traînant les pieds, les membres de la tribu s'approchèrent des caisses. Furtivement, des mains plongèrent sous les guenilles et en ressortirent des pistolets. Le petit officier s'empressa de les remettre dans les caisses. Les hommes et les garçons de la casbah reculèrent, amers et déçus.

Le patriarche observait d'un air sombre. Il lança un autre ordre. Habdid El-Kazim et l'homme en djellaba grise se retournèrent brusquement. L'officier releva la tête, l'air de nouveau soucieux.

Le patriarche fut obéi. Des hommes entrèrent dans le bâtiment et en ressortirent avec quatre grosses boîtes en carton, qu'ils transportèrent au pied du camion. L'homme en uniforme accourut, en protestant. Le patriarche fit un simple geste, et le soldat se tut au milieu d'une phrase. Deux hommes grimpèrent sur le plateau et d'autres leur tendirent les cartons.

Noel sauta de la cabine et se hissa sur le marchepied pour jeter un coup d'œil : d'après les étiquettes rouge et bleu, ces cartons contenaient du savon en poudre. Du savon ? Inattendu. Bizarre. Extrêmement bizarre. Noel lança au cheikh :

— Qu'est-ce que c'est que ça ? Je ne suis absolument pas au courant.

Personne ne fit attention à lui. Habdid El-Kazim et l'homme en djellaba grise soulevaient des objections véhémentes, que le cheikh écoutait d'un air impassible. Quand ils eurent fini, il prononça une courte phrase, et la discussion s'arrêta là. Habdid El-Kazim et l'homme en gris firent brusquement demi-tour et traversèrent la cour. Ils discutèrent ensemble pendant plusieurs minutes, en se retournant parfois pour lancer un regard noir vers le cheikh. Enfin, Habdid El-Kazim leva les bras au ciel en un geste d'acceptation fataliste de la situation. Il tapota son interlocuteur sur la joue avant de retourner auprès du camion. Il grimpa dans la cabine.

— Nous partons maintenant. Retour à Tanger.

D'un coup de menton, Noel désigna le plateau.

— Qu'est-ce qu'on transporte ?

Habdid El-Kazim se tourna vers Noel et l'examina comme s'il le voyait pour la première fois. Noel se força à croiser son regard étincelant. Habdid El-Kazim s'installa confortablement dans son siège et fit un petit geste circulaire de la main.

— Demi-tour.

En grommelant entre ses dents, Noel démarra, fit une marche arrière brutale, puis il braqua sèchement pour exhaler sa frustration. Il avait hâte de laisser derrière lui cette casbah puante et surchauffée. Mais les quatre cartons de… savon ?

Le portail s'ouvrit. Habdid El-Kazim pointa du doigt devant lui.

— Nous partons. Vite.

Noel hésita. Il fallait que ce soit maintenant. Maintenant ou jamais. Mais que pouvait-il faire ? Il fit rugir le moteur, mais sans embrayer. Il jeta un coup d'œil furieux à Habdid El-Kazim.

— Je ne conduis pas tant que je ne sais pas ce que je transporte.

Habdid El-Kazim se contenta de le regarder d'un air revêche.

— Je travaille pour Arthur Upshaw, déclara Noel. Il n'a pas parlé d'une cargaison de retour.

Habdid El-Kazim pointa devant lui.

— On apporte à Arthur Upshaw. Vite, maintenant, jusqu'aux arbres. Les Français pas loin.

Indécis, Noel enclencha la première.

— Plus vite, plus vite ! grinça El-Kazim.

De sous sa djellaba, il sortit l'un des pistolets Mauser. Le camion franchit le portail et commença à s'éloigner en cahotant. El-Kazim sortit le chargeur et commença à le garnir de cartouches.

Ils atteignirent l'abri des palmiers. El-Kazim agita la main en passant devant la sentinelle et fit signe à Noel de continuer.

— Maintenant, retour à Tanger.

Noel secoua la tête.

— J'ai conduit toute la nuit, je suis fatigué.

— Il faut aller à Tanger. C'est nécessaire.

Noel enfonça la pédale d'accélérateur et le camion bondit au milieu des palmiers. El-Kazim se cramponna à son siège, avec un sourire grimaçant qui découvrit l'éclat de ses dents en or.

À cinquante mètres de l'intersection, El-Kazim ordonna de s'arrêter. Il descendit du camion et s'avança pour inspecter la route de chaque côté. Noel descendit sur le marchepied et grimpa à l'arrière du camion pour examiner les quatre cartons. S'ils étaient bien ce qu'il croyait... mais que pouvaient-ils être d'autre ? La contrebande destinée aux rebelles algériens voyageait par caravane, à l'abri de toute interception par les Français. Ces cartons de « savon », qui provenaient d'Égypte, étaient sans doute encore chauds d'avoir été posés sur le dos d'un chameau. Et s'ils étaient bien ce qu'il croyait, ils représentaient une somme d'argent considérable. El-Kazim siffla. Noel regarda autour de lui. L'autre lui fit signe d'avancer. Noel remonta dans la cabine et embraya. Le camion commença à rouler doucement, et El-Kazim y grimpa à son tour. Ils s'engagèrent sur la route.

Pendant une heure, ils roulèrent vers le nord. Les deux hommes restaient silencieux. La route avait longé la palmeraie, puis franchi des buttes de terre rouge avant de rejoindre le désert. Noel avait les paupières lourdes et clignait des yeux. Il était furieux. Après avoir conduit toute la nuit et une bonne partie de la journée, il était hors de question de faire encore quatorze heures de route ! Et les quatre cartons de « savon » ! Ils occupaient son esprit, ils pressaient sur ses nerfs. Il y avait tout simplement des choses qui ne se faisaient pas. Noel se considérait comme un aventurier, un homme plein de bravoure et de savoir-faire. La contrebande, le transport d'armes – de telles activités avaient un certain prestige, un parfum d'audace. Il collectionnait ce genre d'escapades comme une lycéenne ajoute des babioles à son bracelet porte-bonheur. Les cartons étiquetés « savon » représentaient quelque chose de très différent, quelque chose de sordide et de déshonorant. En s'impliquant dans cette affaire, Noel salirait l'image qu'il avait de lui-même, la synthèse floue d'Errol Flynn et de Cary Grant qu'il s'était si soigneusement construite.

Quelques kilomètres plus loin se trouvait Erfoud, une ville avec un bon hôtel. Raisonnablement, ils devraient s'y arrêter pour se reposer. Il téléphonerait à Arthur Upshaw, qui était à Tanger. Il n'aurait qu'à venir lui-même pour conduire son fichu camion. Noel s'éclaircit la gorge.

— On s'arrête à Erfoud, au Gîte d'Étape. J'ai assez conduit comme ça pour aujourd'hui.

— Non, non, dit sèchement El-Kazim. Il faut aller à Tanger.

— Pourquoi est-ce si pressé ? demanda Noel avec agacement.

— Il y a une erreur. Le cheikh est un vieil homme, il a peur que les Français arrivent. Il dit qu'il faut emporter les boîtes à Tanger. C'est une erreur, mais maintenant, il faut le faire.

— Ça n'est pas si urgent que ça, maugréa Noel. Je suis trop fatigué pour conduire. Et je ne suis pas sûr, pour ces paquets. Qu'est-ce qu'il y a dedans ?

Habdid El-Kazim le regarda du coin de l'œil.

— Ça va à Tanger.

— Je ne vais pas à Tanger aujourd'hui, insista Noel en se concentrant sur la route pour éviter de croiser le regard furieux d'El-Kazim. Je suis responsable de ce camion, et je ne veux pas transporter une cargaison avant de savoir ce que c'est.

Ainsi exprimée, l'idée le mettait en rage. Ils le prenaient pour un simple chauffeur sans cervelle, un sous-fifre ! Il donna un grand coup de freins, et El-Kazim s'exclama :

— Non, pas s'arrêter ! Les Français vont arriver.

— Qu'est-ce qu'il y a dans les cartons ?

— Ça n'est pas pour toi ! cria El-Kazim. Allez, continue !

***

Ç'avait été une erreur, un malentendu. Haletant et sanglotant, Noel regardait fixement le visage maculé de sang. Tout s'était passé si vite, avec une telle brutalité inexorable – pourquoi El-Kazim avait-il brandi son arme ? Noel lui avait donné un coup d'épaule au menton et cogné la tempe contre la portière. En tentant de lui faire lâcher son arme, il avait vu le pouce d'El-Kazim dégager le cran de sûreté, son index commencer à appuyer sur la détente...

Noel repoussa le canon de l'arme contre le poignet d'El-Kazim, qui relâcha sa prise. L'arme lui pendit des doigts et tomba sur son siège. En poussant un grognement, El-Kazim tira sa dague de son fourreau, et il y eut un éclair d'acier. Ce qui avait été une simple bagarre était devenu une question de vie ou de mort.

Noel enfonça son avant-bras dans le cou d'El-Kazim pour le coincer contre la portière, et il lui saisit le poignet. El-Kazim avait le souffle coupé. Noel se battait avec une force décuplée par le danger, trop concentré pour avoir peur. En relevant les genoux, El-Kazim le repoussa brutalement. Noel lui tenait le poignet sous son bras, et sous le choc, El-Kazim tomba à bas de son siège, où il se mit à battre des bras et des jambes pour tenter de se redresser. Il donna un coup de dague dont la lame passa à deux centimètres de la gorge de Noel, qui saisit le pistolet par le canon et frappa son adversaire au front avec la crosse. Du sang jaillit sur le visage basané, entre les yeux, de chaque coté du nez, une vision effrayante. Noel se mit à crier et le frappa de nouveau, et encore... Il vit les yeux d'El-Kazim rester grand ouverts, en un regard accusateur et sévère. Noel poussa un cri d'angoisse et frappa de toutes ses forces, pour effacer ce spectacle horrible. Le crâne céda, le métal s'enfonça dans quelque chose de mou. Le cou se tordit, la bouche grimaça et resta mollement ouverte.

À tâtons, Noel trouva la poignée de la portière et descendit sur la route en titubant. Il regarda l'arme dans sa main ensanglantée. Il la lança aussi loin qu'il le pouvait, puis il plongea ses mains dans le sable sur le bas-côté de la route, pour les frotter jusqu'à ce qu'il ne reste plus qu'une petite tache sombre.

À côté de lui, le moteur bourdonnait et cliquetait. Une voiture apparut au loin et s'approcha. Au passage, des yeux sombres sous une capuche blanche le regardèrent avec indifférence, puis la voiture s'éloigna et disparut dans un nuage de poussière brune.

Noel se força à respirer profondément. Il fallait qu'il réfléchisse, plus qu'il ne l'avait jamais fait peut-être. C'était une aventure, mais qui ne lui plaisait pas du tout.

D'abord, se débarrasser du corps. Mais pas ici. Il n'y avait rien pour le cacher, il serait vite découvert, et la RAU, ou le FLN – il ne savait plus comment ils se faisaient appeler – se lancerait à ses trousses. Il remonta dans la cabine et repoussa le cadavre de côté avant d'embrayer. Le camion se remit lentement en marche.

Dix minutes plus tard, la route entama une série de zigzags au milieu des buttes de grès pour descendre vers la vallée. Noel s'arrêta au bord d'un profond ravin et ouvrit la portière pour tirer le corps hors de la cabine. Il le fit basculer et le regarda culbuter dans la poussière, jusqu'à ce qu'il s'arrête à mi-pente, retenu par des broussailles. Noel descendit pour le dégager du bout du pied. Le corps roula presque jusqu'au fond de la ravine. Noel le recouvrit de fragments de grès jusqu'à ce qu'il soit pratiquement invisible. Le bruit d'un moteur au loin ? Il remonta précipitamment la pente jusqu'à la route, sauta dans la cabine et repartit aussitôt.

Deux kilomètres plus loin, il s'arrêta de nouveau. Avec des poignées de sable, il frotta les sièges jusqu'à ce que les traces de sang se confondent avec les taches de rouille et de graisse accumulées au fil du temps.

Il roula lentement vers le nord à travers la palmeraie en imaginant fébrilement une dizaine de plans d'action, tous insatisfaisants. Prévenir la police ? Fuir ? Retourner à Tanger ? Aller à Casablanca ? Les cartons l'obsédaient. Quel soulagement s'il pouvait s'en débarrasser dans un fossé. Mais il y avait d'autres considérations à prendre en compte : celles de sa sécurité personnelle. Il s'était trouvé mêlé par hasard à cette affaire effrayante. Il fallait maintenant qu'il trouve le moyen d'échapper aux conséquences.

À travers les palmiers, il aperçut l'immense muraille couleur beige qui marquait les abords d'Erfoud. Il la longea jusqu'à ce qu'il atteigne un embranchement. Là, il s'arrêta un instant, regarda dans une direction, puis l'autre. La route principale menant à Meknès et Tanger s'étendait devant lui. Sur sa droite, passant sous une grande arche de style mauresque, une rue conduisait au campement français et au quartier des affaires. Une petite route sur la gauche serpentait au milieu des palmiers jusqu'à un imposant bâtiment situé sur une petite colline, cinq cents mètres plus loin. C'était le Gîte d'Étape, un hôtel-relais régional construit en prévision de touristes qui, jusqu'ici, avaient évité ce coin reculé du Maroc.

Noel se frotta le visage. S'il essayait de rejoindre Tanger maintenant, il se tuerait. Et les cartons… Pourquoi ferait-il le sale boulot pour Arthur Upshaw ? De l'hôtel, il téléphonerait à Tanger. Arthur Upshaw pourrait descendre ici en voiture, ou Duff. C'était leurs embrouilles, à eux de les régler… Noel tourna brutalement son volant et s'engagea sur la piste menant à l'hôtel.

Il se gara dans une aire gravillonnée près de l'entrée principale, récupéra son blouson et son sac derrière le siège, et descendit de la cabine.

Un groom en uniforme rouge lui ouvrit cérémonieusement la porte vitrée, et Noel entra dans un hall de marbre incroyablement spacieux. Le sol était richement couvert de tapis berbères, et des fauteuils en cuir étaient disposés autour de tables basses en cuivre martelé. Le fond de la salle était occupé par un bar, où un barman en veste blanche essuyait des verres. Le réceptionniste était installé derrière un comptoir en marbre. Les trois hommes, apparemment tous français, observaient Noel en silence. À part eux, le hall était désert.

Noel s'approcha du comptoir, montra son passeport et se vit attribuer une chambre. En suivant les instructions du groom, il mit le camion dans un garage couvert, puis il monta dans sa chambre où il prit une douche et se changea.

Il s'allongea sur son lit et finit par s'assoupir, d'un sommeil agité.

La sonnerie du téléphone le réveilla.

— Oui ? marmonna-t-il.

— Souhaitez-vous dîner, monsieur ? dit un homme avec un fort accent.

Ce n'était pas le réceptionniste, qui s'était exprimé en un anglais soigneux, quoique un peu affecté.

— Oui, fit Noel d'une voix pâteuse. Attendez deux secondes. (Il regarda sa montre. Sept heures et demie. Arthur Upshaw était peut-être de retour dans son appartement.) Je voudrais téléphoner à Tanger.

— Très bien, monsieur. Quel numéro ?

Noel le lui donna. La ligne bourdonna, il y eut des murmures de voix fantomatiques, et un homme répondit enfin :

— Hôtel Balmoral.

L'opérateur bascula la communication sur Noel.

— M. Upshaw est-il là ? demanda-t-il.

— Non, monsieur.

— Savez-vous où je pourrais le joindre ?

— Non, monsieur. Voulez-vous lui laisser un message ?

— Non, dit sèchement Noel en raccrochant.

Il descendit dans le hall, qui était encore désert. Il se rendit au bar, où il commanda un whisky, puis il alla s'installer avec son verre dans l'un des profonds fauteuils en cuir. Il se plongea dans la contemplation des tapis.

Au bout d'un moment, il se releva et s'approcha de la réception. L'employé, de retour à son poste, mâchonnait un cure-dents dont il se débarrassa aussitôt.

— J'aimerais passer un coup de fil à Tanger.

— Oui, monsieur. Souhaitez-vous le faire d'ici ?

Noel jeta un coup d'œil autour de lui.

— Y a-t-il une cabine ?

— Non, monsieur. Seulement ce combiné.

— Ça fera l'affaire.

Noel consulta son carnet d'adresses et lut un numéro pour le réceptionniste, qui s'installa au standard pour composer l'appel.

L'employé observait avec un intérêt non dissimulé. Un Américain, donc riche, et pourtant il conduit un camion et porte des vêtements d'ouvrier. Bizarre ! Certainement pas un touriste... Les minutes s'écoulèrent. Une sonnerie lointaine, persistante. L'homme secoua la tête.

— Ça ne répond pas, monsieur.

— Ah, bon sang, maugréa Noel. (Il réfléchit un instant, passa à une autre page de son carnet.) Essayez ce numéro-là.

Cette fois, la communication aboutit. Avec un manque d'intérêt ostentatoire pour la conversation, le réceptionniste se mit à brasser des papiers.

— Allô ? Noel Hutson à l'appareil. Arthur Upshaw est-il disponible ?

Il y eut une pause.

— Ou je peux parler à Duff, s'il est dans le coin.

Une autre pause. Noel attendit impatiemment.

— Bon sang... Savez-vous où ils sont ? ... Bon, d'accord. Si vous voulez bien transmettre un message à Arthur Upshaw de ma part ? C'est urgent, alors je compte sur vous pour qu'il l'ait, OK ? ... Bien. Dites-lui que je démissionne. Dites-lui que ses amis m'ont remis une cargaison que je n'ai pas l'intention de transporter, que ce soit pour lui ou un autre. Dites-lui que s'il la veut, il n'a qu'à venir la chercher lui-même.

Une pause, tandis que Noel écoutait.

— Je préfère ne pas le dire, pas au téléphone. Arthur saura très bien. C'est une affaire à laquelle je ne tiens pas à être mêlé.

De plus en plus bizarre, songea le réceptionniste.

Noel était en train d'expliquer à son interlocuteur où il se trouvait.

— ... au Gîte d'Étape. Si je n'ai pas de ses nouvelles, je jetterai la marchandise dans un fossé, et je retournerai à Tanger en autocar.

Pause.

— C'est ça. Ah, encore une chose : si vous ne voyez pas Arthur, pouvez-vous faire en sorte qu'Aktouf ait mon message ? Merci beaucoup.

Noel raccrocha le combiné. Une bonne chose de faite. Le problème était maintenant réglé. Il était assez content de lui.

D'un pas léger, il entra dans la salle à manger, éclairée par des lustres scintillants. Sur la nappe de lin blanc impeccablement repassée étaient disposées de la verrerie et de l'argenterie étincelantes. Noel était le seul dîneur. Deux serveurs et un jeune aide s'occupèrent de lui, sous l'œil du maître d'hôtel qui se tenait un peu à l'écart, les mains croisées derrière le dos. Noel semblait être le seul client de l'hôtel.

De retour dans le hall, il s'acheta un formulaire de courrier par avion à la réception, puis il alla s'asseoir dans un fauteuil. Là, avec un récent numéro du *London Illustrated News* comme sous-main, il se mit à écrire :

Cher Papa,

Les ennuis ont fini par me rattraper, et je suis forcé d'appeler à l'aide. C'est une longue histoire, je n'entrerai pas dans les détails, sauf pour reconnaître que, comme la famille le dit depuis longtemps, je suis le roi des imbéciles, et à moitié une canaille. Mais à moitié seulement. Je viens juste d'envoyer un message à l'attention de mon patron, pour lui dire que je démissionne. Plus que tout au monde, je veux rentrer à la maison et commencer à mener une existence civilisée – n'importe laquelle, du moment qu'elle est paisible et monotone. J'ai besoin de mille dollars, pour régler quelques factures et m'acheter un billet pour rentrer. Je te promets de ne plus jamais te causer de soucis. Câble-moi l'argent à la Lombard Bank de Tanger. Je passerai le prendre quand j'y serai.

Noel s'interrompit un instant et mâchonna le capuchon de son stylo. Il se leva et retourna à la réception.

— À quelle heure part l'autocar pour Tanger, demain matin ?

— Il n'y a pas de liaison directe, monsieur. Vous devrez changer à Meknès. Le premier bus pour Meknès est à 8 heures.

Noel hocha la tête.

— J'aimerais être réveillé à six.

— Très bien, monsieur. 6 heures, c'est noté.

Noel retourna s'asseoir et reprit sa lettre.

Je viens juste de penser à un moyen d'assurer mes arrières, et je serai en sécurité au moins jusqu'à Tanger. Je vais sans doute devoir trouver les bons arguments – mais je préfère en rester là. Je te reverrai d'ici une semaine, et je te raconterai toute l'histoire.

Noel s'interrompit pour réfléchir un instant, puis il reprit sa plume pour conclure par un :

Embrasse bien Maman, Molly et Darrell pour moi. Je t'embrasse. Je vous reverrai tous bientôt – j'espère.

Noel

Il plia le feuillet, le cacheta, et l'adressa à : « R.M Hutson, 625 Berry Farm Road, Everton, Pennsylvanie. » Il retourna à la réception pour le déposer dans la boîte aux lettres.

Il regagna sa chambre dont il ferma la porte à clé avant de se déshabiller et de se coucher.

Les pensées se bousculaient dans sa tête. Le sommeil fut long à venir. Une image revenait sans cesse dans son esprit : un visage mal rasé, des yeux sévères et étonnés, du sang ruisselant en un filet sombre au-dessus du nez. Et puis le dernier coup fracassant le front, les yeux se refermant lentement, la bouche molle et de travers.

Noel gémit doucement et se cacha le visage dans les mains.

— Ce n'était pas ma faute, se dit-il. J'ai juste fait ce que je devais faire ! Il finit par s'endormir.

***

À 6 heures, le téléphone sonna. Noel était déjà réveillé et contemplait le plafond. Il décrocha le combiné pour confirmer, puis en marmonnant quelques jurons, il sortit du lit.

Il jeta un coup d'œil par la fenêtre. La lumière matinale était claire et dorée. Les palmiers tremblaient et se balançaient dans la brise. L'atmosphère était sereine.

Noel s'habilla tout en se disant, pour se rassurer, que la situation était certes délicate, mais pas critique. Il faudrait bien encore un jour ou deux avant que le FLN puisse savoir que Habdid El-Kazim avait disparu. Entre-temps, Noel serait déjà rentré à Tanger où il se rendrait à la Lombard Bank, et se trouverait ensuite hors de portée à Malaga ou à Lisbonne.

Cela ne l'empêcha pas de descendre furtivement les larges marches de l'escalier en marbre et d'examiner le hall avant de s'y engager.

L'employé qui avait été de service la veille au soir le salua.

— Prendrez-vous un petit déjeuner, monsieur ?

Noel hésita. Arthur Upshaw devrait déjà avoir reçu son message. Pourquoi n'avait-il pas rappelé ?

Au diable Arthur Upshaw…

— Non, pas de petit déjeuner. Je suis assez pressé. Puis-je avoir ma note ?

Comme le groom n'avait pas encore pris son service, le réceptionniste quitta son comptoir pour aller ouvrir le garage.

Les cartons de « savon » étaient toujours là où Noel les avait laissés. Il démarra le moteur, fit une marche arrière et une manœuvre pour s'engager dans l'allée goudronnée.

Le réceptionniste regarda le camion disparaître au milieu des palmiers en secouant la tête et en souriant, puis il retourna dans la fraîcheur du hall de l'hôtel.

Peu de temps après, le standard clignota et sonna pour annoncer un appel extérieur.

L'employé répondit.

— *Ici le Gîte d'Étape d'Erfoud.*

— *Je veux parler avec monsieur Noel Hutson*[1], fit une voix. M. Hutson – il est là ?

---

1. Cet échange est en français dans le texte (*N.d.T.*).

— Je suis navré, monsieur, répondit l'employé. M. Hutson a déjà quitté l'hôtel, il n'y a pas vingt minutes.

Il y eut un bref silence, et puis :

— Merci beaucoup.

Et l'homme raccrocha.

CHAPITRE II

Le mercredi 9 avril à midi, Darrell Hutson – vêtu d'un costume de flanelle gris clair et portant une vieille valise en cuir – sortit de la salle d'attente de l'aéroport. Il fit un signe, et un petit taxi Fiat, à peine plus grand qu'une brouette, s'arrêta aussitôt devant lui. La portière s'ouvrit et il monta à l'arrière.

Le chauffeur se retourna.

— Où vous allez ? Le El Minzah ?

— Vous parlez anglais ? Très bien. Calle Erasmus, numéro 20. Hotel de los Dos Continentes.

Dans le bourdonnement du minuscule moteur, le taxi s'engagea sur l'autoroute. Darrell Hutson se cala dans son siège. Il avait deux ans de plus que Noel. Pas aussi grand que lui, il était plus compact et n'avait rien de l'élégance ni de l'audace de son frère. Il avait des cheveux noirs coupés court et une expression pensive, les lèvres serrées, presque sévères.

Au bout de vingt minutes, ils entrèrent dans Tanger. Sans aucun signe avant-coureur, la route déboucha soudain sur une vue magnifique au-dessus du croissant de la ville baignée de soleil, avec le détroit de Gibraltar et les montagnes d'Espagne à l'arrière-plan. Ils descendirent la colline, passant devant des villas en stuc au milieu de bougainvilliers roses et violets, le long de ruelles ombragées sous des eucalyptus, des acacias et des faux-poivriers. Ils atteignirent enfin la place de France. Un policier en veste et casque blancs leur fit signe de s'arrêter. Des piétons surgirent devant eux, des touristes venus d'Europe, d'Australie, d'Amérique du Nord et du Sud, mais aussi des Turcs, des Égyptiens, des Perses et des Berbères du Rif. Des Juifs, sépharades et ashkénazes, et des Annamites. Des Marocains fiers de leur teint pâle comme de la cire. Des marchands indiens avec des yeux bovins et des lèvres molles. Des Noirs venus de France, des États-Unis et d'Afrique centrale. Et des Tangérois d'origine.

Le chauffeur – un Espagnol qui prétendait avoir vécu dix ans à New York – fit un grand geste vers la foule.

— La ville est morte, dit-il. Ce n'est pas comme autrefois. (Une remarque que Darrell aurait souvent l'occasion d'entendre au cours des jours suivants.) Les magasins, ils font faillite. Avant, les gens venaient ici pour acheter. Maintenant, il y a les droits de douane marocains. Les prix sont élevés. Les gens viennent changer de l'argent, et ils vont à Gibraltar pour le dépenser.

— J'ai cru comprendre que la contrebande, c'était fini aussi.

— Oui, plus rien. (Le chauffeur semblait dégoûté.) Pourquoi vous croyez que je fais le taxi ? Pour mon plaisir ? Dès que j'aurai un peu d'argent, je m'en vais, conclut-il en claquant des doigts au-dessus de sa tête.

Le policier leur fit signe avec les mains et son bâton. Le taxi repartit le long du boulevard Pasteur, la grande artère commerçante de Tanger bordée de banques et de bureaux de change. Ils prirent un virage serré pour descendre vers le port. Progressivement, les bâtiments prirent un aspect plus sordide : des immeubles d'habitation bon marché, des cafés-bars et des échoppes.

Une cinquantaine de mètres avant le bord de mer, le chauffeur tourna dans la Calle Erasmus. Il roula lentement, en examinant les façades, puis il s'arrêta en freinant brusquement.

— Numéro 20. Hotel de los Dos Continentes.

L'hôtel, qui n'était en aucune façon aussi impressionnant que son nom, était une bâtisse étroite de deux étages dont la façade était fraîchement blanchie à la chaux, avec des marches en tuile rouge et des jardinières remplies de géraniums. Darrell descendit de voiture et paya le chauffeur. La porte de l'hôtel étant fermée, il appuya sur le bouton de sonnette. Une femme solidement bâtie, dans les trente-cinq ans, avec un petit bout de nez, vint ouvrir. Elle avait le visage rosi par l'effort. En voyant Darrell et sa valise, elle repoussa quelques mèches de cheveux filasse derrière ses oreilles.

— Oui, entrez, je vous en prie.

Darrell se retrouva dans un tout petit hall garni d'un comptoir de réception en contreplaqué, d'un banc, d'un miroir et d'un calendrier. Il reposa sa valise.

— Noel Hutson habite ici, je crois ?

— Oui, oui, fit la propriétaire qui s'était déjà installée derrière son comptoir.

— Il est là en ce moment ?

Elle secoua la tête et quelques mèches retombèrent. Elle les remit machinalement en place.

— Non, il n'est pas là. Ça fait un mois que je ne l'ai pas vu.

D'un ton plus sec qu'il ne le voulait, Darrell demanda :

— Un mois ? Un mois entier ?

— Oui. Un mois.

— Savez-vous où il est ?

— Non. Il ne me dit rien. Je ne me mêle pas de ses affaires.

Darrell tira une enveloppe de sa poche et en sortit une feuille bleue froissée, un courrier aérien. Le cachet de la poste avait bavé et était illisible. La lettre avait été reçue trois semaines plus tôt. En comptant une semaine pour l'expédition, cela semblait bien correspondre.

— Je suis son frère, dit Darrell. J'arrive à l'instant des États-Unis, et je tiens particulièrement à le retrouver. Savez-vous où je devrais chercher, ou à qui je pourrais demander ?

Une expression de stupidité et d'indifférence apparut sur le visage rond et rose.

— Il travaillait sur un bateau. C'est tout ce que je sais.

Darrell détourna les yeux. Il était inquiet et perplexe.

— Puis-je voir sa chambre ? demanda-t-il enfin. Il pourrait y avoir quelque chose d'utile. Un message, peut-être.

— Il n'y a rien. Mais je peux vous la montrer.

La femme prit une clé et ils gravirent les marches étroites. À l'étage, elle s'arrêta devant une porte.

— La numéro 5, dit-elle en l'ouvrant et en faisant signe à Darrell d'entrer.

La pièce était propre et ensoleillée, mais absolument pas luxueuse. Un lit double, recouvert d'un dessus-de-lit blanc, en occupait le centre.

Il y avait une énorme armoire espagnole à droite, une table avec un dessus en marbre à gauche. La table était décorée d'un bouquet de fleurs d'acacia fanées dans un vase bleu pâle, sous lequel il y avait plusieurs enveloppes. Mme Ritterman – c'est ainsi qu'elle s'était présentée – marmonna une excuse, prit le vase et quitta la pièce. Darrell examina les lettres. Il y en avait deux de son père, dont il connaissait très bien le contenu. Deux enveloppes, une bleu lavande et l'autre verte, avec l'adresse rédigée de deux écritures féminines différentes. Trois courriers commerciaux – des factures ou des publicités. Ni l'enveloppe lavande ni la verte ne comportaient une adresse d'expéditeur. L'une avait été postée à Malaga, l'autre à Casablanca. Les deux étaient datées de fin mars.

Mme Ritterman revint. Darrell reposa les lettres sur la table et regarda autour de lui. Il semblait n'y avoir aucun indice permettant de savoir où Noel avait pu aller. Il ouvrit un tiroir : des chaussettes, des mouchoirs, une demi-cartouche de cigarettes, plusieurs pochettes d'allumettes. Il en examina une. Sur une face, il y avait une publicité pour le Masquerade Bar, 37 Calle Miranda, et sur l'autre, pour le Balmoral Hotel, à la même adresse.

— Le Balmoral, demanda Darrell, est-ce un bon hôtel ?

Mme Ritterman haussa les épaules.

— Très cher. Ici, c'est bien moins cher, avec tout le confort. Voulez-vous une chambre ?

— Je ne pense pas. Je n'ai pas encore de projets bien précis. Le loyer de Noel est payé ?

— Il est en retard de deux semaines.

Darrell sortit son portefeuille.

— Il vous doit combien ?

— Deux mille quatre cents francs.

Darrell lui tendit un billet de cinq mille.

— Est-ce que cela couvre un mois ?

— Oh, oui ! Je vais vous donner un reçu.

Darrell ouvrit l'armoire et regarda les vêtements de Noel : un costume Prince de Galles vert clair, un autre en laine peignée d'un bleu plus vif que Darrell n'aurait choisi pour lui-même, deux vestes sport et plusieurs pantalons.

Darrell tâta les poches.

— Qu'est-ce que vous cherchez ? demanda Mme Ritterman d'une voix à présent un peu plus cassante.

— Rien de spécial, dit Darrell en refermant l'armoire. Tout ce qui pourrait me donner une idée d'où il est.

— Vous devriez essayer le yacht-club. C'est là qu'il travaille. Il lui est déjà arrivé de s'absenter plusieurs jours.

— Mais jamais un mois entier.

— Non, jamais aussi longtemps.

Ils sortirent de la chambre. Tandis qu'ils redescendaient l'escalier, Mme Ritterman dit par-dessus son épaule :

— Un ami à lui est passé pour demander où il était. (Elle secoua la tête en repensant à la scène.) Il n'était pas content que je ne le sache pas. Comment pourrais-je le savoir ? J'ai mon travail, je ne suis pas mes pensionnaires à la trace. Tant pis s'il n'est pas content. Il n'était vraiment pas aimable.

Darrell poussa un petit grognement de sympathie. Dans le petit hall d'entrée, il demanda

— Si Noel revient, pouvez-vous lui dire que je suis passé ?

— Oui, bien sûr. Où serez-vous ?

— Je crois que je vais essayer le Balmoral – au moins une ou deux nuits. Si je change d'hôtel, je vous préviendrai.

— Très bien ! dit Mme Ritterman, manifestement vexée qu'il ait choisi le Balmoral Hotel sans même l'avoir vu, au lieu de l'Hotel de los Dos Continentes.

Elle ouvrit la porte et Darrell sortit avec sa valise. Il commença à remonter la colline. Pas de taxis en vue. Il dut marcher jusqu'au boulevard Pasteur. Là, tandis qu'il reprenait son souffle, il remarqua la façade de la Lombard Bank un peu plus loin.

Il reprit sa valise et franchit la magnifique porte vitrée en fer forgé. Il se rendit à un comptoir où un panneau indiquait :

INFORMATION

Man spricht Deutsch
On parle français
Si parla italiano

Se habla español
English spoken
Svenska talas

Une jolie femme aux cheveux gris s'approcha.

— Je suis le frère de Noel Hutson, qui a un compte chez vous, dit Darrell.

— Oui ?

La femme avait une intonation britannique.

— Il y a un mois, mon père a effectué un virement de mille dollars sur le compte de Noel, mais nous n'avons reçu aucune confirmation de sa part. Il n'est pas à son hôtel, et nous sommes inquiets. J'aimerais savoir s'il est venu ici, s'il a effectué des retraits au cours du mois écoulé.

La femme aux cheveux gris sembla pensive.

— Noel Hutson… n'est-ce pas un jeune homme blond, avec une moustache châtain foncé ?

— Oui, c'est bien Noel.

La femme dévisagea Darrell, ses cheveux noirs en brosse, ses pommettes plates, sa large bouche aux lèvres minces.

— Vous ne lui ressemblez pas beaucoup.

— Non, nous sommes de deux types très différents.

— J'aimerais avoir son teint. Mais cela fait quelque temps que je ne l'ai pas vu. Je vous demande juste un instant. (Elle repassa derrière le guichet pour consulter les registres, puis elle revint.) Il n'y a eu aucun mouvement sur son compte depuis plus de deux mois. Enfin, à part le virement de votre père.

— Je vois. Merci beaucoup. Si jamais vous le voyez, pouvez-vous lui dire que je suis venu ?

— Oui. Où séjournez-vous ?

— Au Balmoral – enfin, j'espère.

— Le Balmoral ? Je ne crois pas que ce sera possible. C'est plutôt un hôtel pour résidents. La plupart des touristes, surtout les Américains, vont au El Minzah.

— Hmm. (Darrell réfléchit un instant.) Ma foi, j'ai déjà donné l'adresse du Balmoral à la logeuse de Noel, il vaut donc mieux que j'y aille.

— Bonne chance dans vos recherches.

Darrell retourna dans la rue. Il héla un taxi qui l'emmena au Balmoral Hotel. Ils prirent le boulevard Pasteur jusqu'à la place de France, puis remontèrent la colline et tournèrent à gauche dans la Calle Miranda, où ils s'arrêtèrent devant une façade en marbre avec une porte de bronze et de verre. De discrètes lettres dorées indiquaient : BALMORAL HOTEL. Darrell distingua à l'intérieur un lustre d'une taille extravagante, de larges miroirs, un mobilier élégant. Dans le même bâtiment, quelques mètres plus loin, une façade de planches marron foncé s'élevait derrière une bordure d'agaves bleu-vert. Des lettres en néon vert, pas du tout discrètes celles-là, annonçaient :

Masquerade Bar.

Darrell descendit du taxi et paya le chauffeur.

Un groom se précipita pour prendre son bagage. Il entra dans le hall où il trouva une atmosphère encore plus luxueuse qu'il lui avait semblé depuis la rue. La moquette de couleur crème était épaisse, les murs étaient couverts d'un mélange de plaques de marbre beige doré et de miroirs, dans lesquels le lustre se reflétait en un millier de copies étincelantes. Les sièges et banquettes, en bois doré et tissu rouge, s'assimilaient au style Louis XV. Le comptoir de la réception était au fond du hall, avec une volée de marches en marbre et un ascenseur. Une porte vitrée avec un grillage doré permettait d'accéder au Masquerade Bar.

Darrell s'approcha du comptoir. L'employé était un jeune homme mince avec des cheveux noirs bien coiffés et une très fine moustache. Darrell lui demanda une chambre avec salle de bains. Le réceptionniste croisa les mains derrière le dos et sourit doucement.

— Désolé, monsieur. Nous n'avons que des appartements et des suites, ici. Nous sommes actuellement au complet. Il y a l'Hôtel Miranda de l'autre côté de la rue.

— Je vois. Connaissez-vous M. Noel Hutson ?

— Je ne connais personne de ce nom, monsieur. Mais je ne travaille ici que depuis deux semaines. Il peut avoir séjourné au Balmoral avant.

Darrell hocha la tête et ressortit. Il traversa la rue et prit une chambre à l'Hôtel Miranda, puis il retourna au Balmoral pour y laisser son nom et son adresse, au cas où il y aurait un message. Ensuite, il redescendit la colline et déjeuna pensivement dans un café de la place de France.

Noel avait disparu – telle était la situation de base. Sa logeuse ne l'avait pas vu depuis un mois. Où le chercher ? Darrell disposait de peu d'informations. Noel avait travaillé sur un bateau, au yacht-club. À une occasion ou une autre, il était allé au Masquerade Bar (puisque, apparemment, il n'était pas connu au Balmoral). Darrell déplia la lettre de son frère et la relut. Les allusions sinistres pouvaient aussi bien être importantes que ne pas signifier grand-chose. Dès son plus jeune âge, Noel avait été fasciné par l'aventure. Dans les lettres qu'il envoyait à sa famille, il avait maintenu la fiction d'un travail à bord d'un bateau de croisière, mais Darrell savait que ses excursions étaient en réalité des expéditions furtives et nocturnes jusqu'à la Sicile, les Baléares, la longue côte espagnole, avec des cargaisons de cigarettes de contrebande. Au cours de l'année écoulée, maintenant que les douanes marocaines avaient renforcé leur efficacité, ce trafic s'était fortement réduit. Comment Noel avait-il gagné sa vie ? À en juger par l'Hotel de los Dos Continentes, il ne jouissait pas d'une grande prospérité, mais ces questions n'étaient pas d'un intérêt immédiat. Où Noel était-il maintenant ?

Il ne servait à rien de se livrer à des supputations tant qu'il n'aurait pas d'autres informations. Darrell héla un taxi et demanda à se rendre au port.

Le taxi descendit la colline en zigzaguant, puis il tourna dans une avenue parallèle à la plage et s'arrêta enfin devant le bureau en béton blanc du Yacht Club de Tanger.

Darrell examina la rangée de bateaux. Il y en avait de toutes les tailles, aussi bien des voiliers que des engins à moteur. Il y avait de nombreux amarrages vides, et il vit plusieurs pancartes indiquant « À VENDRE ». Il entra dans la boutique de matériel et de peinture au bout de la jetée. Un homme barbu coiffé d'une casquette de marin se tourna vers lui.

— Vous parlez anglais ? lui demanda Darrell.

L'homme hocha la tête d'un air maussade.

— Je suis né à Belfast, et on ne m'a pas laissé le choix.

— Je cherche Noel Hutson. Le connaîtriez-vous, par hasard ?

— Je sais qui c'est. Vous vous intéressez à son bateau ?

— Noel a un bateau ?

— On peut appeler ça comme ça. Ça flotte, c'est pointu à l'avant, et il y a un moteur pour le pousser.

— J'imagine que vous ne l'avez pas vu récemment ?

— J'aimerais bien. Le bateau prend l'eau. Ou bien je la pompe, ou bien je le laisse couler. Amarrage 108, si ça vous intéresse, un peu plus loin sur le quai.

— Pouvez-vous m'indiquer quelqu'un qui saurait où il est ? Je suis son frère. Je viens juste de débarquer des États-Unis, et je n'arrive pas à mettre la main dessus.

Le barbu grommela avec indifférence :

— Vous pourriez aller voir Arthur Upshaw. Je crois que Hutson a fait un petit boulot pour lui sur le *Deirdre*.

— Où puis-je trouver M. Upshaw ?

— Ça, l'ami, je n'en sais rien. (L'homme sembla vouloir en dire plus, mais il se ravisa et ajouta simplement :) Le *Deirdre* d'Upshaw est là-bas, le gros yacht en teck.

Cinq minutes plus tard, Darrell examinait le bateau de Noel. Le barbu avait un peu exagéré, mais il est vrai qu'il n'avait pas fière allure : une coque ventrue avec un rouf à peine plus grand qu'une cabine téléphonique. Des taches de rouille au milieu de la peinture. Des lames du pont étaient disjointes. Une flaque d'eau huileuse brillait dans le cockpit. Une carte punaisée au rouf proposait le bateau à la vente : « Contactez N. Hutson, Hotel de los Dos Continentes, ou la capitainerie du port. »

Darrell descendit une échelle branlante et alla jeta un coup d'œil dans le rouf. Il ne vit rien de particulier : deux couchettes en désordre, un réchaud de camping, un seau, la masse indistincte du moteur.

Il se redressa et se mit à réfléchir. Cette vilaine petite barcasse n'était pas le genre de bateau qu'il aurait attendu de Noel. Son frère choisissait ses biens en fonction de l'impression qu'ils donneraient. À moins que… Darrell eut un petit sourire cynique. L'une des qualités par lesquelles Noel se rachetait était un attachement obstiné à la vérité. Sans un bateau à lui, il ne pourrait jamais évoquer « cette époque à Tanger où je faisais un peu de contrebande – en fait, j'avais mon bateau. Il ne payait pas de mine, mais avec un peu de chance et un vent favorable, je pouvais transporter de la marchandise jusqu'en Espagne… »

Le mystère du bateau était maintenant éclairci. Darrell se retourna et croisa le regard d'un jeune Marocain qui se tenait sur le quai. Un regard qui se porta aussitôt sur le vol d'une mouette au loin. Le garçon était très beau – on aurait dit un faune. Des cheveux noirs tombaient en boucles sur son front au teint olive, il avait de grands yeux noisette, un nez droit et court, une bouche tendre et incurvée. Il portait un pantalon gris avachi, un pull-over vert et blanc et des babouches pointues également blanches.

Darrell se hissa sur le quai et resta là un instant à regarder le bateau. Le jeune homme s'approcha avec un sourire aimable. Il était plus âgé que Darrell ne l'avait estimé – dix-sept ou dix-huit ans, peut-être.

— Vous voulez acheter le bateau ?

Darrell secoua la tête.

— Non, je ne crois pas.

— C'est un bon bateau, il marche bien. Vous voulez peut-être regarder dedans ?

— Non, fit Darrell. Pas maintenant. Je cherche le propriétaire.

— Vous êtes son ami, c'est ça ?

— Je suis son frère.

— Vous, son frère ?

La voix du jeune homme traduisait la joie et l'excitation.

Darrell l'examina froidement.

— Tu le connais ?

— Bien sûr ! C'est mon bon ami. J'essaie de l'aider. Je vends le bateau pour lui.

Darrell continua de le dévisager. Les yeux noisette croisèrent les siens sans ciller.

— Alors, comme ça, tu es un ami de mon frère.

— Oui, bien sûr !

— Où est-il en ce moment ?

Le jeune homme fit un geste vague et détourna les yeux au loin.

— Il est quelque part. Vous allez le voir bientôt, hein ?

— Oui, j'imagine.

— Je vais lui dire que vous êtes ici. Vous voulez ?

— Oui, absolument.

Le jeune Marocain se redressa.

— Je vais lui dire. Où ?

— Où quoi ?

— Où est M. Hutson ? Je vais lui dire.

Darrell sourit tristement.

— Ah, tu ne sais pas non plus… mais tu aimerais bien le savoir. Est-ce qu'il te doit de l'argent ?

Le jeune homme ne répondit pas. Apparemment, il n'avait pas compris la question.

— Bon, merci quand même, dit Darrell qui commença à s'éloigner le long du quai.

Le jeune Marocain se mit à le suivre à quelques pas de distance.

Darrell finit par trouver le *Deirdre*, un bateau bien différent de la minable barcasse de Noel. C'était un yacht de cinquante pieds avec une puissante coque noire, des ponts et une cabine en bois de teck verni.

— C'est le yacht de M. Upshaw, dit le jeune garçon qui avait rejoint Darrell. Le « Derder », c'est comme ça qu'il l'appelle. Il est beau, hein ?

— Oui. Très beau.

— Vous voulez l'acheter ?

— Non, pas spécialement.

— Il est à vendre, pas cher. Je veux l'acheter, dit-il avec une candeur désarmante, mais je n'ai pas l'argent.

Darrell hocha simplement la tête avec indifférence. Il entendait du bruit à l'intérieur du *Deirdre*, des signes d'activité. Il demanda :

— Est-ce que M. Upshaw est à bord ?

Le jeune homme haussa les épaules.

— Peut-être. Il veut vendre. M. Upshaw, il n'a plus d'argent. Il est fauché. (Il éclata de rire.) Noel – il a plein d'argent, hein ?

— Noel ? Plein d'argent ? (Étonné, Darrell regarda le garçon.) Qu'est-ce qui te fait dire ça ?

— Il gagne plein d'argent. Noel, il est malin. J'aime le voir. (Il prit un ton suppliant.) Vous me dites où est Noel. J'aime le voir.

Darrell se tourna de nouveau vers le *Deirdre*.

— Moi aussi, j'aimerais bien le voir.

Un jeune homme en short beige avec une chemise rayée jaune et blanc apparut sur le pont, tenant un équipement de plongée avec deux bonbonnes. Il avait de longues jambes, de solides épaules, un visage plutôt pâle avec des yeux aux paupières lourdes. Sa bouche sensible était plissée de façon dédaigneuse.

Darrell se tourna vers le Marocain.

— C'est M. Upshaw ?

— Lui ? Non, c'est M. Duff Mekkinisser. M. Upshaw est l'oncle de lui.

Duff grimpa sur le quai et jeta un regard froid vers Darrell.

— Hello, dit Darrell. Vous êtes M. Duff Mekkin… Mek-k…

— McKinstry.

— Ah, McKinstry. Je suis à la recherche de Noel Hutson.

Duff eut un petit rire amer.

— Vous aussi ? Qu'est-ce qu'il vous a escroqué ?

— Rien, en tout cas pas depuis un an ou deux. En fait, je suis son frère.

— Son frère, hein ?

Duff McKinstry s'exprimait avec l'accent anglais des classes supérieures. Il reposa son matériel de plongée et regarda fixement le jeune Marocain, dont le sourire se figea. Duff se tourna de nouveau vers Darrell.

— Alors, vous ne savez pas où Noel est allé camper ?

— Non. Je suis venu ici pour le trouver. Nous avons reçu une lettre, et il semblerait que personne n'a plus eu de ses nouvelles depuis.

Duff pencha la tête avec un intérêt soudain.

— Vous avez eu une lettre ?

Il se retourna brusquement vers le jeune Marocain et lui débita rapidement quelques mots d'arabe guttural en agitant la main. Un sourire toujours plaqué sur le visage, le garçon s'éclipsa.

Croisant le regard intrigué de Darrell, Duff lui dit :

— C'est Slip-Slap. Un petit voyou, espion, voleur et pire encore. Mieux vaut l'éviter. Montrez-moi la lettre, ajouta-t-il sèchement. Il y a peut-être quelque chose dedans qui me concerne.

— Non, je ne pense pas, répondit Darrell poliment. C'est une lettre personnelle.

Duff ouvrit la bouche pour dire quelque chose, mais il la referma aussitôt. Il tourna la tête en entendant une voiture qui approchait le long du quai. Une Mercedes-Benz décapotable noire s'arrêta tout près d'eux. Une jeune fille de dix-huit ou dix-neuf ans, vêtue d'un pull à col roulé noir et d'une jupe en tweed gris, était au volant. Elle était jolie, avec un teint pâle et un air d'intelligence rebelle. Elle ressemblait beaucoup à Duff. Mais là où les sourcils du jeune homme se haussaient en un arc arrogant, ceux de la jeune fille étaient sceptiques et dédaigneux. La bouche de Duff était boudeuse, celle de la fille était désabusée et audacieuse.

Duff rangea son équipement de plongée dans le coffre, puis il désigna Darrell d'un coup de menton.

— Un autre Hutson. Il cherche Noel.

— Qui ne le cherche pas ? répondit la fille avec indifférence.

Duff sauta dans la voiture et la jeune fille embraya. Duff salua à peine Darrell, le moteur rugit et ils partirent.

Darrell resta un instant à contempler la voiture qui s'éloigna à vive allure. Il était perplexe. Les deux McKinstry – la fille était à l'évidence la sœur de Duff – semblaient hostiles, comme si Noel leur avait fait quelque chose. « Qu'est-ce qu'il vous a escroqué ? » avait demandé Duff. Aucun doute, la situation était complexe, mais Darrell ne voyait pas Noel dans le rôle d'un voleur ou d'un escroc. Noel était accro au picaresque, au flamboyant. Il lui arrivait d'être indécis, parfois irrationnel, il pouvait être vantard, dépensier, coureur de jupon. Mais jamais Noel n'avait été fourbe ni voleur. La contrebande de cigarettes, oui. C'était une activité illégale qui n'impliquait aucune perte d'amour-propre. Le vol ou l'arnaque, non. Noel était particulièrement sensible à l'image qu'il projetait.

Mais Noel avait aussi disparu. Si Arthur Upshaw et les McKinstry ignoraient où il était, que s'était-il passé ? Qu'est-ce que c'était que cette histoire ? Darrell pouvait imaginer plusieurs possibilités, toutes graves : maladie, mort, fuite, prison. Une autre théorie pouvait être dérivée du faible notoire de Noel pour les jolies filles. Il était peut-être retranché dans une station balnéaire quelconque, sans penser à l'inquiétude qu'il suscitait.

Darrell repartit le long du quai, suivi de Slip-Slap qui restait à distance discrète. Darrell se retourna brusquement.

— Qu'est-ce que tu veux ?

Le sourire était charmeur, le visage angélique.

— Vous voulez un guide ? Je vous emmène dans la médina. Je vous montre les filles.

— Non, merci.

Slip-Slap redoubla d'affabilité.

— Tout ce que vous voulez, je m'en occupe.

— Non, merci. (Darrell s'apprêtait à repartir, puis il hésita.) Pourquoi en veulent-ils à Noel ? Qu'est-ce qu'il a fait ?

Slip-Slap secoua la tête.

— Je ne sais pas. (Puis il ajouta d'un air pensif :) M. Duff, il est toujours fâché après quelque chose.

Une fois encore, Darrell se retourna, mais Slip-Slap le retint par la manche.

— Vous voulez savoir où est Noel ?

— Naturellement.

— Vous savez où est le Masquerade ?

— Oui.

— Très souvent, Noel est au Masquerade. Phil – c'est son bon ami. Peut-être il sait.

— Phil ?

— C'est ça.

Darrell hocha la tête.

— Si je le vois, je lui poserai la question.

Il rejoignit la rue et héla un taxi, à qui il donna l'adresse de son hôtel. Resté sur le quai, Slip-Slap le regarda partir.

Chapitre III

La Calle Miranda était plongée dans la pénombre du crépuscule, à cette heure incertaine entre la lumière du jour et le clair-obscur de la nuit. Les tubes au néon qui épelaient MASQUERADE étaient vert pâle. Ils n'étaient pas encore chargés de cette luminosité vénéneuse qu'ils prendraient à minuit.

Darrell entra dans l'hôtel Miranda où il se procura un annuaire téléphonique. Il l'ouvrit à la page « U » et parcourut les noms du bout du doigt – *Upshaw, Arthur. Miranda 37, 29-66-42.*

Miranda 37, pas de problème. C'était l'adresse du Balmoral Hotel.

Darrell ressortit et traversa la rue, et pour la troisième fois ce jour-là, il entra dans le grand hall rouge et or. Sur l'un des sièges à dossier droit était assis un jeune homme vêtu d'une veste de tweed marron et d'un pantalon rouge foncé. Son visage, brûlé par le soleil, était de la même couleur que son pantalon, sauf une partie blanche au-dessus des oreilles indiquant qu'il s'était récemment fait couper les cheveux. Il se faisait craquer les phalanges tout en tapotant du pied, avec nervosité ou impatience.

Le réceptionniste au menton osseux et à la moustache de rat inclina légèrement la tête avec une courtoisie distante quand Darrell s'approcha et dit :

— J'aimerais parler à M. Arthur Upshaw, qui habite ici, à ce que je crois savoir.

L'attitude de l'employé changea.

— M. Upshaw est le propriétaire, monsieur. Il n'est pas là actuellement. Je serai heureux de prendre un message.

— L'hôtel appartient à M. Upshaw ?

— Oui, monsieur. Le bâtiment entier.

— Eh bien… fit Darrell d'un air pensif. Je suis au Miranda, l'hôtel en face, comme je vous l'ai dit. Pourriez-vous lui demander de m'appeler ?

— Avec plaisir, monsieur, répondit l'employé en griffonnant sur un bloc-notes.

— Peut-être savez-vous où je pourrais le joindre maintenant ?

— Je crois qu'il se trouve dans sa vieille maison familiale, dans la Calle Costanza. S'il s'agit d'une affaire importante, vous pourriez l'appeler là-bas.

Darrell hocha la tête.

— Où y a-t-il un téléphone ?

— Dans la cabine, monsieur. Je vous transférerai la communication.

Darrell entra dans la cabine. Il entendit une sonnerie, un déclic. Une voix fit :

— Allô ? Ici Duff McKinstry.

— C'est Darrell Hutson à l'appareil. J'aimerais parler à M. Upshaw, si je ne le dérange pas.

La voix de Duff resta distante.

— J'ai bien peur que le moment soit mal choisi. Il est occupé à faire ses comptes, et je pense qu'il en aura pour toute la soirée.

— Si jamais il pense avoir une minute de libre, pourriez-vous lui demander de m'appeler ? Je suis à l'hôtel Miranda. C'est au sujet de mon frère.

— Vous avez eu des nouvelles de Noel ?

— Non, mais j'espérais que M. Upshaw aurait une idée de l'endroit où il se trouve.

Duff eut un rire bref.

— Vous faites fausse route, mon vieux. Si Arthur savait où trouver Noel, il y serait déjà, et moi aussi.

— J'aimerais quand même lui parler.

— Je vais lui transmettre votre message. Vous dites que vous êtes au Miranda ?

— C'est ça.

— Hmm. Est-ce que ça n'est pas un peu bizarre ? Juste un petit peu ?

— Pourquoi ?

— Ne jouez pas les naïfs, mon vieux. Nous sommes dans une situation très difficile, et vous n'arrangez pas les choses en débarquant comme ça. Ça donne vraiment à réfléchir. Nous ne pouvons pas nous le permettre.

— Je ne sais absolument pas de quoi vous parlez. Je souhaite toujours m'entretenir avec M. Upshaw.

— Je lui donnerai votre message.

Darrell raccrocha, furieux. Il y avait peu de chances que Duff McKinstry et lui deviennent un jour amis. Arthur Upshaw, qu'il n'avait jamais rencontré, se montrerait peut-être plus raisonnable.

Ses pensées furent interrompues par une jeune femme qui descendait les marches de marbre. Elle était de taille moyenne, souple et agile. Elle portait un tailleur en lin blanc qu'une autre femme aurait pu juger un peu trop ajusté. Ses cheveux châtains soyeux lui tombaient aux épaules, les coins de sa bouche rose étaient relevés en un petit sourire insolent. Elle semblait joyeuse, insouciante, extraordinairement belle, et Darrell eut l'impression étrange de l'avoir déjà vue quelque part. Elle rejoignit le jeune homme au pantalon rouge, et tous deux quittèrent l'hôtel, elle riante et impulsive, lui silencieux.

Darrell retourna à la réception. L'employé, devinant avec son instinct professionnel que Darrell avait essuyé une rebuffade, avait repris son attitude austère.

Darrell lui demanda :

— Qui est la jeune femme qui vient de sortir ?

Le réceptionniste toisa Darrell d'un air hautain.

— Une de nos résidentes, monsieur.

— Comment s'appelle-t-elle ?

— Je suis navré, monsieur, mais j'ai l'ordre strict de ne pas…

Mais Darrell était déjà parti, et il franchit le seuil de la porte en bronze. Du coin de l'œil, il perçut un mouvement rapide et furtif. Il s'arrêta net et scruta la pénombre.

La lueur des réverbères filtrant à travers les feuillages ne permettait pas de voir grand-chose. Elle ne servait qu'à camoufler quiconque souhaiterait observer depuis l'ombre d'une entrée.

Darrell haussa les épaules. La réputation de Tanger comme ville d'intrigues avait peut-être échauffé son imagination. Peut-être. Il se dirigea vers le Masquerade Bar, situé quelques mètres plus loin, et il entra.

L'intérieur était haut en couleurs. D'épaisses poutres soutenaient un plafond recouvert de rotin. Sur les murs étaient disposées des plaques en bronze et en cuivre gravées d'arabesques compliquées. Trois larges globes étaient suspendus aux poutres – des lampes en bronze incrustées de facettes en verre bleu, vert et rouge. Des alcôves avec des banquettes en cuir rouge, jaune et vert étaient disposées sur le devant et à l'autre bout de la salle. Le comptoir du bar était à l'arrière, avec une petite cuisine attenante.

Darrell était arrivé à un moment particulièrement calme. Seules trois des alcôves étaient occupées, et il n'y avait que trois personnes au bar – un petit homme corpulent en costume de velours marron et deux jeunes femmes habillées avec soin : une brune avec aux oreilles des anneaux en or de dix centimètres de diamètre, et une blonde un peu enveloppée dont les seins comprimés évoquaient deux gros sabots hollandais. Ils étaient plongés dans une discussion animée, à laquelle le barman était associé. Ils avaient un accent britannique.

Darrell s'installa sur un tabouret de bar un peu plus loin. Le petit homme l'examina d'un air critique avant de détourner les yeux.

— Un Américain, dit-il d'un air un peu déçu.

La brune tira une bouffée de sa cigarette en plissant délicatement les lèvres, tandis que la blonde ajustait son fessier pour mieux le répartir sur le tabouret.

Le barman s'approcha. Ce n'était pas un barman ordinaire. Il portait une très jolie veste sport en shetland gris et un pantalon de flanelle vert olive. Il était grand et bronzé, avec des cheveux blond argenté, une large bouche amusée, un menton allongé et des yeux de la couleur du mercure – incontestablement américain.

— Et pour vous, monsieur, qu'est-ce que ce sera ? demanda-t-il.

— Un martini, s'il vous plaît.

— Vous êtes venu au bon endroit, dit le barman. Ici même, c'est la capitale mondiale du martini.

Il s'activa derrière le bar.

— Ce que j'aime, chez Phil, c'est sa modestie, déclara la blonde d'une voix plus que pâteuse.

— J'ai toutes sortes de qualités démodées, dit Phil le barman. Tout un bazar vraiment complexe.

— Moi aussi, j'aime Phil, enchaîna la brune. Un jour, il m'a donné un tuyau pour une course de chevaux. J'y ai perdu ma chemise, bien sûr. Phil a gagné un paquet en jouant un autre canasson.

— Phil recèle des profondeurs insoupçonnées, dit le petit homme corpulent. Il y a un passage dans Gilbert et Sullivan qui parle des hommes comme lui. Qu'est-ce que c'est, déjà ? Quelque chose comme… ?

— Une miche de pain, un pichet de vin, chantonna la blonde qui semblait hébétée par l'alcool.

— Ça colle bien, dit le barman. À la fin de la semaine, une fois mes factures payées, c'est à peu près tout ce qui me reste.

Il posa le martini devant Darrell, le verre givré et la boisson étincelant dans la lumière.

— Goûtez-moi ça, dit-il, et s'il ne vous plaît pas, on le jettera dans l'évier, c'est tout.

— Oh, non, ne faites pas ça, dit le petit homme. Passez-le-nous. Vous pourrez en essayer plusieurs avant de vous décider.

— J'essaie de gagner honnêtement ma vie, dit Phil à Darrell, mais M. Burdette veut me jeter en pâture à mes créanciers.

— Vous m'avez déjà pris suffisamment d'argent pour vous acheter le bar, répliqua M. Burdette.

— Je suis fier de vous avoir comme client, M. Burdette. J'aimerais bien en avoir plus comme vous. (Phil se tourna vers Darrell.) Alors, il est comment, le martini ?

— Très bien… On m'a dit que vous connaissez Noel Hutson.

— Oui, c'est vrai, je connais Noel. Ça fait un moment que je ne l'ai pas vu dans le coin. J'imagine qu'il a dû aller faire un tour en Espagne pour se reposer un peu de son rythme d'enfer.

— Vous êtes sûr qu'il est parti en Espagne ?

Phil le regarda d'un air perplexe.

— Non, voyons, je ne suis sûr de rien, sauf que l'eau coule vers l'aval et que je dois payer mon loyer. Loyer. Un bien vilain mot. (Il se versa un doigt de whisky, ajouta un trait d'eau de Seltz et avala le mélange en une gorgée.) Que diriez-vous de devenir mon propriétaire, M. Burdette ? Un bon hôtel pour pas cher.

— Non, merci.

— Et vous, les filles ? Tanger est une ville en plein boum – à ce qu'on dit.

— Boum est le mot juste, dit M. Burdette. Boum badaboum...

Phil sourit à Darrell.

— M. Burdette vend des voitures de luxe, au cas où vous auriez besoin d'une autre Rolls ou d'une paire de Porsche à promener en laisse.

Darrell secoua la tête.

— Non, pas maintenant. Je ne suis en ville que le temps de retrouver mon frère.

— Votre frère ? Qui ça ? Vous voulez dire que Noel Hutson est votre frère ? Tiens donc. Ravi de vous connaître. Je suis Phil Beresford.

— Qui est Noel Hutson ? demanda M. Burdette d'un air indifférent.

— Vous l'avez vu une dizaine de fois, dit Phil. Un grand gars, joli garçon, avec une de ces moustaches de mousquetaire.

— Ah, oui, je vois qui vous voulez dire. Qu'est-ce qu'il a fait ?

— Ce n'est pas une question très polie, M. Burdette.

— Désolé.

— Il a disparu dans la nature, dit Darrell. J'ai vérifié partout, avec tout le monde. Personne ne sait rien.

— Ah, que voulez-vous, c'est Tanger. Une ville sulfureuse.

— Où tout est fermé à dix heures du soir, renifla la blonde. Vous trouvez ça sulfureux ?

— C'est logique, lui expliqua Phil. On ne peut pas être sulfureux derrière des portes ouvertes. Pas moi, en tout cas.

— Moi, je peux l'être quand je veux, rétorqua la blonde en soignant son élocution.

Darrell but sombrement son martini. M. Burdette et la brune finirent par prendre congé. La blonde resta. Elle jeta un coup d'œil vers Darrell, qui évita de croiser son regard. Elle se laissa glisser doucement de son tabouret et se dirigea vers les toilettes.

— Elle est complètement bourrée, dit Phil d'un ton admiratif. Ça se voit à peine. Une capacité fantastique.

— Je prendrai un autre martini, fit Darrell. Et vous ?

— Je ne dis jamais non.

Darrell regarda Phil Beresford préparer les boissons.

— Vous connaissez bien Noel ?

— Par-dessus le comptoir. Un garçon sympathique, jamais de problèmes avec lui.

— Il a écrit à sa famille il y a un mois. Il ne disait pas grand-chose, sauf qu'il avait des ennuis. C'est à peu près l'époque où il a disparu. À votre avis, qu'est-ce qui a pu lui arriver ?

Phil se passa la main dans les cheveux et secoua la tête.

— Je ne saurais quoi vous dire. Dans cette ville, il se passe toujours des tas de choses.

— Il doit bien y avoir des rumeurs.

— C'est là que je tire un trait, déclara Phil. Moi, j'ai besoin de travailler pour vivre.

La blonde revint des toilettes. Elle se hissa de nouveau sur son tabouret et regarda Darrell fixement.

— Elle est inoffensive, marmonna Phil, mais n'allez pas lui offrir un verre, à moins que vous ne vouliez la transporter sur votre dos.

Un couple d'âge mûr entra dans le bar, l'homme en pantalon de golf et veste sport, la femme en tailleur. Ils commandèrent du cognac et jetèrent un coup d'œil glacial à Darrell, puis à la blonde.

Phil revint auprès de Darrell.

— Avez-vous parlé à Arthur Upshaw ?

— Non, seulement à Duff McKinstry.

— Duff ne vous dira rien. Vous n'en tirerez pas beaucoup plus d'Upshaw.

— Mais qu'est-ce qui se passe, exactement ?

— Oh, des histoires de haute finance, péripéties et aventures, la routine, quoi.

Phil leva les yeux en entendant la porte d'entrée s'ouvrir brusquement. La fille au tailleur beige entra précipitamment, suivie du jeune homme au pantalon rouge qui marchait d'un pas plus mesuré.

Phil salua la jeune femme avec enthousiasme.

— Voici T-Bone et son nouveau galant. Par ma foi, T-Bone, on peut dire que tu t'actives !

Elle vint s'installer au bar à côté de Darrell, tandis que son compagnon restait debout, l'air nerveux.

L'anglaise blonde dit d'une voix forte :

— Qui a laissé la porte ouverte ?

Phil se pencha par-dessus le comptoir et regarda intensément au fond des yeux bleu clair de T-Bone.

— T-Bone, qu'est-ce que je t'ai dit quand je t'ai hypnotisée hier soir ?

Elle fronça les sourcils, pinça les lèvres.

— J'ai oublié.

— Je t'ai dit que quand je claquerais des doigts, tu ressentirais le besoin irrésistible de me passer les bras autour du cou et de m'embrasser.

— Je ne me souviens pas de ça !

— C'est toute la beauté de l'hypnotisme, déclara Phil. Ensuite, quand j'ai claqué deux fois des doigts…

De la cuisine sortit une petite femme corpulente vêtue d'une robe noire, qui s'avança d'une curieuse démarche lente.

— Psst, fit T-Bone. Mme Phil !

Sans regarder autour d'elle, Mme Phil longea silencieusement le bar. Elle déversa un seau de glaçons, puis elle jeta un coup d'œil de l'autre côté du comptoir. T-Bone fronça le nez. Mme Phil s'en retourna tout aussi silencieusement là d'où elle était venue.

T-Bone sauta à bas de son tabouret et partit s'installer avec son jeune compagnon dans l'une des alcôves. Phil Beresford poussa un soupir.

— Vous venez juste de voir la croix que je porte dans la vie, dit-il à Darrell. T-Bone.

— J'ai l'impression de l'avoir déjà vue quelque part, dit pensivement Darrell. Où, je n'arrive pas à me souvenir…

Phil secoua la tête.

— Vous vous en souviendriez.

— En fait… (Darrell remua sa boisson et contempla un instant le tourbillon de liquide pâle. Noel joignait parfois des photos à ses lettres.) Est-ce une amie de Noel ?

— Oh, comme la valériane est amie avec un chat.

— Je suis presque certain que Noel nous a envoyé une photo où ils étaient tous les deux sur une plage.

— J'ai vu la photo, dit Phil. C'est même moi qui l'ai prise. T-Bone pudiquement vêtue de deux mouchoirs de dentelle. Elle a failli me rendre fou.

Un serveur était penché au-dessus de T-Bone, qui commandait quelque chose avec de grands gestes expressifs de la main et du poignet.

La blonde lança :

— Phil, mon mignon, sers-moi quelque chose à boire, tu seras un ange.

— Bien sûr ! Qu'est-ce que tu veux ?

— Un Pimm's Cup, comme je l'aime.

— Ah, on est à court, en ce moment. Qu'est-ce que tu dirais d'une bière ?

— Je prendrai un gin rose.

Phil versa de la grenadine dans un fond de gin, et y ajouta trois cerises au marasquin.

— Et voilà. Qu'est-ce que tu en dis ?

— Formidable.

Phil se glissa le long du comptoir vers Darrell.

— Ce sont les cerises qui font toute la différence, lui confia-t-il. Chaque fois qu'on me parle d'une nouvelle boisson fantaisie, j'invente une recette. Du moment que je suis généreux en cerises, personne ne se plaint. On me fait même des compliments.

Le garçon était en train de servir T-Bone et son cavalier. Phil regardait en secouant la tête d'un air admiratif.

— La façon dont je vois les choses, quand le Créateur a fait T-Bone, il avait une idée bien précise en tête, et c'était le spécimen d'humanité féminine le plus séduisant qu'il pouvait imaginer.

Darrell reconnut que le projet avait été très réussi.

— On ne peut pas s'empêcher de penser que le Bon Dieu a lui-même quelques travers humains, dit Phil d'un air songeur. Pardonnez le blasphème, je ne pense pas à mal.

Il regarda par-dessus l'épaule de Darrell et son attitude changea. Il se mit à essuyer le comptoir avec un chiffon humide.

Darrell se retourna et vit la sœur de Duff McKinstry, toujours vêtue de sa jupe grise et de son pull à col roulé noir, avec son expression de sagesse précoce et audacieuse.

— Hello, Ellen, dit Phil d'un air légèrement embarrassé.

Elle hocha simplement la tête et se tourna vers Darrell.

— Vous avez appelé chez nous ce soir.

— Oui.

— M. Upshaw était occupé, mais il aimerait maintenant vous rencontrer.

Darrell pivota sur son tabouret et resta assis un instant, pour rassembler ses idées. Il avait l'esprit un peu embrouillé. Trois martinis, pas encore dîné…

— Très bien. Où est-il ?

— Il n'est pas ici. Il m'a envoyée vous chercher.

Darrell se leva.

— Allons-y.

— Hé ! lui lança Phil Beresford. C'est vous qui m'avez offert ce verre, pas moi.

— Oh, fit Darrell, excusez-moi.

Il se dépêcha de régler la note.

— C'est la petite marge qui fait la différence entre perte et profit, expliqua Phil à ses clients tandis que Darrell suivait Ellen McKinstry dehors.

La Mercedes était garée quelques mètres plus loin dans la rue. Ellen sauta à bord. Darrell monta à son tour, un peu plus lentement, et sa prudence sembla agacer Ellen. Elle attendit avec une patience ostensible, comme s'il était une personne âgée qui pourrait être surprise ou blessée par un démarrage trop brusque. Quand il fut enfin installé, elle actionna le démarreur et alluma les phares. Le faisceau blanc balaya la rue et éclaira une silhouette appuyée contre un arbre. Le visage était indistinct, un simple ovale pâle, mais les vêtements étaient clairement visibles : un large pantalon gris, un pull rayé vert et blanc.

Le moteur vrombit et la Mercedes s'élança. La silhouette se glissa dans l'ombre. Darrell regarda Ellen. Si elle l'avait remarquée, elle n'en dit rien.

CHAPITRE IV

Au bas de la Calle Miranda, la Mercedes tourna à gauche et gravit la colline à vive allure. Darrell était crispé sur son siège.

— Il vous est arrivé de tuer quelqu'un au volant de cet engin ? demanda-t-il.

— Pas encore, répondit Ellen d'une voix neutre.

La voiture atteignit le sommet de la colline et aborda un virage. Ellen leva le pied, puis elle accéléra dans la courbe. Darrell s'agrippa à la portière. Ils laissaient derrière eux des villas blanches tels des nuages derrière un avion.

Darrell se tassa sur son siège. Ellen avait l'air indifférente. Il lui demanda :

— Vous conduisez toujours comme ça ?

— Comment, comme ça ?

— À une vitesse folle.

— Une vitesse folle ? (Elle poussa un grognement dédaigneux.) Avec cet engin, je peux monter à cent cinquante.

— Je comprends pourquoi votre oncle Arthur voulait que je vienne jusqu'à lui. Il a déjà eu l'occasion de monter en voiture avec vous.

— Non, rétorqua-t-elle d'un ton encore plus glacial. Il n'ose pas.

Quelle remarque étrange, songea Darrell. Ellen n'en dit pas davantage.

Ils longèrent la Calle Costanza, une allée étroite taillée dans le flanc de la colline sous une masse de feuillages, puis ils prirent un virage en épingle à cheveu en projetant des gravillons.

Un instant plus tard, Ellen dit :

— Vous pouvez relâcher votre prise, nous sommes arrivés.

Elle braqua et la décapotable franchit une arche de pierre en projetant une autre gerbe de gravier. Deux autres coups de volant rapides, un crissement de freins, et la voiture s'arrêta enfin sous un portique en stuc. Ellen coupa le moteur et sauta à terre.

— Par ici, dit-elle sèchement. Faites attention aux pots de fleurs. Ou donnez un bon coup de pied dedans, ça m'est égal.

Darrell se sentit revivre. Il ouvrit la portière et descendit. Ellen gravit quatre à quatre les marches du porche, puis elle se retourna pour l'attendre. Darrell la dévisagea, cherchant un signe d'amusement, mais il ne vit que de l'indifférence.

— Une sacrée expérience, dit-il pensivement.

Ellen ouvrit la porte.

— Par ici, je vous prie.

Ils traversèrent un salon meublé de chêne foncé et de vieux cuir rouge jusqu'à un bureau à l'ancienne. Deux murs étaient couverts de bibliothèques, les deux autres lambrissés de noyer. Le plafond en plâtre était soutenu par des poutres épaisses. Des bûches flambaient dans l'âtre, et la pièce était éclairée par une lampe avec un abat-jour vert posée sur une table. Un trophée de chasse, une énorme tête de lion, était accroché au-dessus de la cheminée.

Le dos au feu se tenait Arthur Upshaw, un homme d'une cinquantaine d'années vêtu d'un costume classique en serge grise. Il était grand, imposant, avec des cheveux et des yeux gris. Il hocha la tête, mais ne s'approcha pas pour une poignée de main.

— M. Hutson ? Je suis Arthur Upshaw. Asseyez-vous, je vous en prie.

Darrell s'installa au bout d'un canapé en cuir. Ellen se mit à l'aise dans un fauteuil en tendant les jambes vers la cheminée, les yeux fixés sur le visage de Darrell.

— Un verre de sherry ? proposa Upshaw.

— Non, merci

Upshaw croisa les mains derrière son dos.

— Vous êtes arrivé à Tanger ce matin, à ce que je crois comprendre.

— C'est exact.

Le regard gris comme de l'étain balaya le visage de Darrell.

— Mon neveu me dit que vous voulez nous aider à retrouver Noel Hutson.

Darrell allait répliquer, mais il se retint. Au bout d'un moment, il dit :

— C'est un fait que j'aimerais retrouver Noel. J'espérais que vous sauriez, au moins d'une façon générale, où il pourrait être.

— Vous êtes son frère, c'est bien ça ?

— Oui, son frère aîné.

— Au risque de vous vexer, puis-je voir votre passeport ?

Darrell lui tendit le petit livret vert. Upshaw le feuilleta rapidement avant de le lui rendre.

— Merci. Désolé de cette indiscrétion, mais j'aime bien savoir d'abord à qui j'ai affaire. Une bonne méthode, vous ne croyez pas ?

— Je m'attends toujours au pire.

Ellen émit un petit bruit. Les yeux d'Arthur Upshaw s'agrandirent légèrement.

— Il semblerait que vous soyez venu ici à cause d'une lettre de Noel, dit-il en tisonnant les bûches d'un air faussement nonchalant.

Ellen ne quittait pas Darrell des yeux.

Apparemment, songea Darrell, ils croyaient que ce courrier était récent. Il ne voyait aucune raison de les détromper.

— Oui, dit-il, c'est bien ça. En fait, certaines parties de cette lettre m'intriguent.

Il commença à mettre la main dans la poche de sa veste, mais il interrompit son geste.

Arthur Upshaw suivait chacun de ses mouvements.

— Je pourrai peut-être vous aider à les éclaircir.

— C'est possible. Bien sûr, mon principal souci est de retrouver Noel. Pourriez-vous me dire dans quelles circonstances il a disparu ? En toute confidentialité, naturellement.

Arthur Upshaw se balança doucement sur les talons.

— Il y a un mois, il est parti pour effectuer un travail pour moi. Il n'est jamais revenu. Voilà le résumé de la situation, pour l'essentiel. Cette lettre de lui, l'auriez-vous sur vous ?

Darrell ignora la question.

— Ce qui m'intéresse, c'est de savoir où exactement il a disparu. Il a bien dû laisser des traces, une piste ?

Arthur Upshaw hocha la tête.

— Nous allons y venir, mais je pense que la lettre pourrait nous être utile. Je pourrais la voir, peut-être ?

— C'est une lettre personnelle, M. Upshaw. Je doute qu'elle puisse vous en dire plus qu'à moi.

Du coin de l'œil, Darrell vit qu'Ellen souriait. Un très léger sourire, mais on ne pouvait s'y tromper.

Arthur Upshaw se remit à tisonner le feu.

— Il est très important que je retrouve Noel. Je dois vous dire qu'une somme d'argent considérable est en jeu. Considérable.

— Je comprends votre préoccupation.

— Il me semble que nos intérêts coïncident. Je pense que vous auriez avantage à m'aider autant que possible.

Darrell contempla le feu un moment.

— Je ne suis pas sûr que nos intérêts coïncident. Ils se touchent ici et là. Vous voulez récupérer votre argent, et je veux retrouver mon frère.

Upshaw fit un petit geste d'impatience. Le sourire d'Ellen devint plus marqué. Darrell n'aurait su dire si ce sourire malicieux était dirigé contre son oncle ou contre lui.

— C'est une distinction qui ne fait pas de différence, déclara Arthur Upshaw en donnant un grand coup de tisonnier sur une bûche.

— Je me suis peut-être mal exprimé, reprit Darrell. Je soupçonne que mon frère a de gros ennuis. Je suis tout à fait intéressé à coopérer avec vous, mais je ne voudrais pas qu'au bout du compte, vous récupériez votre argent et que Noel reste dans le bouillon.

Les yeux d'Arthur Upshaw étaient de nouveau braqués sur le visage de Darrell.

— Vous évoquez une situation hypothétique et compliquée. Ne serait-il pas plus simple… ?

— Ce n'est pas compliqué, dit Darrell. Si vous répondez à mes questions, je vous montrerai la lettre. C'est aussi simple que ça.

Upshaw réfléchit un instant.

— Quel genre de questions ?

— Où Noel se rendait-il quand il a disparu ? Y a-t-il une possibilité de violences ? Quelle est la dernière personne à l'avoir vu ? La police a-t-elle été informée ?

Upshaw retint la dernière question.

— La police n'a pas été informée, et pour une excellente raison. Notre conversation est confidentielle, bien sûr ?

— Certainement.

Upshaw hocha calmement la tête.

— Je dois avouer qu'à l'occasion, comme d'autres braves citoyens de Tanger, j'ai aidé à faciliter le commerce à travers des barrières internationales artificielles. En d'autres termes, je suis un contrebandier. Mais toujours un gentleman, du moins je l'espère.

— Je croyais que la contrebande au départ de Tanger appartenait au passé.

— Oui, dans une large mesure. Aujourd'hui, non seulement la contrebande n'est pas rentable, mais elle est aussi illégale. Je peux donc difficilement faire part de mes problèmes à la police de Tanger.

— Mais moi, je peux.

Upshaw haussa les épaules.

— Naturellement, ce choix vous appartient.

— Noel travaillait pour vous quand il a disparu ?

— Oui. Je ne peux pas m'occuper des tâches manuelles, et je n'en ai d'ailleurs aucune envie.

— Mais si la contrebande n'est pas rentable…

Upshaw leva la main.

— Certains types d'opérations – malheureusement les plus illégales – offrent encore des opportunités. Je n'entrerai pas plus dans les détails, pour des raisons évidentes.

— Ainsi donc, apparemment, Noel était impliqué dans une opération de contrebande quand il a disparu.

— Je ne vous contredirai pas. À cause de la stupidité insondable d'une certaine personne, Noel s'est retrouvé chargé d'une responsabilité qui le dépassait. J'ai bien peur, ajouta Upshaw d'un air sentencieux, que Noel n'ait été tenté par l'occasion qui s'offrait à lui.

Darrell ignora l'accusation implicite.

— Où cette opération l'a-t-il mené ?

Upshaw se retourna pour s'activer encore une fois avec le tisonnier.

— Cette information ne figure-t-elle pas dans sa lettre ?

— Là où vous l'avez envoyé et là où il a écrit cette lettre pourraient être deux endroits différents.

Upshaw braqua ses yeux gris vers Darrell.

— D'où a-t-il posté la lettre ?

— Je l'ignore. Il ne le précise pas.

Les épaules d'Upshaw s'affaissèrent légèrement.

— Je vois.

Ellen demanda :

— Et le cachet de la poste ?

— Il est illisible.

Upshaw se mit à faire les cent pas devant la cheminée.

— Cette lettre… mentionne-t-elle un repère quelconque qui donnerait une idée d'où il était ? Franchement, M. Hutson, ne serait-ce pas plus simple si vous me la montriez ?

— Plus simple pour vous, M. Upshaw.

— Si cette lettre est aussi innocente que ça, pourquoi refusez-vous de me la faire voir ?

— Parce que c'est mon unique moyen de marchandage.

Upshaw fit un geste impatient.

— Fait-il la moindre référence à son environnement ? Je connais bien le Maroc. Je pourrais sans doute identifier une allusion qui vous échappe.

— C'est possible, mais il n'y a aucune allusion de ce genre. Dans quelle région du Maroc l'aviez-vous envoyé ?

Arthur Upshaw se rendit compte qu'il avait laissé échappé une bribe d'information bien définie, et il éleva le ton.

— En fait, M. Hutson, votre question est sans intérêt. Il n'est certainement plus à cet endroit précis. Compte tenu des circonstances, je considère que ce ne serait que votre simple devoir de me montrer la lettre que vous avez reçue de Noel.

Ellen dit d'une voix neutre :

— Il est clair qu'il n'en a pas l'intention, Arthur. Alors, pourquoi ne pas changer de sujet ?

Upshaw lança à Darrell un regard si glacial que celui-ci se tendit, prêt à se baisser si son hôte décidait de se servir du tisonnier…

— Ah, bon sang… maugréa Upshaw, il y a une grosse somme d'argent en jeu. Je ne sais pas si Hutson est encore en vie ou non. Cela m'importe peu, si seulement…

Darrell hocha la tête.

— J'avais fait remarquer que nos intérêts n'étaient pas identiques. Je veux Noel, et vous voulez votre argent.

— L'argent est suffisant ! Je suis gravement compromis ! Vous ignorez les torts que j'ai subis. Comptez-vous assumer les obligations de votre frère ?

— Peut-être avez-vous des éléments suffisants pour une action en justice ?

— Bien sûr que non. Je suis un contrebandier. J'ai renoncé à mes droits de protection légale. Mais il reste quand même une question d'honneur.

— Je ne vois pas en quoi cela me concerne.

— Vous avez une lettre de l'homme qui s'est enfui avec ce qui m'appartient. Je veux la voir. J'en ai parfaitement le droit.

— Je ne suis pas convaincu que Noel se soit enfui avec ce qui vous appartient, dit Darrell. Et ça change toute la situation. Je connais bien Noel. Malgré ses nombreux défauts, ce n'est pas un voleur.

Upshaw eut un petit ricanement cynique.

— Mon bien et votre frère ont disparu pratiquement en même temps. Jusqu'au moment de sa disparition, c'était un agent libre. J'affirme, et tout homme raisonnable serait d'accord avec moi, que Noel m'a volé !

— Vous pouvez me considérer comme déraisonnable, si vous voulez.

Upshaw haussa les épaules, résigné à la défaite. Ellen regardait Darrell avec quelque chose qui ressemblait à de la fascination.

— Quel est exactement ce bien qui a disparu ? demanda Darrell.

— Peu importe. Vous devriez vous sentir obligé de me montrer cette lettre.

— Je ne crois pas qu'elle vous aiderait, M. Upshaw. Je vous le dis sincèrement. Pourquoi ne pas procéder à ma façon ? Nous en profiterions tous les deux si je savais où commencer mes recherches pour retrouver Noel.

Upshaw secoua lentement la tête, comme s'il s'efforçait de rester patient.

— Mon neveu et moi avons procédé à une enquête approfondie. Au cours du mois écoulé, nous avons sillonné le Maroc. Nous avons engagé des agents à Casablanca et en Espagne. Croyez-vous vraiment réussir là où nous avons échoué ?

— Je ne le saurai pas tant que je n'aurai pas essayé.

— Vous parlez le français ?

— Très peu.

— Nous, nous le parlons. Vous parlez l'arabe ?

— Pas un mot.

— Nous le parlons tous les deux couramment. Connaissez-vous les détails de cette affaire, les gens impliqués, la mentalité nord-africaine, les fonctionnaires qui ont été soudoyés et ceux qui ne le sont pas ?

— Bien sûr que non. Mais il faut que j'entreprenne ces recherches, c'est mon devoir. Je me le reprocherais jusqu'à la fin de mes jours si je ne faisais pas cette tentative pour retrouver Noel, et vous me semblez la personne logique à qui m'adresser pour obtenir des informations.

Ellen, qui avait l'air de s'ennuyer profondément, se leva et quitta la pièce.

— Vous l'avez froissée, dit Arthur Upshaw d'un air grave.

— Vraiment ?

Arthur Upshaw leva la main.

— Surtout, ne vous excusez pas. Ça m'arrive tout le temps, à moi aussi. Elle ne supporte pas qu'on évoque l'honneur, la fidélité ou le devoir. Elle éprouve un dégoût physique à la seule mention d'altruisme, de chevalerie – en fait, de n'importe quelle vertu. Elle n'a pas encore vingt ans, mais elle affecte le cynisme blasé d'une strip-teaseuse.

Et il donna un violent coup de tisonnier dans le feu.

Darrell le regarda avec curiosité. Il s'était exprimé avec une émotion plus profonde et amère que le sujet ne semblait le mériter. Comme s'il était parvenu à une décision, Upshaw reposa le tisonnier et se retourna, les mains croisées derrière le dos, les yeux levés au plafond.

— Il semble inutile de poursuivre la discussion. Vous dites que cette lettre a un caractère personnel, et je suis bien obligé de vous croire sur parole. En fait, si tel n'était pas le cas, vous ne seriez pas ici, mais déjà à la recherche de Noel à une adresse qu'il aurait pu mentionner.

Darrell se leva.

— Ne vous donnez pas la peine d'appeler Ellen, dit-il. Je préfère rentrer à pied.

Upshaw allait dire quelque chose, mais il se frotta le menton.

— Comme vous voudrez, M. Hutson.

Il l'accompagna jusqu'à la porte d'entrée et lui souhaita une bonne nuit.

Darrell prit l'allée et se retrouva dans la Calle Costanza. Devant lui s'étalaient les lumières scintillantes de la ville. Il prit vers l'est et descendit la colline par la rue tortueuse.

Il n'avait tiré pratiquement aucune information de cette soirée. Rien du Masquerade Bar, très peu d'Arthur Upshaw. Les deux sources sur lesquelles il avait compté s'étaient révélées stériles. Upshaw semblait craindre que, si les deux frères se retrouvaient, ils ne fassent cause commune et s'enfuient avec le butin. Un soupçon sans aucun doute renforcé par son refus de lui montrer la lettre.

Il tourna dans le virage en épingle et passa un instant plus tard en contrebas de la villa des McKinstry. Il leva les yeux et regarda à travers l'épaisse végétation qui surplombait la rue, vers l'arrière de la maison. Une seule lumière brillait faiblement, derrière une fenêtre à l'étage.

Des phares apparurent derrière lui. La Mercedes s'arrêta, et Ellen le regarda avec une hostilité maussade.

— Montez, fit-elle.

Darrell secoua la tête en souriant.

— C'est très aimable à vous… (là, Ellen ricana doucement)… mais je préfère marcher. Vous autres, les Anglais, vous vivez à un tel rythme, vous menez vos voitures à un tel train d'enfer…

— Oh, ça va, marmonna Ellen. Vous montez, oui ou non ? Et d'abord, je ne suis pas anglaise, je suis écossaise.

— Si vous me promettez de garder les quatre roues au sol. Vous aimeriez peut-être que je conduise ?

— Non, merci. Je vous en prie, montez.

Darrell ouvrit la portière et s'installa avec précaution. Ellen démarra en faisant rugir le moteur, avec un coup d'œil malicieux en coin vers Darrell, mais elle roula ensuite à une vitesse raisonnable.

— Où voulez-vous aller ? demanda-t-elle.

— À mon hôtel, je pense. Le Miranda.

Il y eut un moment de silence gêné. Une ou deux fois, Ellen ouvrit la bouche, pour la refermer aussitôt. Elle dit enfin :

— Au fait, si vous avez l'intention d'aller voir la police, à votre place, je m'abstiendrais.

— Ah ! fit Darrell. Je comprends, maintenant.

— Qu'est-ce que vous comprenez ?

— Votre altruisme en venant me rejoindre. Oncle Arthur a dû penser à quelque chose qu'il a négligé de me dire.

Elle continua de conduire en silence pendant quelques centaines de mètres.

— De toute façon, la police ne vous serait sans doute d'aucune aide.

— Pourquoi pas ? À quoi la paye-t-on, alors ?

— Réfléchissez un peu. Noel a disparu.

— C'est ce que tout le monde me dit.

— Pourquoi les gens disparaissent-ils, en général ?

— Pour différentes raisons.

— Des raisons liées à l'argent. Pour être tout à fait brutale, Noel a franchi la ligne jaune.

— Je ne crois pas.

— Ah, vous ne croyez pas ? (La voix d'Ellen tremblait de mépris.) Alors, comme ça, Noel est vertueux, un modèle de piété et de bonté.

— Noel est un adolescent attardé, mais pas un voleur.

Ellen eut un rire moqueur.

— Ah, ces affirmations creuses… qu'est-ce qu'elles prouvent ? (Elle se rangea le long du trottoir devant l'hôtel Miranda.) Bien sûr que c'est un escroc ! Sinon, pourquoi se serait-il caché ?

— Il a pu avoir des ennuis. Un accident, peut-être.

— S'il avait eu un accident, il aurait pu téléphoner. Non, il a simplement vu une belle occasion, et il s'est servi. Mais n'allez pas croire que la police puisse vous aider, parce qu'elle en est incapable. Et même si elle le pouvait, elle ne le ferait pas.

— Tout ça me dépasse complètement. Je n'arrive pas tout à fait à croire que…

Ellen fit un geste furieux de la main.

— Très bien, écoutez-moi ! Je vais vous dire ce que tout le monde sait de toute façon. La contrebande est une chose du passé, ici, mais il y a de l'argent à gagner dans le trafic d'armes.

— Le trafic d'armes ? Pour qui ? Les rebelles algériens ? Le FLN, où je ne sais comment ils appellent ça ?

— Oui, évidemment. C'est dangereux, parce que les Français maintiennent encore des troupes au Maroc. Mais si on est prêt à prendre des risques, le jeu en vaut la chandelle.

— Ça me semble un drôle d'itinéraire pour se rendre en Algérie.

— Au contraire, c'est une des routes les plus directes. N'oubliez pas, les Français patrouillent la Méditerranée. Régulièrement, ils arraisonnent des navires et confisquent la cargaison. Mais moyennant une bonne organisation, des cargaisons passent au travers, et Oncle Arthur... (elle prononça le nom d'une voix très neutre)... a acheté une cargaison de ce genre.

— Est-ce que ça n'est pas un peu imprudent, tout ça ? J'imagine que les Français ont des agents en place à Tanger.

— Il y en a plein les rues. L'opération est censée être secrète, naturellement. Grâce à votre précieux Noel, toute la ville se moque d'Arthur.

— Mais comment Noel aurait-il pu...

Ellen l'interrompit avec impatience.

— Les Algériens ont payé pour la totalité de la cargaison, mais ils n'en ont reçu pour l'instant qu'un dixième. L'agent du fournisseur refuse de fournir le reste tant qu'il n'aura pas été payé. Et c'est Noel qui a le butin. Alors, maintenant, vous comprenez pourquoi il n'est pas vraiment populaire à Tanger ?

— Oui, fit Darrell. Ça commence à s'éclairer.

— De toute façon, vous ne tirerez rien de la police. Elle est au courant de ces trafics. Les policiers sont des musulmans, et ils sympathisent avec le FLN. Ils se fichent pas mal du nombre d'armes qui passent à travers les mailles du filet. Plus il y en a, mieux c'est. Si vous allez les voir à propos de Noel, vous leur parlerez d'un sujet qu'ils ne veulent pas entendre. Vous pourriez même vous faire expulser en tant qu'étranger indésirable.

Darrell ouvrit la portière et posa le pied à terre. Ellen l'observa en haussant les sourcils. Elle dit d'une voix agréable :

— Si j'étais vous, je m'en irais et je laisserais Noel mariner dans son jus.

Darrell la regarda fixement.

— Quelle drôle de remarque, dit-il.

— Qu'est-ce qu'elle a de drôle ?

— Je viens juste d'arriver. Vous ne vous attendez quand même pas à ce que je reparte comme ça ?

— Ce serait sans doute plus raisonnable.

— J'ai été raisonnable toute ma vie. C'est Noel qui a fait toutes sortes de bêtises, et c'est lui qui s'est bien amusé.

— En ce moment, rétorqua Ellen, il ne s'amuse certainement pas, où qu'il soit.

Elle embraya, le moteur gronda, et la décapotable s'élança. Darrell la regarda disparaître au coin de la rue. Il poussa un soupir, secoua la tête et entra dans l'hôtel.

Le réceptionniste lui tendit une enveloppe à son nom. Elle contenait une coupure de journal. L'article avait pour titre :

UNE VICTIME DE TORTURES
TROUVÉE DANS UN CHAMP

Darrell demanda à l'employé :

— Qui a apporté ça ?

— Un garçon.

— Vous le connaissez ?

— Non, monsieur.

Darrell lut l'article de bout en bout :

TANGER, 28 mars – Le corps mutilé de Mohammed Ali Aktouf, 58 ans, a été découvert hier soir par un fermier dans un champ situé à 20 kilomètres au sud de Tanger, à quelques mètres de la route reliant Sidi Boussen à l'autoroute Tanger-Rabat. L'homme a été victime d'une des agressions les plus sadiques de ces dernières années.

Les poignets et les chevilles d'Aktouf étaient ligotés avec du fil de cuivre. Son corps avait été grièvement brûlé, apparemment avec un chalumeau à essence. On pense que la cause du décès est un arrêt du cœur, car d'après son dossier médical, Aktouf souffrait de problèmes cardiaques.

Les policiers de la Sûreté Nationale ont ouvert une enquête, mais ne disposent pour l'instant d'aucun indice sur l'identité des bourreaux ni sur leur mobile.

Aktouf, employé dans un hôtel local et vivant modestement, n'avait pas de casier judiciaire et n'était pas connu pour être impliqué dans des activités politiques. Selon certaines hypothèses, ce crime serait dû à une tragique confusion d'identité, ou peut-être l'œuvre de terroristes panarabes.

L'employeur d'Aktouf, M. Arthur Upshaw, 37 Calle Miranda, a déclaré que ses comptes étaient en ordre, qu'il ne manquait rien dans la caisse, et qu'aucun vol n'avait été signalé dans son hôtel.

Darrell traversa la rue pour se rendre au Masquerade Bar.

CHAPITRE V

L'atmosphère du Masquerade Bar était bruyante et joyeuse. Toutes les banquettes étaient occupées, et les serveurs en veste blanche s'affairaient. Aidé d'un assistant, Phil Beresford préparait les boissons, bavardait avec les clients, faisait sonner la caisse enregistreuse, saluait les nouveaux arrivants, consolait ceux qui partaient. M. Burdette sortit de la cuisine en mâchonnant et en s'essuyant les lèvres du bout de ses doigts boudinés. Phil feignit la surprise. M. Burdette se contenta d'un petit signe désinvolte de la main et se dirigea vers le hall du Balmoral.

Darrell alla s'asseoir tout au bout du bar. Phil s'approcha pour le servir.

— Je vois que vous êtes revenu en un seul morceau.

— Tout juste. Pourrais-je avoir quelque chose à manger ?

— Pour ça, vous pouvez. Nous servons strictement de quoi se nourrir, rien de très élaboré. Les steaks sont quelquefois très bons. (Il balaya la salle du regard.) Je n'ai pas de banquette pour vous. Ça ne vous ennuie pas de manger au comptoir ?

Darrell hocha la tête.

— Un steak sera très bien. Juste à point, avec une bouteille de bière.

— C'est parti. (Phil lança la commande dans la cuisine, puis il posa un napperon en papier sur le bar, avec un couteau et une fourchette.) Comment ça s'est passé, avec Arthur Upshaw ?

— Je n'en sais pas beaucoup plus qu'avant, sauf qu'Upshaw n'aime pas qu'on se paye sa tête.

— Ça, j'aurais pu vous le dire.

Phil versa une bouteille de bière dans un verre avant d'aller s'occuper d'un autre client. Dix minutes plus tard, il revint avec le steak.

— Ketchup ? Sauce anglaise ?

— Non, merci. Tenez, jetez un coup d'œil à ça, dit Darrell en lui tendant la coupure de journal.

Phil lut l'article en fronçant le nez de dégoût.

— Une sale affaire. Je pense qu'ils ne trouveront jamais rien. Le pauvre Aktouf. Il travaillait ici, au Balmoral. Vous le saviez sans doute.

Darrell acquiesça et remit l'article dans l'enveloppe.

— Un messager l'a apporté ce soir.

— Quelqu'un pense que vous avez besoin d'un bon conseil.

— On pourrait même y voir une menace subtile.

— C'est possible.

Phil se précipita à l'autre bout du bar pour veiller aux besoins d'un client assoiffé. Il finit par revenir.

— Tout va comme vous voulez ?

— Oui, très bien.

Phil regarda par-dessus son épaule. Il y avait une accalmie, et l'autre barman suffisait pour s'occuper des clients. Il se glissa sous le comptoir et prit un tabouret.

— Il se passe des drôles de choses dans cette ville. Je suis un nouveau venu – ça ne fait que huit ans que je suis ici –, mais les histoires que j'ai pu entendre... (Il regarda Darrell du coin de l'œil.) Qu'est-ce que vous a dit Upshaw ?

— Pas grand-chose. Et le peu qu'il m'a dit était sous le sceau de la confidence.

— Ah, tous ces secrets. (Phil tapota le comptoir du bar.) Upshaw est sur le point de perdre sa chemise.

— Si grave que ça, hein ?

— Encore pire. Sa chemise et aussi une bonne partie de ses sous-vêtements. Il a monté un gros coup, il y a investi jusqu'à son dernier sou. Il a mis son hôtel en jeu, demandé à Duff de prendre un prêt en hypothéquant la maison, emprunté sur le *Deirdre*. Et au lieu de gagner le jackpot, ç'a été un fiasco. C'est pour ça que je pique une suée, à cause de mon misérable bail...

Darrell commanda une autre bouteille de bière.

— Vous voulez quelque chose ? dit-il.

— Je ne dis jamais non.

Le barman tendit un whisky-soda à Phil, qui serra le verre entre ses doigts en contemplant les bulles.

— Upshaw est comme un de ces maharadjahs d'autrefois. Le jour où il meurt, tous les serviteurs du palais se jettent dans la tombe. Quand Upshaw partira, nous partirons tous – moi, Ellen, Duff, toute la smalah, au milieu des cris et des pleurs.

— Pourquoi Duff et Ellen ? Ils n'ont pas de parents ?

— Morts. (Phil avala les deux tiers de son verre.) Ils appartiennent à une des vieilles familles, qui remontent au siècle dernier. Ben Upshaw, le grand-père, a été chassé d'Écosse et il est venu ici. Arthur est son fils.

Il vida son verre et regarda pensivement les glaçons. Darrell fit signe au barman.

— Je ne dis jamais non, répéta Phil. Bon, pour faire court, Peggy, la fille de Ben Upshaw et la sœur d'Arthur, a épousé Scotty McKinstry. Arthur et Scotty ont travaillé ensemble, ils ont acheté le premier *Deirdre* et gagné pas mal d'argent. Quand Grand-papa Upshaw est mort, il a légué la maison à Scotty et Peggy, et ce bâtiment à Arthur. C'était une belle époque. Arthur a investi son argent dans l'hôtel, tandis que Scotty l'a claqué en choses et autres. Peggy est morte, et juste après mon arrivée, Scotty s'est trouvé sur la trajectoire d'une balle espagnole dans les environs d'Alicante. Duff et Ellen ont hérité de la maison et d'une petite pension, pas grand-chose. Duff a travaillé avec Arthur sur le nouveau *Deirdre*, et ça a bien marché un temps, jusqu'à ce que le trafic s'arrête. C'est là qu'Arthur a concocté cette autre grosse affaire. Duff était partant à fond, mais Ellen, par simple esprit de contradiction, n'a accepté qu'ils hypothèquent la maison que s'ils lui donnaient de quoi payer l'acompte sur cet engin de mort qu'elle conduit. Je pense qu'ils espéraient qu'elle se tue au volant. (Phil se faufila de nouveau derrière le bar, prêt à se remettre au travail.) Bon, enfin, voilà l'histoire. Ils avaient une combine garantie, mais il s'est passé quelque chose. Et maintenant, ils sont en pleine panique.

Il y eut derrière Darrell un froissement de tissu, un parfum de violette, un balancement de cheveux châtain et soyeux.

— Voici T-Bone, la correspondante de guerre, s'exclama Phil, et son jeune millionnaire ! Alors, vous étiez où ?

— On est allés dîner au cap Spartel, répondit T-Bone. C'était tout à fait merveilleux ! Un homard sauce corail pour commencer, et ensuite quelques petites perdrix, et puis un chateaubriand. Harvey a commandé trois bouteilles de champagne. Il est gentil comme tout, non ? fit-elle en tapotant le bras de son compagnon, qui sourit de fierté.

— Si tu continues de manger comme ça, dit Phil, tu pourras dire adieu à ta ligne.

— Je mange à chaque fois que je peux. Je ne sais jamais quand j'aurai une autre occasion.

Phil secoua la tête.

— Tu n'as pas à t'inquiéter, T-Bone, tant qu'il y aura des million-naires comme Harvey pour prendre sous leur aile les jeunes femmes affamées.

— Harvey n'est pas millionnaire !

— Pour l'instant, je ne suis que première classe, dit Harvey, mais je suis natif du Texas, et j'ai encore de l'espoir. En m'accrochant un peu, j'arriverai à être sergent. Dites, vous n'allez pas nous servir quelque chose à boire ?

— Bien sûr que je vais vous servir quelque chose à boire ! C'est mon métier. Dites-moi ce que vous voulez, et je vous le sers.

— J'aimerais une crème de menthe frappée, dit T-Bone.

— Super, fit Harvey. Je ne connais pas, mais je prendrai la même chose.

— Avec des cerises, Phil.

Phil secoua la tête en soupirant.

— Ah, T-Bone, je ne peux rien te refuser. Quand est-ce que tu retournes à Paris ?

— Je ne sais pas. Je n'ai pas un sou.

— T-Bone est en fuite, confia Phil à Darrell. Elle a commis une pec-cadille sur les Champs-Élysées – elle a décervelé un vieux bonhomme avec une hache, un truc de ce genre. Ils l'ont pourchassée jusqu'à Rome et Saint-Tropez, mais elle a réussi à leur filer entre les pattes à Majorque, et depuis, elle attend ici que la poussière retombe.

— Phil, je n'ai jamais fait une chose pareille !

— Ne t'excuse pas, T-Bone. Ce vieux croûton l'avait sans doute lar-gement mérité.

Harvey descendit du tabouret et prit le verre de T-Bone.

— Viens, mon chaton, dit-il. Je vois une banquette libre, allons nous mêler aux humains.

T-Bone accepta de se laisser entraîner. Phil et Darrell la regardèrent traverser la salle.

— Est-ce qu'elle est anglaise ? demanda Darrell. Elle a un léger accent.

— Anglaise et française. Son père est professeur d'archéologie à la Sorbonne, aussi étonnant que cela puisse paraître. Contrairement aux rumeurs, c'est lui qui paye son loyer. Ça doit lui coûter la moitié de ce qu'il gagne.

— Qu'est-ce qu'elle fait ici ?

— Dieu seul le sait. Peut-être que l'endroit lui plaît. T-Bone est une jeune femme pleine de mystères. Elle sert aussi de rabatteur à deux ou trois journalistes du coin. Ne lui dites rien dont vous pourriez avoir honte, sinon vos secrets seront publiés en première page.

—Je vois pourquoi Noel était intéressé.

Phil hocha la tête.

— Elle n'a pas voulu jouer le jeu. Enfin, pas beaucoup. T-Bone a une haute moralité. Elle veut le lien conjugal sacré. Il faut qu'il porte un pantalon, qu'il ait un gros rouleau de billets et qu'il se serve d'un passeport américain. Elle n'a pas eu beaucoup de chance par ici. Tous les Américains sont des fugitifs en guenilles comme Harvey et moi. Les richards ont de la bedaine et une épouse légitime. C'est Duff qui a le gros béguin. S'il se pointe ce soir, attendez-vous à des ennuis.

— Quel genre d'ennuis ?

— Il a en quelque sorte tracé un trait autour de T-Bone. (Phil secoua la tête d'un air songeur.) Une fois, j'ai été obligé de lui faire sérieusement la leçon. Je lui ai dit : « Duff, tu lèves le poing sur moi, tu te retrouveras avec le gros intestin en moins. Je n'aime pas ces bagarres, je suis d'une nature délicate. »

Un client fit un signe, et Phil alla s'occuper de lui.

Darrell sirota sa bière en laissant ses pensées vagabonder. Des idées lui traversaient l'esprit comme des piétons hâtant le pas sous la pluie – des images, des hypothèses à moitié formulées, de vagues souvenirs : le fait que Noel ait disparu, la lettre qui suscitait tant d'intérêt... Arthur Upshaw et son regard indéchiffrable, l'impétueux Duff McKinstry,

Ellen… La coupure de journal relatant la mort de Mohammed Ali Aktouf, le réceptionniste du Balmoral Hotel… Mme Ritterman avec ses mèches de cheveux sur le visage comme des algues sur un rocher… La pitoyable barcasse de Noel… De l'autre côté de la salle, assise sur une banquette, T-Bone…

La voix de Phil Beresford se fit entendre tout près de son épaule.

— Regarder T-Bone devient une sorte de maladie. J'économise sur l'argent de mes cigarettes. Dès que j'aurai un million, je lui demande sa main.

— Je croyais que vous étiez déjà marié.

Phil eut un geste insouciant.

— C'est l'affaire d'une minute. Nous sommes dans un pays musulman. Je n'ai qu'à dire « Je te répudie » trois fois, et le tour est joué ! Je l'ai déjà dit deux fois. (Son regard se tourna vers la porte. Il se donna une petite tape sur le front.) Oh ho… Le voilà qui arrive…

Duff entra d'un pas décidé et s'installa sur un tabouret au bar. Il lança un bref coup d'œil glacial à Darrell.

— Hello, Duff, dit chaleureusement Phil. Alors, tu étais où, à cette heure-ci ?

— Sur le bateau. Des algues longues comme le bras, très mauvais pour le pont.

— Mets de la fibre de verre, comme je te l'ai dit. Tu en tireras un meilleur prix.

— Par-dessus le teck ? Bonté divine ! Vous autres Yankees, vous êtes vraiment des barbares. (Il sembla apercevoir T-Bone pour la première fois, et il poussa un grognement.) Où a-t-elle dégoté ce spécimen ? Qu'est-ce que c'est, exactement ?

— Un résident du grand État du Texas, à présent au service de l'armée des États-Unis.

— Là, elle a touché le fond, grimaça Duff.

— Ça me semble raisonnable, dit Phil. Elle a eu faim, et Harvey l'a nourrie. Je ne crois pas que son attirance aille beaucoup plus loin. Cela étant, Harvey a l'intention de devenir millionnaire.

Duff se retourna avec un petit sourire sardonique.

— Elle m'avait dit qu'elle resterait chez elle ce soir. La petite diablesse.

— Une femme qui a faim ne reste pas le soir chez elle, c'est bien connu.

Phil alla servir un client. Duff regarda dans le miroir placé derrière le bar, puis il se tourna vers Darrell.

— Alors, que comptez-vous faire, maintenant ?

— Je ne sais pas. D'après M. Upshaw, vous et lui avez déjà essayé de retrouver Noel.

— Effectivement.

— Et vous n'avez rien trouvé ? Aucune piste, rien ?

— Rien.

— Où avez-vous cherché, plus précisément ?

Duff éclata de rire.

— Secret professionnel, mon vieux.

— Je ne suis pas dans la profession. Pourquoi ne pas coopérer ?

— Non, merci, sans façon. Faites votre sale boulot vous-même.

— Mais s'il y a la moindre chance…

— Il n'y en a aucune. Noel s'est réfugié dans les hautes herbes. À mon avis, à Casablanca.

Il regarda par-dessus son épaule. Harvey tenait les doigts de T-Bone dans ses grosses mains rougeaudes. Duff grimaça de dégoût. Il descendit de son tabouret et traversa la salle.

— C'est parti, grommela Phil. Un jour, un jour…

Duff se pencha sur T-Bone en faisant de grands gestes. Harvey le regarda d'un air morose et but une gorgée de sa boisson verte. T-Bone sourit, fit ses excuses les plus charmantes. Duff argumenta. Harvey releva lentement la tête et dit quelques mots avec une froide politesse texane. Duff rétorqua quelque chose et lui tourna le dos. Harvey rumina quelques secondes, le visage empourpré, puis il posa les mains sur la table et prononça un ultimatum. Duff lui lança un coup d'œil dédaigneux. Harvey se redressa…

Avec une rapidité presque magique, Phil se retrouva à côté d'eux.

— Réglez d'abord l'addition, et ensuite, dehors.

Harvey jeta deux billets de un dollar sur la table. Duff et lui se dirigèrent vers la sortie, suivis par quelques piliers de bar pleins de curiosité.

Phil retourna derrière le comptoir.

— Chaque semaine, une fois par semaine, c'est comme ça.

— Duff n'a pas de cicatrices apparentes, fit remarquer Darrell.

— Il est devenu assez fort, maintenant. Il est rapide et vicieux. Il sait garder son calme.

T-Bone les rejoignit en fulminant.

— Ah, ce Duff ! J'aimerais bien qu'il me laisse tranquille !

— Ne l'encourage pas.

— Mais je ne l'encourage pas !

— Bien sûr que si. Tu ne peux pas t'en empêcher.

— Plus jamais, jamais, jamais je ne lui adresserai la parole.

Dehors, on entendit des bruits de conflit : des cris, des coups, des jurons. Phil écouta d'une oreille critique.

— On dirait que Harvey se défend bien.

— Je voudrais qu'il *tue* Duff !

— On n'aura pas cette chance.

Il y eut des coups de sifflet, des ordres brefs, l'agitation cessa, et des voix officielles se firent entendre.

— Les gendarmes, dit Phil. La caserne est juste au coin de la rue.

— Je vais me coucher, annonça T-Bone.

Elle se leva et franchit rapidement la porte de communication avec le hall de l'hôtel. Les clients sortis pour voir le spectacle revinrent dans le bar. Duff entra à son tour, en balançant les bras et le regard brillant. Harvey le suivait, les épaules voûtées et l'air furieux. Il était décoiffé et avait une marque rouge sur la joue. On aurait dit qu'il était tombé. Il jeta un regard autour de lui.

— Où est-elle allée ? demanda-t-il d'une voix pâteuse.

— Elle m'a dit de vous remercier pour une soirée très agréable, dit Phil, et elle a filé se mettre au lit.

Harvey hésita, regarda Duff accoudé au comptoir, puis il fit lentement demi-tour. À l'évidence, il mourait d'envie de tout démolir dans la salle, mais il se dirigea à pas lents vers la sortie. Là, il lança un dernier regard vers Duff, qui ne bougea pas. Harvey partit.

Duff se massa les phalanges.

— Rien de tel qu'un peu de sport pour égayer une soirée ennuyeuse.

Il regarda calmement Darrell, qui s'abstint de tout commentaire.

Cinq minutes plus tard, Arthur Upshaw fit son apparition, venant du hall du Balmoral. En apercevant Darrell, il s'arrêta net, puis il s'approcha du bar.

— J'espère encore voir cette lettre, M. Hutson.

— C'est un espoir tout à fait vain, M. Upshaw.

— Il est encore possible de parvenir à un accord. Whisky-soda, tout simple, dit-il à Phil.

Avec un signe à Duff, il alla s'installer dans l'alcôve que Harvey et T-Bone venaient de libérer. Duff le rejoignit et ils engagèrent une conversation animée.

Darrell paya ce qu'il devait, et il sortit dans la rue. Il était 11 heures du soir, et la Calle Miranda était paisible. Des réverbères brillaient à travers le feuillage des acacias. Derrière lui, les grands cactus projetaient des ombres étranges. Les voitures garées le long du trottoir ressemblaient à des carcasses de scarabées.

Une silhouette se détacha de l'ombre d'un porche et attendit. La lumière verte de l'enseigne MASQUERADE éclaira son visage : Slip-Slap le Marocain.

— Bonsoir, M. Hutson, lança-t-il d'une voix douce. Bonsoir, comment allez-vous ?

— Je vais très bien. Et toi ?

— Bien, bien. (Les yeux noisette scintillèrent dans la nuit.) Vous cherchez votre frère Noel ?

— Oui.

— Vous voulez le trouver ?

— Oui. Tu sais où il est ?

— Je connais peut-être un homme qui sait où est M. Noel. Vous voulez venir voir ?

— Ce soir ? Non.

— Non, pas ce soir. Peut-être demain. D'abord, je trouve. Mais vous venez, hein ?

— Ça dépend de beaucoup de choses.

— Bien sûr, je sais. Peut-être je vous vois demain. Et alors, vous parlez à l'homme. C'est bon, hein ?

— Bon, peut-être. Où est cet homme ?

— C'est ça qui est peut-être. Ce soir, vous faites quoi ?

— Je vais me coucher.

— Vous voulez quelque chose ?

— Rien, merci.

— Vous voulez regarder quelques filles ? Peut-être juste regarder, peut-être vous aimez.

— Non, je ne pense pas.

— Vous voulez autre chose ?

— Non. Juste me coucher.

En s'éloignant, Darrell jeta un dernier coup d'œil par-dessus son épaule. Slip-Slap l'observait, immobile et l'air pensif.

Il remonta dans sa chambre et prit dans sa valise la dernière lettre de Noel à sa famille. Il la regarda un instant en la soupesant. Il redescendit au rez-de-chaussée où il demanda une enveloppe au réceptionniste, puis il acheta un timbre. Il adressa l'enveloppe à lui-même, aux bons soins de l'American Express à Tanger. Il y mit la lettre de Noel et déposa le tout dans la boîte de l'hôtel. Il remonta dans sa chambre, ferma la porte à clé et se mit au lit.

Chapitre VI

Darrell était assis à la terrasse d'un café sur la place de France. La population de Tanger passait devant lui : des Berbères dépenaillés, d'élégants Espagnols, des touristes de toutes sortes. Il y avait des hommes en djellaba et fez avec des chaussures européennes, d'autres en pantalon et veste sport avec un fez et des babouches marocaines blanches. Des femmes en tailleur de tweed, des femmes en tenue de sport à la mode californienne, des femmes voilées jusqu'aux yeux et cachées sous d'amples robes blanches balayant le sol. Des vendeurs de foulards de soie, de calottes aux couleurs vives, de ballons de baudruche, de bijoux et de babioles, arpentaient le trottoir en examinant les clients des cafés. Le soleil brillait, l'air était lourd du parfum des acacias. Tout en sirotant un thé à la menthe dans un verre épais, Darrell repensait à sa visite au consulat américain.

L'entrevue ne lui avait rien apporté – ce qui était prévisible, il devait bien le reconnaître. Il avait été reçu avec promptitude et écouté avec courtoisie. Il avait fourni autant de détails qu'il le jugeait nécessaire sur les circonstances. Le consul s'était montré compatissant, mais guère coopératif.

— Avez-vous consulté la police ? Sans doute pas, j'imagine, puisque votre frère était impliqué dans des activités illégales.

— On m'a fait comprendre que la police ferme les yeux ou regarde ailleurs dans ce genre d'affaires.

Le consul haussa les épaules.

— Je ne peux faire aucun commentaire officiel à ce sujet. Cependant, l'époque étant ce qu'elle est… Une cigarette ?

— Non, merci.

Le consul se cala confortablement dans son fauteuil et regarda pensivement par la fenêtre.

— C'est une situation difficile pour vous.

— Oui, fit Darrell. Je me sens assez impuissant. De façon tout à fait officieuse, que lui est-il arrivé, à votre avis ?

— Il y a un mois, il a quitté Tanger avec une cargaison d'armes, et on n'a plus de nouvelles depuis ? Je pense qu'il est mort. Les Français voient d'un assez mauvais œil le trafic d'armes. Par ailleurs, d'autres groupes – des groupes concurrents, pourrait-on dire – travaillent à partir de Tanger et de Casablanca. Violence, piraterie, meurtre – on a vu tout cela dans le passé. Peut-être avez-vous entendu parler de l'explosion des vedettes dans le port ? Non ? Cela a eu un retentissement considérable.

Le consul posa les mains sur son bureau. L'entretien était terminé. Darrell se leva.

— Je vous remercie de m'avoir au moins consacré un peu de votre temps.

— Je vous en prie, c'est tout naturel. Je ne peux que vous suggérer l'évidence : allez voir la police. Si elle parvient à retrouver sa trace, et si elle le met en état d'arrestation, je ferai en sorte qu'il bénéficie de toute l'aide à laquelle il a droit.

Darrell sirota son thé à la menthe. Il ne s'était pas attendu à plus de la part du consul, mais c'était une démarche qu'il s'était senti obligé de faire. Un gamin des rues s'approcha et sortit de son panier une grosse tarentule en caoutchouc qu'il posa sur la table. Les pattes bougèrent et le jouet sautilla.

— Combien, monsieur ? Combien tu donnes ?

— Non, merci, ça ne m'intéresse pas.

— Pas cher. Regarde.

La bestiole fit un bond en avant.

— Je n'en veux pas.

— Combien ? Six cents francs ? C'est un bon prix.

— Non, merci.

— Regarde ça. (Le gamin montra une silhouette en caoutchouc qui se mit à agiter les bras et les jambes quand il appuya sur une petite poire.) Tu aimes mieux ? Je te fais un bon prix.

— Aucun de ces objets ne m'intéresse.

— Les deux pour huit cents francs. Très bon. Tu ne trouveras pas moins cher ailleurs. Tu regardes, tu essaies. Pas cher du tout.

— Je ne suis pas acheteur.

— Combien tu donnes ? Combien ?

— Rien du tout.

— Juste aujourd'hui, six cents.

— Non.

— OK, monsieur. Faut pas te fâcher.

Le gamin s'en alla déposer son araignée devant deux dames âgées qui mangeaient des glaces. Darrell se replongea dans ses méditations. Pour ce qu'il pouvait en juger, il se trouvait dans une impasse. Slip-Slap avait fait de mystérieuses allusions, qui ne déboucheraient sans doute sur rien sinon une demande d'argent. Cela étant, elles fournissaient un prétexte pour une autre discussion avec Arthur Upshaw, au cours de laquelle il pourrait glaner deux ou trois bribes d'information. De toute façon, il n'avait rien de mieux à faire. Il paya le garçon et remonta à pied la colline pour retourner au Balmoral.

Arthur Upshaw n'y était pas. Le réceptionniste assura qu'il ignorait où le trouver.

Darrell ressortit dans la rue. Il héla un taxi et indiqua au chauffeur l'adresse des McKinstry, sur la Calle Costanza.

En arrivant, il aperçut la Mercedes garée dans l'allée. Quand il sonna, ce fut Ellen qui vint lui ouvrir. Avec l'ombre de la maison derrière elle, vêtue d'un blue-jean élimé et d'un tee-shirt en coton bleu foncé, elle sembla un instant l'image même de l'adolescente rêveuse. Elle le fixa de ses yeux gris dénués de passion.

— Hello. Que voulez-vous ?

— J'aimerais parler à votre oncle, s'il est libre en ce moment.

— Il n'est pas là.

— Vous l'attendez ?

— Non. Ce n'est pas chez lui, ici. Et je ne l'invite pas. Il se contente de venir.

Sa voix avait pris une intonation particulière, comme une cymbale qu'on effleurerait d'un revers de manche.

— Savez-vous où je pourrais le trouver ?

Ellen le regarda d'un air soupçonneux.

— Pourquoi une telle urgence ?

— J'espère arriver à le convaincre que Noel n'est pas aussi coupable qu'il le croit.

Elle eut un petit rire sarcastique.

— Vous allez vous rendre compte qu'Arthur est totalement immunisé contre votre charme.

— Je ne savais pas que vous l'aviez remarqué.

Ellen lui lança un regard glacial.

— Excusez-moi, fit Darrell.

— Bon, venez, marmonna-t-elle de mauvaise grâce. Je vais vous conduire à Arthur.

— Ce ne sera pas nécessaire. Dites-moi simplement où il est. J'ai un taxi qui m'attend.

— Je n'en suis pas vraiment sûre moi-même. Et de toute façon, je n'ai rien d'autre à faire.

D'un bond, elle descendit les marches et sauta dans la Mercedes avec une indifférence pour sa dignité que Darrell trouva soudain charmante. Malgré son arrogance provocante, il était difficile de la détester.

Il paya le chauffeur du taxi et s'installa à côté d'elle. Dans un rugissement de moteur et un crissement de pneus, ils partirent. Les maisons et les arbres défilaient à toute allure. Ils roulaient sur la route comme un bobsleigh dans une pente. Darrell posa la main sur la clé de contact.

— Est-ce que vous êtes obligée d'aller aussi vite ?

Ellen lui lança un regard malicieux et ralentit un peu. À une vitesse relativement raisonnable, ils atteignirent le centre-ville, traversèrent le boulevard Pasteur et descendirent la colline. Devant un bâtiment minable en stuc jaune, Ellen s'arrêta et sauta sur le trottoir. Sur la porte, des lettres en feuille d'or écaillée indiquaient :

OSCAR VENTRISS
Agent général

Ellen ouvrit la porte et entra. Après une légère hésitation, Darrell la suivit.

Un gros homme en costume marron et coiffé d'un feutre à larges bords assorti leva les yeux. Il retira son cigare de ses lèvres humides.

— Oui, quoi ?

— M. Upshaw est-il là ?

Ventriss secoua la tête et se remit le cigare à la bouche en braquant sur eux deux petits yeux noirs.

— Il va et il vient.

— Où est-il allé ?

Ventriss agita une grosse main rose.

— Qu'est-ce que j'en sais, moi ? (Il pointa le pouce vers Darrell.) Qui est ce monsieur ?

— C'est le frère de Noel Hutson.

Ventriss gloussa – un gloussement triste, comme une pompe qui aspire de l'air.

— Vous en êtes sûre ?

— En réalité, je m'en fiche un peu.

Ventriss secoua la tête d'un air désapprobateur.

— Et voilà qu'ils arrivent. De toutes les directions. Comme des mouches.

Il s'intéressa de nouveau à son bureau en faisant glisser son cigare vers l'autre coin de sa bouche.

Ellen fit signe à Darrell.

— Partons.

Ils retournèrent à la voiture.

— Et maintenant, dit Darrell, que faisons-nous ?

— Il y a un autre endroit où il pourrait être.

Elle repartit vers le haut de la colline. Darrell demanda :

— Ventriss a-t-il quelque chose à voir avec Noel ?

— Pas directement.

— Un agent général... Il représente le fabricant d'armes, ou je me trompe ?

— Qu'est-ce que ça peut faire ? (Ellen semblait s'ennuyer profondément.) À moins que vous n'ayez l'intention de passer vous-même une commande. Dans ce genre de commerce, il faut payer cash, rubis sur l'ongle. Pas de crédit.

— C'est l'homme à voir pour ça ? L'importateur, pour ainsi dire ?

Elle lui lança un regard interrogateur.

— Vous êtes très intéressé, on dirait ?

— Non, pas vraiment. Comme vous dites, qu'est-ce que ça peut faire ?

La conversation se tarit. Ils remontèrent la colline en se dirigeant vers l'ouest, vers l'ancienne forteresse – la casbah qui dominait la médina. Darrell demanda poliment :

— Où allons-nous, maintenant ?

— Nous suivons la piste d'Arthur. Il est certain que Ventriss a refusé de fournir de la marchandise supplémentaire sans paiement, et Arthur va donc automatiquement essayer de faire cracher le client.

— Le FLN ?

— Appelez-le comme vous voudrez.

— Comment l'appelez-vous, vous ?

— L'Égypte, la RAU, le Panarabisme, l'Empire musulman. Le FLN n'est qu'une façade – les gens qui se battent. Dans dix ans… ma foi, il pourrait bien rester quelques Européens vivants en Afrique du Nord.

La rue débouchait sur une place immense envahie par des étals de fleuristes. À l'autre bout se dressait le minaret d'une mosquée.

Ellen gara la Mercedes.

— Venez, dit-elle.

— Où allons-nous ?

— Soco Chico.

— Qui est-ce ?

Elle le regarda avec un mépris amusé.

— Cette place s'appelle Soco Grande. Soco Chico est une autre place un peu plus loin. C'est plus commode d'y aller à pied.

Elle l'emmena dans une petite rue bordée de bureaux de change et de boutiques de marchands indiens. La foule était presque entièrement marocaine, les hommes coiffés de fez, de turbans et de calottes multicolores, tandis que les femmes étaient cachées sous leurs voiles. Des ânes minuscules chargés de peaux, de légumes et de fourrage avançaient péniblement au milieu de la rue.

Deux ou trois cents mètres plus loin, ils se retrouvèrent dans Soco Chico, une place étroite à l'ombre de bâtiments de quatre étages aux charpentes pourries et peints d'un marron écaillé.

— Attendez là, dit Ellen. Je n'en ai que pour une minute.

Darrell regarda la mince silhouette en blue-jean disparaître dans une ruelle adjacente. La minute en devint deux. Darrell alla s'asseoir à la terrasse d'un café tout proche et observa les passants. Un serveur apparut, et Darrell commanda une bière.

Cinq minutes plus tard, Ellen revint en traversant la petite place pittoresque, se frayant un chemin parmi la foule de Marocains d'une démarche élastique. Son regard n'était fixé sur rien, et son expression était un mélange d'indifférence et de dédain. Darrell réalisa avec une certaine surprise qu'Ellen était une très jolie fille. Elle avait de beaux cheveux auburn très fins, des yeux clairs admirables, des épaules bien carrées et des hanches étroites – un physique de joueuse de tennis. Ellen sentit son regard posé sur elle. Sa bouche esquissa une grimace sarcastique.

— Ils sont partis. Je n'ai pu trouver personne.

— Asseyez-vous, dit Darrell. Buvez quelque chose.

Elle le regarda d'un air intrigué.

— Une invitation ?

— Oui, j'imagine que ça revient à ça.

Ellen pinça les lèvres et de petits plis, comme des marques de sourire, apparurent aux commissures.

— Vous allez peut-être me dire pourquoi vous vouliez voir Arthur ?

— Si vous me dites vous-même deux ou trois choses en échange.

— Peut-être.

Ellen s'assit et le serveur s'approcha. Elle lui dit trois mots en arabe. Le garçon s'inclina et se retira. Ellen regarda Darrell du coin de l'œil, avec curiosité.

— Alors ? fit-elle. Pourquoi êtes-vous si pressé de trouver Arthur ?

— Pour être tout à fait franc avec vous, répondit Darrell, il fallait que je fasse quelque chose, et parler avec M. Upshaw m'a semblé une idée qui en valait bien d'autres.

Ellen hocha la tête, avec un petit sourire toujours aussi sardonique.

— Et je vous sers de chauffeur à travers toute la ville simplement parce que vous cherchez à vous occuper.

— Pas tout à fait. Il s'est produit deux ou trois choses.

Le garçon revint avec une petite tasse de café noir qu'il posa devant Ellen.

— J'avais espéré pouvoir procéder à un échange d'informations avec M. Upshaw, reprit Darrell.

— Hmm. Aucun espoir de ce côté-là. Que s'est-il passé ?

— J'ai été approché par un Marocain, qui m'a dit être à même de me fournir des informations. C'était hier soir. Je ne l'ai pas vu ce matin, mais je suis sûr qu'il va revenir. J'imagine qu'un peu d'argent changera de mains.

— Il va vous vendre n'importe quoi.

Darrell haussa les épaules.

— Peut-être bien. Mais il y a une chance pour que...

— Non, absolument aucune. Si quelqu'un avait une information à vendre, il y a longtemps qu'il serait allé voir Arthur.

— C'est vrai. À moins que...

— À moins que quoi ?

— En réalité, rien. Il y a une centaine de possibilités. Et si, par exemple, ce Marocain était envoyé directement par Noel ?

Elle éclata de rire.

— Il est bien plus probable que Noel a saisi l'occasion qui se présentait.

Darrell secoua la tête.

— Je connais trop bien Noel pour penser ça.

— Il dirait non à quatre cent mille livres sterling ? Plus d'un million de dollars ?

Darrell regarda à travers la place.

— Il n'y a pas de doute que c'est un montant impressionnant. Suffisamment impressionnant pour tenter Noel... mais je n'y crois quand même pas. Toute cette affaire est absurde. Qui serait assez bête pour lui confier une somme pareille ?

— Qui a parlé d'argent ?

Darrell haussa les sourcils.

— Vous. Quatre cent mille livres.

— Quatre cent mille livres sous forme d'héroïne.

Darrell ressentit une crispation à l'estomac, et son visage se contracta. Il se cala dans son fauteuil et regarda Ellen avec fascination. Elle lui rendit son regard avec un demi-sourire amusé. Il se sentait excité et fébrile, et cette émotion le rendait encore plus furieux.

— Il n'y a pas l'ombre d'un doute que vous vous trompez, dit-il enfin. À la rigueur, Noel pourrait voler un million de dollars, mais jamais il ne toucherait ne serait-ce qu'à un gramme d'héroïne.

— La marchandise a disparu, et Noel avec. (Cette fois, Ellen avait un large sourire.) Qu'est-ce qui vous contrarie à ce point ?

— Je ne vous aurais jamais imaginée en trafiquant de drogue.

Darrell fut surpris des mots qu'il venait de prononcer. Ellen sembla étonnée, elle aussi. Son sourire s'effaça et son expression devint distante.

— Je ne fais pas de trafic de drogue – si cela peut faire une différence. Arthur et Duff non plus. Ils achètent et vendent des marchandises, et ils en organisent le transport. Ils jouent un rôle utile, ils ne portent pas de jugement.

— C'est vraiment trop facile. Vous vous le répétez souvent ?

— Je n'y pense jamais. En fait, je ne travaille pas avec eux. Je déteste Arthur et je me dispute avec Duff.

— Vous avez de drôles de principes moraux.

Ellen se cala contre son dossier et étendit ses longues jambes fines.

— Je n'ai pas de principes moraux, à part celui de veiller à mes propres intérêts. Exactement comme tout le monde, même si d'autres personnes affichent de nobles idéaux. Moi, je n'affiche rien du tout.

— Ça vous plaît de faire du mal à d'autres ?

— Pas du tout. Je suis exempte de tout sadisme, masochisme et autres formes de « isme » – ou du moins, c'est ce que je crois.

— Pourtant, vous devez bien savoir ce que l'addiction aux drogues peut faire aux gens.

— Certainement. Presque autant de dégâts que de fumer des cigarettes. (Elle se releva d'un bond.) N'allez pas me faire un sermon sur les réseaux de trafic de stupéfiants. Personne ne vote de lois contre les industriels du tabac. Comparés à eux, les trafiquants de drogue sont des gamins.

— Votre argument est très fort. En fait, vous semblez bien véhémente en plaidant votre cause.

— Pas du tout. J'essaie simplement d'être convaincante.

— Auquel cas, pourquoi ne manifestez-vous pas la même indignation au sujet des narcotiques ?

— Mon cher monsieur, je ne suis absolument pas indignée. Je me contente d'observer que de nombreuses entreprises acceptées par la société tirent profit des dommages potentiellement infligés à d'autres humains. Les présidents des fabricants de cigarettes ne sont pas inculpés de meurtre. Alors, quand je vous vois vous lamenter à propos de trafic de drogue, je me demande simplement si vous êtes un hypocrite ou un imbécile, ou un peu des deux.

Darrell s'efforça de rassembler ses esprits.

— Et vous êtes parvenue à une conclusion ?

— C'est sans importance.

— Vous pensez donc que, sous prétexte que certaines personnes sont des canailles, vous pouvez bien en être une vous aussi.

— En réalité, je m'en fiche un peu, rétorqua Ellen d'un ton désinvolte. Ne vous ai-je pas dit que j'étais dépourvue de sens moral ? Je n'en ai pas du tout. Je respecte le minimum de conventions nécessaires en société, et si je ne vends pas de drogue ni de cigarettes, ce n'est pas pour une question de morale. Mais mes ressources financières commencent à baisser, et je vais bientôt devoir faire quelque chose pour y remédier. Il n'y a qu'une solution logique.

— C'est un métier assez peu ragoûtant.

— Sauf si c'est le bon prix.

— Quel ordre de grandeur avez-vous en tête ?

Elle le regarda en coin.

— Oh, disons, cent, peut-être. Autant que le marché peut supporter.

Darrell compta quelques billets.

— Tenez, dit-il, en voilà cent cinquante.

Elle haussa les sourcils.

— Des francs ? Ça n'est vraiment pas très flatteur. Je parlais en livres.

— Cent livres. C'est assez élevé.

— Pas tant que ça. Je ferai en sorte que ce soit intéressant.

— Je n'en doute pas. Et si on disait cinquante ?

— Voyons d'abord votre argent. Ou bien est-ce que ce ne sont que des paroles en l'air ?

— Juste des paroles en l'air. Cinquante livres, ça fait cent quarante dollars.

Ellen se leva.

— Si nous ne trouvons pas Noel très bientôt, je vous ferai un rabais. Alors, vous venez ?

— Attendez. J'aimerais vous montrer quelque chose.

Elle se rassit.

— Quoi ?

Darrell lui tendit la coupure de journal qu'il avait reçue.

— Qu'en pensez-vous ?

Elle lut l'article et le lui rendit.

— Oui, eh bien ?

— C'était dans une enveloppe qu'on m'a remise.

— À votre place, je rentrerais chez moi.

— C'est le message, semble-t-il. Est-ce que votre immoralité s'étend jusqu'à la torture ?

Elle lui lança un rapide coup d'œil.

— Non. Ce n'est pas faute d'être immorale, mais c'est plutôt par manque de cran et d'esprit d'entreprise. Hmm... Il ne m'est jamais venu à l'idée qu'Aktouf puisse savoir quoi que ce soit. Je n'arrive pas à imaginer pourquoi quelqu'un l'aurait pensé.

— Si je comprends bien, ce n'est donc pas vous qui m'avez envoyé cet article ?

Elle secoua la tête.

— Comme je vous l'ai dit, je n'ai aucun intérêt personnel dans cette affaire.

— Je croyais que votre argent y était investi.

— Comme une idiote, j'ai laissé Duff hypothéquer la maison et liquider notre capital. À moins que Noel ne réapparaisse, tout sera perdu. Je perdrai la voiture. Duff me devra vingt mille livres, dont je ne verrai évidemment jamais la couleur. C'est dans cette mesure que j'aimerais beaucoup revoir Noel.

Darrell froissa l'article de journal et en fit une boule qu'il jeta dans le caniveau.

— On peut facilement deviner qu'on a torturé Aktouf pour lui soutirer des informations.

— Si vous vous demandez qui a pu faire ça, dit froidement Ellen, ma réponse est que je n'en sais rien. Ce n'est pas moi. Duff ne pourrait pas le faire seul, il n'a vraiment aucune volonté. Arthur est capable de toutes les cruautés. C'est à lui que je dois ma lucidité sur les choses de la vie.

Elle se leva d'un bond et tourna brusquement la tête, faisant voler ses cheveux blond foncé.

— Allons-y, dit-elle d'une voix étouffée.

CHAPITRE VII

Darrell déjeuna dans un restaurant très calme à côté de la place de France. Quand il lui avait proposé de se joindre à lui, Ellen avait esquissé une grimace sardonique avant de sauter dans sa voiture et de traverser en trombe la place Soco Grande, où les passants s'étaient égaillés telles des poules affolées.

Tout en mangeant, il réfléchissait à la jeune femme. Les jolies filles étaient rarement misanthropes. Les rebelles antisociaux classiques – anarchistes, existentialistes, mystiques, beatniks, trotskistes, nihilistes, pacifistes, jeunes révoltés, aristocrates platoniciens – se regroupaient généralement en cliques prudentes, ne craignant en fait rien plus que l'absence d'ordre social. Ellen marchait seule dans la vie. Elle reconnaissait au moins avoir une implication indirecte dans le trafic de stupéfiants. Elle s'était offerte pour cinquante livres et elle l'avait raillé quand il avait renâclé sur le prix. Elle conduisait comme une folle, au mépris du danger. Elle affirmait fièrement sa croyance dans l'immoralité. Le terme « asociale » était sans doute trop faible. Le mot « dépravée » lui vint à l'esprit, mais il ne convenait pas. Ellen était tout sauf dépravée. La dépravation était un effondrement moral. Ellen était trop têtue, trop amère, trop intelligente pour ça. Étrange, songea-t-il.

En un exercice d'incongruité, il s'amusa à la transposer dans son propre environnement. Il l'imagina faisant ses courses au supermarché, se bronzant au bord de la piscine derrière la maison, roulant à tombeau ouvert sur l'autoroute dans sa Mercedes. Et assez bizarrement, ces images n'étaient pas du tout absurdes. Ellen semblait heureuse. Darrell se secoua.

Il paya l'addition et quitta le restaurant avec un fort sentiment de découragement. Il se rendit au bureau téléphonique où il passa un coup de fil aux États-Unis. Il n'eut aucun mal à joindre son père. Il lui résuma ce qu'il avait appris, en y ajoutant une ou deux hypothèses personnelles.

— Il semblerait que Noel se soit associé à une bande assez brutale, fit la voix de son père.

— Oui, on dirait bien.

— Ma foi, ne prends surtout pas de risques. Je ne veux pas que tu aies des ennuis à cause de lui.

— Nous sommes bien d'accord là-dessus. Bon, je vais continuer mes recherches. Il en sortira peut-être quelque chose. Je te rappellerai dans un jour ou deux.

— D'accord. Sois prudent.

— Compte sur moi. Au revoir.

— Au revoir.

Darrell redescendit la colline vers la Calle Erasmus et l'Hotel de los Dos Continentes. Il y trouva Mme Ritterman à quatre pattes en train de nettoyer les marches de l'entrée. En voyant Darrell, elle se redressa à genoux et s'essuya le nez avec son avant-bras.

— Qu'est-ce qu'il y a encore ? demanda-t-elle.

Darrell dit poliment :

— J'imagine que vous n'avez pas eu de nouvelles de Noel ?

— Je crois qu'il se passe quelque chose de pas normal, répondit-elle d'un air soupçonneux. Vous êtes son frère ?

— Oui, bien sûr que je suis son frère.

— C'est vous qui le dites.

Darrell lui tendit son passeport.

— Tenez, jetez un coup d'œil. Mon nom est écrit, là : Darrell Hutson.

Mme Ritterman se releva en poussant un grognement.

— C'est très bizarre. Un jeune garçon est venu ce matin, il voulait le courrier de Noel. Il m'a dit qu'il venait de sa part.

— Vous le lui avez remis ?

Mme Ritterman eut un éclat de rire indigné.

— Vous croyez que je ne connais pas mon métier ? Je lui ai dit, reviens avec un mot de Noel, comme quoi il veut que je te donne tout ça. Et il m'a dit oui, que c'était ce qu'il allait faire.

— Ça s'est passé quand ?

— Juste ce matin.

— Et il a dit qu'il reviendrait aujourd'hui ?

— Oui. Tenez, regardez ! (D'une main, elle le prit par le coude et pointa avec l'autre.) C'est lui, là-bas !

Darrell se retourna et vit Slip-Slap qui s'approchait. En apercevant Darrell, le jeune homme s'arrêta un instant, puis il s'avança avec un sourire ravi.

— Hello, M. Hutson. Je suis heureux de vous voir.

— J'en suis sûr. Qu'est-ce que tu veux faire avec les lettres de Noel ?

— Des lettres, M. Hutson ?

Darrell saisit le papier que Slip-Slap tenait à la main. Il le déplia. D'une écriture soigneusement arrondie, il y était écrit :

> *À la gérante,*
> *Hotel de los Dos Continentes :*
> *Veuillez donner mon courrier à Suliman.*
> *M. Noel Hutson*

Darrell tendit la lettre à Mme Ritterman. Elle la lut sans une trace d'amusement, puis elle se tourna en levant le bras. Slip-Slap recula prudemment.

— Tu me prends pour une idiote ? Tu crois que je vais m'attirer des ennuis pour rien ? Attends voir un peu. J'appelle la police.

Slip-Slap recula encore d'un pas.

— C'est à vous que j'allais apporter les lettres, M. Hutson. Je crois que vous les voulez.

— Merci, fit Darrell en restant impassible.

— Vous voulez des nouvelles de votre frère ?

— Oui, naturellement.

— J'ai essayé d'en trouver. Demain, peut-être, je viens vous voir.

Il s'en alla en jetant un dernier coup d'œil par-dessus son épaule.

— Celui-là est un vaurien, déclara Mme Ritterman.

Elle releva le bas de sa jupe afin de se remettre au travail.

Darrell prit sa voix la plus suave et persuasive pour demander :

— Est-ce que vous me laisseriez voir les lettres ?

Le visage de Mme Ritterman prit un air déterminé. Darrell comprit qu'il avait manqué de tact.

— Non, dit-elle, je les garde. Quand Noel reviendra, je lui donnerai son courrier. À personne d'autre.

À l'évidence, Mme Ritterman était une femme obstinée. Darrell lui demanda poliment :

— Vous voudrez bien mettre ces lettres en sécurité, sous clé quelque part ?

— C'est bien ce que j'ai l'intention de faire. Personne ne mettra la main dessus.

* * *

Darrell se rendit à pied au Masquerade Bar, qui était pratiquement désert à quatre heures et demie de l'après-midi. Debout derrière le comptoir, Phil Beresford était en train d'écrire dans un épais cahier, une paire de lunettes à grosse monture d'écaille sur le nez. T-Bone était assise en face de lui, vêtue d'une robe noire à manches courtes et buvant un Tom Collins dans lequel flottaient une douzaine de cerises au marasquin.

— Bonjour, dit Phil. J'essaie de faire mes comptes, mais T-Bone n'arrête pas de souffler sur moi, et j'ai de la buée sur mes lunettes.

— Tu m'as demandé de m'asseoir là, dit T-Bone.

— Tu m'a promis de bien te tenir. Ça veut dire que tu ne dois pas respirer. (Il referma son cahier.) Je n'arrive pas à équilibrer mes comptes, et la raison en est très simple. (Il fixa Darrell à travers ses verres qui lui grossissaient les yeux.) Je dépense deux fois plus que ce que je gagne. Qu'est-ce que vous prenez, M. Hutson ?

Darrell commanda un martini. T-Bone le regarda en fronçant les sourcils.

— Noel s'appelle Hutson, lui aussi, dit-elle à Phil d'un air étonné.

— C'est comme ça que ça marche, répondit-il. Les frères se servent du même nom de famille.

— Mais je ne savais pas que Noel avait un frère. C'est son frère ? Vraiment ?

— Absolument. Tu ne trouves pas qu'il lui ressemble ?

T-Bone éclata de rire, avec une soudaine gaieté.

— C'est celui qui gagne tant d'argent en construisant des autoroutes ?

— Nous y voilà, grogna Phil.

T-Bone se tourna vers Darrell. Elle prit une cerise dans son verre et la grignota.

— Vous êtes plus âgé que Noel ?

— De deux ans.

— Et vous n'êtes pas marié ?

— C'est moi qui l'ai vu le premier, dit Phil. Bas les pattes.

T-Bone rit avec une grande assurance.

— Tu es déjà marié.

— Je n'ai pas l'intention de devenir bigame, expliqua Phil. Je veux simplement lui vendre un bar.

— Ah, non, fit Darrell, par pitié.

— Une affaire qui marche du tonnerre. Une clientèle d'élite, un stock d'alcool de bonne qualité, Arthur Upshaw comme propriétaire. Dites un prix, n'importe lequel. (Il claqua des doigts.) Je vous le vends tout de suite. Du moment que ça me laisse de quoi emmener cette mignonne en dentelles à Honolulu. Crois-moi, T-Bone, c'est merveilleux. J'ai un petit cabanon sur la plage de Kailua. Entre toi, moi et les pigeons que tu sauras plumer, on devrait bien se débrouiller. Le meilleur poisson qu'on peut imaginer, la bière locale, l'okulchao…

— Chut, fit T-Bone. Mme Phil.

— Et alors ? Elle le sait bien, elle attend, simplement. (Mais il regarda quand même par-dessus son épaule.) Ah, petite diablesse, tu essaies de me faire peur, hein ?

— Non, la voilà qui arrive.

Mme Phil sortit de la cuisine de son pas lent.

— On te demande au téléphone, dit-elle d'une voix bourrue. C'est Grandin, au sujet de la facture.

— OK, Mama, je le prends ici. Excusez-moi, les gars.

Il se glissa sous le comptoir pour aller dans la cabine téléphonique. Mme Phil, après un très bref coup d'œil vers T-Bone, retourna dans sa cuisine.

— Brrr, fit T-Bone en faisant mine de trembler. Un vrai glaçon. (Elle se tourna vers Darrell d'un air interrogateur.) Pourquoi me regardez-vous comme ça ?

— Je me posais des questions.

— À mon sujet ?

— Noel nous a envoyé une photo de lui avec vous sur une plage.

T-Bone hocha la tête sans enthousiasme. Elle se détourna de Darrell, comme si le sujet l'ennuyait.

Phil revint.

— C'est décidé, je vais faire enlever ce téléphone de la cuisine. De voir débouler Mama de la cuisine, ça flanque la trouille aux clients, et à moi aussi.

— Elle veut juste voir un peu ce qui se passe, dit T-Bone d'un ton raisonnable.

— Elle aime s'exhiber, oui, rétorqua Phil. Depuis que M. Burdette a mordu à son hameçon, elle se prend pour une déesse.

T-Bone fronça le nez et mangea une autre cerise.

La grande porte vitrée du Balmoral s'ouvrit. Arthur Upshaw et Duff entrèrent. Upshaw fit signe à Phil, et les deux hommes allèrent au bout du bar pour discuter. Duff se planta à côté de T-Bone en jetant un regard mauvais à Darrell.

— Alors, dit-il, tu es prête ?

— Oui, soupira T-Bone. Où est-ce qu'on va ?

— Chez Graham, pour boire un verre.

T-Bone posa le bout du doigt dans un peu d'eau renversée sur le bar et se mit à dessiner un rond.

— On dirait que tu n'as pas envie de venir, dit Duff.

— Je n'aime pas Graham. Il raconte des histoires cochonnes.

— On n'est pas forcés de rester longtemps.

T-Bone se glissa à bas de son tabouret.

— J'ai une migraine épouvantable, Duff. Non, vraiment, je ne peux aller nulle part.

— Mais j'ai déjà…

— Bonne nuit, Duff. (Elle se tourna vers Darrell avec un petit sourire mélancolique.) Bonne nuit, M. Hutson.

— Bonne nuit.

T-Bone sortit. Alors qu'elle entrait dans le hall du Balmoral, son pas s'accéléra et elle monta les marches quatre à quatre.

Duff fit demi-tour et quitta le bar.

Darrell resta à observer Arthur Upshaw et Phil. Upshaw s'exprimait avec véhémence, en tambourinant sur le comptoir. Phil avait l'air chagriné. Il argumentait et protestait.

Upshaw fit une remarque sèche et vint rejoindre Darrell.

— Venez par ici, M. Hutson, si vous voulez bien. J'aimerais m'entretenir avec vous.

Il fit signe à Darrell de s'installer dans une alcôve, et il s'assit en face de lui.

— Vous avez parlé à ma nièce, dit-il.

— Oui.

— Elle vous a sans doute raconté pas mal de choses.

— Juste les grandes lignes de cette affaire.

Upshaw fit une brève grimace qui lui découvrit les dents, aussi rapide que l'obturateur d'un appareil photo.

— Elle ferait n'importe quoi pour m'embêter. Est-ce que vous vous rendez compte que toute cette histoire aurait facilement pu être évitée ? Si seulement elle était venue me voir quand Noel lui a téléphoné.

— Noel lui a téléphoné ?

Upshaw le regarda attentivement.

— Elle ne vous a pas parlé de cet appel ?

— Non.

— Que vous a-t-elle dit ?

— Suffisamment pour que je comprenne de quoi il retourne.

Upshaw poussa un grognement.

— Inutile de préciser que je ne tiens pas à ce que ces informations soient partagées avec des agents des services secrets français.

— Je ne connais pas d'agent des services secrets français.

— Vous venez juste de bavarder avec l'un d'eux.

— Qui ça ? Phil ?

— Non.

— Vous ne voulez pas dire que c'est T-Bone ?

Upshaw leva la main.

— Ce n'est pas vraiment un agent secret, mais elle a des amis qui le sont. Ils lui expliquent ce qu'ils aimeraient savoir, lui suggèrent des personnes à interroger, et ils la paient si elle obtient des résultats. Je vous le dis pour que vous soyez sur vos gardes.

— Mais Duff…

— Exactement. Pourquoi pensez-vous qu'elle le supporte ? J'ai expliqué tout ça à mon neveu, mais sa vanité l'empêche d'y croire. Cela étant, il prend quand même soin de tenir sa langue.

— Hmm…

— Je vous déconseille aussi fortement de vous confier à Beresford. Il est insouciant, il boit beaucoup et parle trop. Si vous passez un coup de fil depuis la cabine, sa femme ou lui écoute la conversation sur le combiné de la cuisine. Ils en savent plus que moi sur mes propres affaires.

Darrell ne dit rien. Upshaw l'observa d'un air impassible avant de poursuivre :

— Il y a une somme d'argent considérable en jeu dans cette histoire, comme vous le comprenez maintenant. Déjà, un homme qui avait été mon réceptionniste est mort – une mort inutile, car je suis sûr qu'il ne savait rien. Cela pourrait se reproduire. Je vous conseille de rentrer chez vous et de laisser votre frère se débrouiller tout seul.

— Vous ne vous attendez quand même pas à ce que je fasse ça, M. Upshaw.

Avec un accent de conviction absolue, Upshaw déclara :

— Noel a volé une marchandise précieuse. C'est un fait. Au pire, il n'aura que ce qu'il mérite.

Darrell se retint de protester et dit simplement.

— Pour rien au monde Noel ne toucherait à de la drogue. C'est tout bonnement impossible.

— N'empêche, les faits sont là, et il l'a volée. Sinon, où est-il ? Les Français ne l'ont pas, ni les Marocains. Il n'y a personne d'autre. Il s'est enfui. Il a décampé.

— Un accident…

— Nous aurions trouvé le camion. N'oubliez pas, M. Hutson, un million de dollars peuvent remédier à la répugnance d'un homme envers pratiquement n'importe quoi. À cet égard, vous êtes vous-même dans une situation précaire.

— C'est absurde. Je…

Upshaw ignora l'interruption.

— Votre frère disparaît avec un million de dollars, et il attend vraisemblablement sa chance de pouvoir prendre le large. C'est à ce moment que vous apparaissez. Pour ma part, je suis convaincu que vous ignorez où il se trouve, mais d'autres pensent différemment. Je vous conseille de me donner cette lettre ridicule et de rentrer chez vous.

— Je vous montrerai la lettre... quand vous m'aurez dit ce que je veux savoir. Où chercher Noel, quel genre de camion il conduisait, qui il était censé rencontrer, qui il a effectivement vu, qui savait où et quand il allait effectuer ce voyage.

Upshaw se leva et s'éloigna sans un mot. Darrell retourna à son tabouret de bar et commanda un autre martini.

Phil le servit. Il avait les cheveux en bataille et son nœud de cravate était défait. Il lança un regard mauvais à Upshaw.

— Vous savez comment ça se passe dans les basses-cours, où chaque poule en a une autre inférieure à elle, à qui elle peut donner des coups de bec ? Moi, je suis la pauvre petite volaille tout en bas de l'échelle. Les autres rappliquent en battant des ailes quand elles sont de mauvaise humeur. Arthur vient juste de me dire qu'il augmente mon loyer.

— Il augmente le loyer ? Je croyais qu'il était en train de perdre le bâtiment.

— Il est en discussion avec sa banque pour essayer de trouver un moyen de s'en sortir. En attendant, il est fauché et il veut que ce soit moi qui le finance. Il a une grosse Chrysler, et Ellen conduit cette faucheuse noire. Moi, j'ai une vieille MG cabossée et Arthur trouve que je devrais économiser. C'est une drôle de famille, ça, vous pouvez me croire.

— Il y a une chose que j'aimerais savoir, dit Darrell. Pourquoi Ellen semble-t-elle en vouloir à la terre entière ?

— Ça, je n'en sais fichtre rien. Elle est bizarre depuis la mort de Scotty McKinstry à Alicante. Ça fait huit ans de ça, quand je suis arrivé ici. C'était une gamine vraiment mignonne, avec de grands yeux et de longs cheveux, le genre Alice au Pays des Merveilles. Ils l'ont mise dans des écoles un peu partout : en Angleterre, en Suisse, en France. Chaque fois, elle s'est fait renvoyer presque aussitôt.

Des clients entrèrent et Phil dut s'occuper d'eux. M. Burdette arriva un peu après, en compagnie d'une jeune matrone à la forte poitrine qui s'exprimait en grognant d'une voix rauque. Arthur Upshaw apparut à son tour et s'installa pour dîner, interrompu une fois par Mme Phil qui avait une communication pour lui, puis il retourna dans le hall de l'hôtel sans un regard autour de lui.

Darrell finit par quitter le Masquerade et alla se promener dans le boulevard Pasteur. Il dîna dans un petit café, s'acheta un magazine et remonta la Calle Miranda. Une fois dans sa chambre, il lut pendant une heure, puis il jeta le magazine par terre et resta allongé à contempler le plafond. Les lumières clignotantes des néons verts du Masquerade brillaient à travers la fenêtre, comme une invitation presque irrésistible.

Il redescendit, traversa la rue et s'installa au bar à sa place habituelle. Quelques minutes plus tard, T-Bone passa le nez par la porte et jeta un coup d'œil prudent dans la salle. Phil lui fit signe.

— T-Bone ! Je croyais que tu étais au lit. Où es-tu passée ?

T-Bone s'approcha du bar d'une démarche souple.

— Je vais me coucher maintenant. Un gentil Suédois m'a téléphoné, un M. Sverdlup. Tu le connais ?

— Je ne peux pas dire que j'aie cet honneur.

— Il m'a emmenée dîner, et je suis vraiment fatiguée. Bonsoir, M. Hutson.

— Bonsoir.

— Il vaudrait mieux que ton petit ami ne te voie pas comme ça, dit Phil. Il te croit en pyjama. Il pourrait se froisser.

— Oh, ce Duff ! (T-Bone pinça ses lèvres adorables.) Il est agaçant comme tout. Absolument insupportable.

— Ce sont les risques de ta profession.

— Ma profession ?

— Ta profession principale. Gagner ta vie en étant très belle. Nous sommes tous amoureux de toi, Duff, moi, M. Burdette, M. Hutson, tout le monde. On se regarde tous en aboyant et en montrant les dents.

T-Bone jeta un coup d'œil malicieux à Darrell.

— M. Hutson n'est pas amoureux de moi. N'est-ce pas, M. Hutson ?

Phil rit doucement.

— Qu'est-ce qu'il peut te répondre ? S'il dit non, c'est un menteur. S'il dit qu'il l'est, il sera obligé de te nourrir.

Avec une grande dignité, T-Bone déclara :

— Il peut m'inviter à dîner même s'il ne m'aime pas.

Phil se donna une tape sur le front.

— Est-ce que j'apprendrai jamais un jour ? T-Bone, je t'en supplie, n'épouse pas Darrell. C'est un ingénieur des travaux publics. Il parcourt les vastes régions sauvages, sans une bouteille de champagne à des lieues à la ronde. Il se nourrit d'œufs durs et de biscuits secs. Il dort sous une tente, généralement avec un gros grizzly juste dehors. Ses couvertures sont trop courtes, et il a des stalactites aux doigts de pied. Pas vrai, Darrell ?

— C'est à peu près ça.

— Ah, tu vois bien ? dit Phil. Reste avec moi, ne va pas te marier avec des étrangers.

— Ne sois pas bête, Phil. M. Hutson m'a demandé de dîner avec lui, pas de l'épouser.

Phil regarda Darrell.

— C'était quoi, exactement ? Je n'arrive plus à me souvenir.

— Juste le dîner, je crois.

Phil hocha la tête.

— Oui, c'est ça. Ça me revient, maintenant. Je vais écrire un livre : Comment prendre soin de T-Bone. Le premier chapitre commence par : Pour lui conserver une fourrure soyeuse et brillante, prenez deux litres de la crème la plus…

— Phil ! Arrête de faire le clown !

Phil jeta un coup d'œil à travers la salle.

— Cramponnez-vous bien, dit-il.

Duff entra dans le bar, vêtu d'un pantalon de flanelle et d'une vieille veste en tweed. Il avait le visage marbré de rouge, le regard dur et brillant. Il fit comme si Phil et Darrell n'existaient pas.

— Hello, T-Bone.

— Hello, Duff. Je vais me coucher.

— Je croyais que tu étais déjà allée te coucher il y a quelques heures.

— C'est vrai… mais j'ai pris de l'aspirine, et comme ça allait mieux, je suis sortie.

— Ah bon ? Où ça ?

— Je suis allée dîner. J'avais faim. Et maintenant, je vais me coucher.

— Tu aurais pu m'appeler. On devait sortir ensemble, tu n'as pas oublié ?

— Mais j'avais la migraine ! C'est pour ça que je ne pouvais pas !

— Bon, tu avais la migraine. Alors, tu as pris de l'aspirine. Et ensuite, tu es sortie. Si c'est ça, pourquoi… ?

— Duff, tu mélanges tout.

— Ha ha ! Ça ne fait rien, on remet ça à demain soir. Et…

— Je suis désolée, Duff, je ne peux pas. Demain, je dîne avec M. Hutson.

— Quoi ? Pas question. C'est moi qui t'emmènerai dîner.

— J'ai promis, Duff.

— Et tu m'avais promis hier pour ce soir.

— Non, Duff, répliqua T-Bone avec indignation. Pas du tout ! J'ai dit que…

— Bon, peu importe ce que tu as dit. C'est du passé. Je parle de demain soir. Hutson est là, tu peux annuler tout de suite.

— Chut, Duff ! Ne fais pas de scène.

Phil intervint.

— Duff, si tu ne peux pas t'empêcher d'élever la voix, tu ferais mieux de partir.

— Ce n'est pas à toi que je parle, Phil.

— Non, c'est vrai, mais je t'entends. Toutes ces disputes commencent à être franchement pénibles.

Duff baissa la voix.

— D'accord, je parle calmement. Mais je suis sérieux. Tu peux annuler ton dîner avec Hutson. J'en ai marre de Hutson. Partout où je me tourne, il y a Hutson.

— Duff, voyons, tiens-toi bien.

— Tu vas faire ce que je te demande ?

— Ce n'est vraiment pas la bonne attitude, dit T-Bone.

— Vous m'entendez, Hutson ? Tenez-vous à distance. Et ça inclut tout ce qui concerne cette jeune dame.

— Sois raisonnable, Duff, dit Phil. Calme-toi.

— Je me calmerai quand j'aurai réglé cette affaire.

— C'est une affaire que tu ne peux pas régler. Si T-Bone veut sortir avec toi, elle le fera. Si elle ne veut pas, tu ne peux pas la forcer.

Duff le regarda froidement.

— Je me passe de tes conseils. Mêle-toi de tes oignons.

— J'essaie.

Duff se tourna vers Darrell.

— Auriez-vous l'amabilité de dire à T-Bone que vous ne l'emmène-rez pas dîner demain soir ?

Phil intervint une nouvelle fois.

— Duff, à ta place, je ferais attention. Les types très calmes comme ça...

Duff l'ignora.

— Vous m'avez entendu, Hutson. Allez-y, dites-lui.

Darrell poussa un profond soupir.

— Oublions tout ça. C'est comme un mauvais rêve. Je ne suis pas d'humeur à ces petits jeux.

Duff se pencha vers lui d'un air menaçant.

— Je me fiche complètement de votre humeur.

— Dehors ! s'écria Phil. Dehors !

Duff commença à se diriger vers la porte. Il se retourna et attendit.

— Alors, Hutson, vous venez ?

— Ma foi, oui, pourquoi pas ?

La foule habituelle d'amateurs de sport les suivit. Phil se glissa sous le comptoir.

— Cette fois, il faut que je voie ça.

T-Bone resta sur son tabouret en penchant tristement la tête. Par la porte restée ouverte, on entendit des bruits de lutte : des sifflements, des grognements, des semelles raclant le bitume. Un choc étouffé, plus fort que les autres, puis un son plus clair et sonore. Un bref instant de silence. Les bruits reprirent, sur un rythme un peu plus lent. Puis vint un choc sourd, comme sur une caisse de basse, suivi d'un bruit sec, comme deux bouts de bois qui s'entrechoquent. De nouveau le silence. Les bruits recommencèrent, plus délibérés cette fois. *Boum ! Clic ! Bam !* Et enfin le silence, très profond.

Phil revint dans la salle. En secouant la tête, il repassa derrière le bar.

— Je l'avais prévenu. Il ne peut pas dire qu'il n'était pas prévenu...

Les buveurs retournèrent à leurs postes. Dans le Masquerade Bar, l'atmosphère habituelle revint, le bruit des conversations, le tintement des verres et des bouteilles. Darrell reprit discrètement sa place.

— J'ai eu une journée assez pénible. J'ai bien peur de m'être défoulé sur Duff.

— N'en parlons plus. Ce n'est pas votre faute. Ah, bon sang, ce n'est même pas la faute de Duff. C'est celle de Mlle Sainte-Nitouche ici présente. Elle s'est servie de Duff comme d'un yoyo, jusqu'à ce que le pauvre bougre se mette à marcher à reculons.

— Phil, arrête de dire des bêtises. Je vais me coucher. Pour de vrai, cette fois.

D'un coup de tête indigné, T-Bone ramena en arrière ses longs cheveux, puis d'un air hésitant, elle se tourna vers Darrell.

— Vous voulez vraiment m'inviter à dîner ?

Derrière le bar, Phil ricana.

— Oh, oui, absolument, répondit Darrell.

— Vers 8 heures, alors ?

— Très bien. Va pour 8 heures.

T-Bone lui fit un rapide sourire et sortit dans le hall du Balmoral. Ils entendirent le cliquetis de ses talons hauts sur les marches en marbre.

— Et voilà, dit Phil, c'est comme ça que ça marche. Cette fille ne mourra jamais de faim.

— Est-ce qu'elle a des revenus réguliers ?

Phil essuya soigneusement le comptoir avec un torchon.

— Ça reste l'objet de conjectures. J'imagine qu'il y a bien de l'argent qui vient de quelque part, pension alimentaire, chantage. Elle se fait un dollar par-ci, un dollar par-là… Elle a convaincu un de ses petits amis d'acheter une Jaguar. M. Burdette lui a versé une commission sur la vente. De temps en temps, elle vend des ragots à ses copains journalistes. Une ou deux fois par semaine, elle pose pour des photos de mode. D'une façon ou d'une autre, elle se débrouille.

Darrell poussa un profond soupir.

— Bon, ma foi, je vais aller me coucher, moi aussi. Demain…

— Demain quoi ?

— Je ne sais pas. Je suis dans une impasse.

Mais alors que Darrell quittait le bar, une silhouette familière sortit de l'ombre d'un porche.

— M. Hutson !

— Oui, eh bien ?

— Je vous ai vu vous battre avec M. Mekkinisser. Vous êtes un sacré boxeur. (Slip-Slap esquissa une série de feintes et de crochets assez ineptes.) S'il vous plaît, ne vous battez jamais avec moi.

Darrell se tourna pour traverser la rue, mais Slip-Slap protesta :

— M. Hutson, attendez ! Vous ne voulez pas savoir, pour Noel ?

— Tu as trouvé quelque chose ?

Slip-Slap hocha la tête d'un air solennel.

— J'ai parlé à un homme. Demain matin, il vient vous voir. OK ?

— OK, fit Darrell. Qui est cet homme ?

— C'est un homme bien. Peut-être il sait quelque chose.

Darrell n'éprouva pas un grand optimisme.

— Très bien. Je lui parlerai demain.

— Combien d'argent vous donnez ?

Darrell le regarda froidement.

— Combien d'argent pour quoi ?

— Je travaille pour vous. Je parle à cet homme.

— Si j'obtiens des nouvelles de Noel, tu seras payé. Bien payé. Viens me voir après.

Slip-Slap eut un sourire désarmant.

— C'est peut-être mieux si vous me donnez l'argent maintenant.

— Non. Viens me voir demain.

— Vous croyez que je mens ? Vous croyez que l'homme, il ne va pas venir ?

— Si j'apprends quoi que ce soit sur Noel, tu seras payé.

Le sourire de Slip-Slap s'effaça lentement. Darrell lui demanda :

— À quelle heure cet homme doit-il venir ?

— Le matin. Tôt. 9 heures.

— Pourquoi n'as-tu pas parlé de cet homme à M. Upshaw ?

— Je ne comprends pas, M. Hutson.

Darrell répéta la question.

Slip-Slap sembla perplexe.

— Ils ne m'aiment pas. Ils me chassent du bateau. Ils croient que je suis un méchant. Je ne suis pas un méchant. Je suis un gentil. Je travaille pour vous.

— Ça, ça reste à voir, dit Darrell. Bon, d'accord pour demain, 9 heures.

— C'est ça. L'homme vient vous voir.

* * *

À 9 heures le lendemain matin, un homme vint effectivement : un Marocain très mince vêtu d'une djellaba grise, avec un visage rusé et un curieux nez proéminent et fin. Il balaya le hall de l'hôtel du regard, vit Darrell, et lui fit signe.

Darrell sortit dans la rue. C'était une matinée magnifique, claire et fraîche, avec le soleil qui se déversait à travers le feuillage des acacias. Darrell s'approcha de l'homme qui se tenait près de la façade en stuc et l'observait de ses yeux marron, durs et brillant d'intelligence.

— Vous vous appelez Darrell Hutson ?

Il parlait anglais avec l'accent rapide et guttural des indigènes.

— Oui.

— Vous cherchez Noel Hutson ?

— Oui.

— Vous venez avec moi.

Avec un geste rapide, le Marocain commença à s'éloigner.

— Juste une seconde. Revenez.

Le Marocain s'arrêta, fit encore un geste, mais il obéit.

— Nous pouvons parler ici, dit Darrell.

— Non, répondit le Marocain en secouant la tête d'un air décidé. Nous allons à Fez.

— À Fez ? Pour quoi faire ?

— Pour voir Jilali.

— Qui est Jilali ?

— C'est un homme très important. Je vous emmène le voir.

— Est-ce que Jilali sait ce qui est arrivé à Noel ?

— Je vous emmène, vous lui demanderez.

Darrell repensa à Mohammed Ali Aktouf et à sa mort déplaisante. Cela étant, pourquoi subirait-il le même sort ? Il n'avait pas de fers au feu. Il ne savait rien du trafic d'armes ou de stupéfiants. Il n'avait pas d'ennemis parmi les Marocains. D'un autre côté, qu'est-ce que Jilali pourrait lui dire à Fez qu'il ne puisse pas lui dire ici ? De plus, si quelqu'un avait des informations concernant Noel, pourquoi ne pas les proposer à Arthur Upshaw, qui serait prêt à les payer au moins aussi cher que lui ?

Il y avait peut-être des réponses raisonnables à ces questions, mais Darrell n'arrivait pas lui-même à en imaginer. Ce qui, bien sûr, ne voulait pas forcément dire qu'elles n'existaient pas. Le point essentiel dans cette affaire était que, s'il accompagnait à Fez ce Marocain au visage implacable, il se mettrait dans une situation hors de son contrôle, un processus contre lequel tous ses instincts se rebellaient. Mais il devait se rendre à l'évidence : c'était la seule possibilité qui lui restait d'apprendre quelque chose sur la disparition de Noel. À prendre ou à laisser.

Il pourrait la prendre… mais prendre aussi des précautions. Il s'approcha du Marocain.

— Montrez-moi votre carte d'identité.

L'homme le regarda un instant sans rien dire, puis il sortit le document. La photo lui correspondait bien, et le nom inscrit était : Abdallah El-Kazim.

Darrell recopia le nom et le numéro de la carte au dos d'une enveloppe.

— Comment voyagerons-nous ?

Abdallah El-Kazim lui montra une petite Citroën poussiéreuse, dans laquelle il s'installa en faisant signe à Darrell de monter à côté de lui.

— Un instant, fit Darrell.

Il nota le numéro d'immatriculation et retourna dans l'hôtel, où il montra l'enveloppe au réceptionniste.

— Vous voyez ce numéro ? C'est celui d'une Citroën. Je me rends à Fez avec cet homme, Abdallah El-Kazim, dont voici le numéro de carte d'identité. Si je ne suis pas revenu demain, remettez cette enveloppe à la police. C'est bien clair ?

L'employé accepta l'enveloppe avec une légère hésitation. S'étant assuré que ses instructions avaient bien été comprises, Darrell ressortit, s'attendant à ce que la Citroën ait disparu entre-temps.

Mais elle était toujours là. Darrell monta à bord et El-Kazim démarra sans un mot. Ils roulèrent un moment le long de la Calle Miranda et, arrivés au sommet de la colline, ils tournèrent pour prendre la voie rapide le long de la côte et laissèrent bientôt Tanger derrière eux.

CHAPITRE VIII

Abdallah El-Kazim conduisait tassé sur lui-même et penché en avant, le menton presque contre le volant. L'indice d'intentions malfaisantes ? Ou le contraire ? Si Jilali et lui tramaient un mauvais coup, ne feraient-ils pas un peu plus d'efforts pour cacher leur animosité ? C'est ainsi que Darrell raisonnait, sans trop de conviction. Ce n'est que maintenant qu'il pensait à une dizaine de précautions qu'il aurait dû prendre : une visite au commissariat de police, la compagnie d'une tierce personne, insister pour avoir plus de détails avant de quitter Tanger. Ma foi, les dés étaient jetés. Ah, maudit soit Noel...

Trois cents kilomètres séparaient Tanger de Fez. El-Kazim maintenait l'aiguille du compteur entre 80 et 90 kilomètres-heure. Ils devraient atteindre Fez en début d'après-midi.

Ils roulaient au milieu d'un paysage de collines vallonnées couvertes d'une herbe printanière parsemée de fleurs. Ici et là, des Marocains travaillaient dans les champs avec des chameaux attelés à des ânes. Un étrange spectacle. Parfois, ils traversaient un village misérable consistant en une pompe à essence, un étal de fruits, un café tenu par un Français, quelques huttes en argile.

El-Kazim rompit enfin le silence.

— Vous n'êtes jamais allé à Fez ?

— Non. C'est ma première visite au Maroc.

— Fez est une ville très ancienne, une ville sainte. Très intéressante.

— Oui, j'imagine.

Ils traversèrent un autre village désolé. El-Kazim désigna les taudis en argile.

— Vous croyez que les gens sont pauvres ?

— C'est ce qu'il semble.

— C'est la faute des Français. Au Maroc, tout leur appartient. Ils sont partout, comme des fourmis, et ils prennent tout.

Darrell ne fit pas de commentaire.

— Il y a beaucoup de richesses au Maroc, poursuivit El-Kazim, mais les gens sont pauvres. Je vous dis quelque chose que peu d'Américains savent. Un jour, l'Afrique du Nord sera riche !

— Je l'espère bien, dit Darrell. Je n'aime pas la pauvreté.

— Mais vous ne faites rien pour nous aider ! Vous donnez de l'argent aux Français pour qu'ils s'achètent des armes. Vous les aidez à tuer les musulmans.

— Ça n'est pas notre intention, fit remarquer Darrell. Nous avons aussi envoyé de l'aide au Maroc.

— Vous savez ce que les Russes vont faire pour nous ? Ils vont nous aider, comme des frères. Ils vont faire de la bonne eau avec l'eau de mer, et construire un grand pipe-line pour la transporter jusqu'au milieu du Sahara. Il y aura un lac immense, tout va changer !

Darrell éclata de rire.

— Vous n'y croyez pas vraiment, dites-moi ? C'est un projet impossible.

El-Kazim eut un mince sourire.

— Vous dites ça, c'est normal.

— Oui, parce que je suis ingénieur des travaux publics. Ce plan est impraticable. Pour commencer, il n'y a pas de bassin au Sahara qui puisse contenir un lac. Ensuite, personne ne sait comment dessaler l'eau de mer en quantité suffisante pour en créer un.

El-Kazim renifla d'un air sceptique. Il demanda enfin :

— Qu'est-ce que les Américains pensent de l'Union Panarabe ?

— J'imagine qu'ils pensent que c'est l'affaire des pays concernés.

— Mais alors, pourquoi vous aidez les Français ?

Darrell éclata de rire.

— Les Français nous demandent : « Pourquoi aidez-vous les Arabes ? » C'est comme pour la plupart des affaires humaines, il y a du bon et du mauvais de chaque côté. Je ne connais pas la solution.

— La solution, c'est quand les Français seront rejetés à la mer, dit El-Kazim en serrant les dents.

— Si vous y arrivez.

— Les Français ne peuvent pas résister au peuple musulman. Bientôt, toute l'Afrique du Nord sera panarabe. Plus tôt que vous le croyez. C'est Nasser qui fera ça. C'est un grand homme ! C'est notre George Washington !

Du point de vue des musulmans, l'analogie n'était pas du tout absurde, songea Darrell.

— Qu'est-ce que vous en dites ? demanda El-Kazim d'un ton agressif. Vous croyez que l'Algérie doit appartenir aux Français, que c'est normal qu'ils soient riches et nous pauvres ?

Darrell hésita.

— Je crois que tous les États du monde finiront par être organisés en grandes fédérations territoriales. Sur le principe, je suis plutôt en faveur de l'Union Panarabe. Mais je dois dire que Nasser ne me plaît pas beaucoup.

— Parce que c'est un musulman qui crache à la figure des Occidentaux.

— C'est une très vilaine habitude, ça, fit remarquer Darrell.

El-Kazim ne répondit pas, et la conversation en resta là. Le paysage devint sec et rude, avec des collines désolées. Parfois, des eucalyptus bordaient la route. Les pentes rocheuses étaient tapissées d'asphodèles blancs. Ils arrivèrent à une intersection : Rabat et Casablanca à droite, Meknès et Fez à gauche. Sans hésiter, El-Kazim tourna à gauche. Les bornes kilométriques défilèrent, et la route franchit les collines basses. Peu après midi, ils atteignirent Meknès, mais traversèrent la ville sans voir guère plus que la rue principale du quartier français. Ensuite, la route obliqua vers le nord-est et sembla monter en une longue pente douce. Loin devant eux se dressait l'Atlas, barrant l'horizon. Un panneau indiquait : FEZ 60. Darrell fit un rapide calcul. Soixante kilomètres, trente-sept miles. Une heure de route.

Le paysage était monotone et laid, le bourdonnement du moteur hypnotique, et l'heure passa rapidement. Ils s'engagèrent dans les faubourgs de Fez – de petites maisons d'argile arrondies par le vent, des bâtiments commerciaux en brique et en tôle ondulée. Arrivé à une bifurcation, El-Kazim prit à gauche et ils se retrouvèrent dans une allée cahoteuse serpentant sur le flanc de la colline, qui semblait être un cimetière laissé à l'abandon. Sur sa droite, Darrell aperçut la ville poussiéreuse, aussi complexe qu'une ruche vue en coupe, puis un mur de terre lui masqua la vue. L'allée s'élargit en une petite place noire de monde : des hommes, des femmes et des enfants vêtus de djellabas blanches, grises et marron, les unes élégantes et les autres déchirées. Ici et là, des chiens faméliques et des ânes trébuchant sous des charges cruelles. La place se terminait par un mur de dix mètres de haut percé d'un portail en forme d'arche, devant lequel se tenaient une rangée de mendiants. El-Kazim gara la voiture et en sortit prestement. Darrell le suivit plus lentement.

— Où allons-nous, maintenant ?

— C'est la Bab Boujeloud. Bab veut dire porte. C'est l'entrée de la médina. Venez avec moi.

Ils franchirent le portail et se retrouvèrent dans une rue étroite. La foule les ignorait. Sous leurs pieds, l'eau qui ruisselait rendait les pavés glissants. De part et d'autre se dressaient des murs en brique d'argile. La ruelle était tortueuse, avec de nombreuses fourches qui s'écartaient et se rejoignaient. Elle s'élargissait parfois, puis se rétrécissait, passant sous des arches soutenues par des poutres. El-Kazim tourna à droite, puis à gauche, à droite, à gauche, encore à gauche, comme s'il avançait au hasard. Ils passèrent devant des portes massives en bois sculpté, des fontaines aux tuiles bleues, de petites échoppes sombres. Une barre irrégulière de ciel bleu les accompagnait, et l'on distinguait parfois le soleil. Il arrivait que le passage se transforme en tunnel d'une dizaine, d'une quinzaine de mètres. Darrell se sentit aussitôt perdu. La ville n'avait pas de forme ni de sens. Et puis, après avoir suivi les méandres d'une allée si étroite que deux personnes y tenaient à peine de front, El-Kazim franchit une petite grille. Ils se trouvaient à présent dans un vaste jardin public planté de cyprès, d'orangers et de citronniers, de buissons de roses épanouies, de haies de troènes, de parterres d'héliotropes et de verveine, de violettes et de pensées. Un grand bâtiment à colonnades en grès bordait le jardin sur trois côtés. Des musulmans, ainsi que des hommes et des femmes habillés à l'européenne, se promenaient dans les allées et la galerie derrière les colonnes.

Intrigué, Darrell jeta un coup d'œil autour de lui.

— Qu'est-ce qu'on fait là ?

— C'est le Dar Batha. Un ancien palais, qui est maintenant un musée. Venez, je vais vous montrer des choses intéressantes.

— C'est ici que nous devons rencontrer votre ami ?

— Il n'est pas là. Ce n'est pas encore le moment de le voir. D'abord le musée.

Darrell se retourna et examina le jardin. Il n'y a rien qui vous rende plus ridicule qu'une colère impuissante, songea-t-il. Exprimer son exaspération ne ferait qu'amuser El-Kazim.

— Très bien, dit-il enfin avec une grande politesse. Si vous tenez à visiter le musée, allons-y.

— Ce n'est pas pour moi, rétorqua sèchement El-Kazim. C'est pour vous !

Darrell fit un geste courtois, qui signifiait qu'El-Kazim devait se sentir libre de se distraire comme bon lui semblait. Le Marocain plissa les lèvres et ses yeux lancèrent des éclairs.

— Venez, dit-il. J'ai des choses à vous montrer.

Dans l'une des salles se tenait une exposition temporaire de peintures marocaines contemporaines. Darrell, qui n'éprouvait aucun intérêt particulier pour l'art, y jeta un coup d'œil distrait. Pour autant qu'il pouvait en juger, ces tableaux semblaient exécutés avec compétence, en suivant divers styles modernes conventionnels.

De son côté, El-Kazim était beaucoup plus enthousiaste, et allait d'un tableau à l'autre en se retournant parfois vers Darrell, les yeux brillants.

— Alors, qu'en dites-vous ? demanda-t-il. Ces tableaux ne sont pas beaux ?

— Si, ils me semblent très bien, répondit Darrell.

— Vous voyez, nous connaissons ces choses aussi bien que vous. Nous ne sommes pas des indigènes ignorants.

— Je n'ai jamais pensé ça.

— Allons voir autre chose, dit El-Kazim.

Ils traversèrent une salle d'armurerie où étaient exposés des centaines de mousquets berbères, avec de courtes crosses incurvées et des canons incroyablement longs. Une autre vitrine contenait des dagues, des stylets, des poignards, des coutelas – des rangées de lames d'acier étincelantes, de pointes meurtrières, de symboles de haine et de mort.

El-Kazim emmena Darrell dans une autre salle, celle-ci décorée de tapis anciens et de robes de brocard ayant appartenu autrefois à de grands seigneurs. Le centre de la pièce était occupé par une cage de un mètre de côté, encadrée par de solides montants en bois et munie de barreaux de fer de deux centimètres d'épaisseur. El-Kazim semblait trouver la cage intéressante. Il en fit le tour en regardant l'intérieur exigu.

— Regardez ! dit-il en pointant le doigt vers une petite carte. Lisez ! Darrell avoua son incompétence.

— C'est en français.

— Ça dit que cette cage a été utilisée en 1909 par le Sultan. Il y a enfermé un rebelle jusqu'à ce qu'il meure. Pas très gentil, hein ?

— Non, pas gentil du tout.

El-Kazim eut un petit rire bref et hocha la tête d'un air pénétré. Il emmena Darrell dans une autre pièce remplie de poteries de toutes sortes. Darrell ne fit même pas semblant de les examiner.

El-Kazim le regarda avec un sourire sarcastique, puis il dit :

— Allons voir Jilali.

Ils plongèrent de nouveau dans la complexité fantastique de la médina. Ils marchèrent une vingtaine de minutes sans jamais s'arrêter, sans aucune hésitation d'El-Kazim. Il semblait impossible qu'il sache où il allait. Tous les coins se ressemblaient, chaque allée, chaque passage était identique à celui qu'ils venaient de quitter. Ils traversèrent le marché aux épices, une rangée de boutiques présentant dans de larges coupelles des monceaux de paprika, de noix de muscade, de safran, de cumin, de poivre, de curcuma. Les couleurs étaient aussi vives que celles de pigments de peinture : ocre, vermillon, terre de Sienne, terre d'ombre, jaune de chrome et de cadmium.

El-Kazim s'engagea dans un dédale de passages tortueux où flottait une odeur de charogne et d'ammoniac, déserts à part quelques tas anonymes de haillons et d'os. Il s'arrêta devant un mur particulièrement pelé et frappa à une lourde porte.

Le battant s'ouvrit et une vieille femme passa le nez par l'entrebâillement. El-Kazim fit un geste et Darrell pénétra dans un petit jardin. Des citronniers soigneusement taillés en boule entouraient une fontaine d'où jaillissaient une douzaine de minces jets d'eau. Quatre cyprès identiques marquaient les coins d'un carré, chacun entouré d'un parterre de violettes. Des grenadiers poussaient contre le mur, et des rosiers grimpaient le long des colonnes d'une arcade au fond du jardin.

La vieille femme se retira vers la galerie, où elle franchit une porte. El-Kazim fit signe à Darrell de la suivre. Ils entrèrent dans une salle aux dalles joliment décorées. Une autre porte s'ouvrit : un homme élégant au teint pâle, avec d'étonnants sourcils noirs et vêtu d'un complet bleu foncé, s'inclina et recula poliment.

Darrell obéit à l'invitation implicite et entra dans la pièce, suivi d'El-Kazim.

— Je vous présente Moulay Aziz ben Jilali, dit El-Kazim. Voici M. Hutson. Asseyez-vous, s'il vous plaît.

Darrell regarda les deux hommes. Dans la maison de Jilali, était-ce El-Kazim qui donnait les ordres ? Il s'installa sur un divan bas. Un beau tapis rouge couvrait le sol, et sur un mur était accroché un portrait de Gamal Abdel Nasser.

Jilali et El-Kazim s'assirent sur le canapé en face. Personne ne parla. Il y eut un long silence. Darrell finit par s'agiter impatiemment.

— M. Jilali, je crois comprendre que vous avez des informations à me donner concernant mon frère Noel.

Jilali fit un geste insouciant.

— Nous parlerons affaires très bientôt. Nous avons le temps. Avez-vous apprécié votre petit voyage ?

— Beaucoup. Le Maroc est un pays intéressant.

— Le Maroc est un très grand pays, répondit Jilali.

En boitillant, la vieille femme apporta une théière, un bol de sucre et trois tasses sur un plateau en cuivre. Il fallut encore attendre que le thé soit versé. Par la fenêtre, Darrell pouvait voir le jardin, où le seul bruit était celui de la fontaine.

D'une voix douce, avec presque l'air de s'excuser, Jilali reprit :

— Il y a de nombreux jardins tels que celui-ci, à Fez. Un homme qui marche dans les rues ne peut jamais savoir ce qu'il y a derrière les murs. Dans sa maison, un homme est vraiment l'égal d'un roi.

Darrell but pensivement une gorgée de thé. Une menace voilée ? Il n'avait rien fait à ces gens, et ils n'avaient aucune raison de lui vouloir du mal. Et le code de l'hospitalité musulmane n'était-il pas extrême-ment strict, surtout quand l'invité avait rompu le pain ? Il est vrai qu'on ne lui en avait pas servi...

— Fez est la plus ancienne des cités impériales, poursuivit Jilali. C'est l'une des villes saintes de l'Islam. Des gens viennent ici du monde entier pour étudier le Coran. El-Kazim vous a-t-il montré une medersa ? Une medersa est une université théologique.

— Non, nous avons vu d'autres choses.

Jilali hocha doucement la tête.

— Peut-être aurez-vous une autre occasion. (Il reposa sa tasse.) C'est très aimable à vous d'être venu.

— Je tiens beaucoup à retrouver mon frère.

El-Kazim dit quelques mots en arabe. Jilali croisa paresseusement les mains derrière la nuque et se renfonça sur le canapé.

— Très bien, dit-il, parlons.

— Voici ce que nous pouvons vous dire, commença rapidement El-Kazim. Noel Hutson conduisait un camion chargé d'armes jusqu'à un dépôt de ravitaillement pour l'Armée nationale algérienne. C'était la première de quatorze livraisons prévues. Par erreur, on lui a remis le paiement pour l'intégralité, plus de quarante tonnes d'armes. En retournant à Tanger, il a rencontré un groupe de soldats français. Il s'en est éloigné. Craignant d'être capturé, il a caché le paiement pour les armes, mais il a été fait prisonnier peu de temps après. Les Français sont cruels quand ils soupçonnent quelqu'un d'aider ceux qui veulent libérer l'Algérie. Ils ont battu Noel, mais il ne leur a rien dit. Ils l'ont mis dans une cage – comme celle que vous avez vue à Dar Batha.

Darrell haussa les sourcils.

— C'est étrange que j'en aie justement vu une de ce genre aujourd'hui.

El-Kazim continua d'un ton neutre.

— Il y a parmi les Français un homme que nous payons. Ils nous a dit qu'ils avaient capturé Noel. Nous lui avons dit, libère-le ! Non, il ne peut pas, le risque est trop grand. Sauf si nous payons beaucoup d'argent. Dommage ! Nous n'avons pas l'argent. Tout notre argent est parti. Si nous trouvons où Noel a caché le paiement, alors nous aurons beaucoup d'argent, et Noel pourra être libre.

Darrell se cala contre son dossier en souriant avec amertume.

— Vous devez avoir une piètre opinion de mon intelligence.

El-Kazim sembla un peu perplexe.

Jilali dit nonchalamment quelques mots d'arabe, et El-Kazim se tourna vers Darrell.

— Vous comprenez ? dit-il sèchement. D'abord nous trouvons le paiement, et ensuite Noel est libéré des Français.

Ou bien ils me prennent pour un imbécile, songea Darrell, ou alors ils pensent me fournir un moyen de sauver la face.

— J'ai du mal à croire que les Français aient enfermé Noel dans une cage.

— Si, si, fit El-Kazim avec véhémence. Ils sont cruels ! On ne dit jamais dans les journaux tout ce que font les Français.

Jilali se redressa. Il sortit de sa poche une photo qu'il brandit sous le nez de Darrell.

— Voici la photo que notre ami a prise, dit El-Kazim sur un ton solennel. Elle montre Noel dans la cage.

Darrell examina le cliché. Il n'y avait aucun doute qu'il montrait un homme accroupi dans une cage, et que la tête de cet homme était celle de Noel. Darrell étudia la photo avec une telle minutie que Jilali finit par s'impatienter. Il tendit la main, et Darrell la lui rendit.

— J'ai bien peur que votre ami ne se soit moqué de vous, déclara-t-il.

— Que dites-vous ? demanda sèchement El-Kazim.

— Cette photo est un faux.

Jilali et El-Kazim le regardèrent fixement. Jilali d'un air de reproche, El-Kazim avec un agacement venimeux.

— C'est une photographie, dit Jilali. N'est-ce pas Noel ?

— Oh, si, c'est bien Noel, et c'est effectivement une cage. Mais notez les ombres sur le côté gauche du visage. La cage a été photographiée avec un flash sur le devant. On voit le visage de Noel à travers les barreaux. Sont-ils faits de verre ? Pourquoi Noel a-t-il un sourire aussi heureux ? Parce qu'il se sent en sécurité ?

Jilali examina la photo en fronçant les sourcils. El-Kazim se tourna vers Darrell avec un sourire dur.

— Quelquefois, c'est une erreur d'être trop malin. La photo n'est pas importante. Ce que vous devez faire, c'est nous dire où trouver la drogue. Où est-elle ?

— Aucune idée.

— Vous avez reçu une lettre de votre frère. C'est une information que nous avons eue. Il vous l'a forcément dit.

— Il ne m'a rien dit à ce sujet.

— C'est une affaire très sérieuse, M. Hutson. Vous vous en rendez bien compte ?

— Voyons, messieurs, soyons raisonnables, répondit Darrell en se penchant vers eux. Je sais que vous voulez voir la lettre que Noel a envoyée chez lui. Je suis prêt à vous la montrer en échange de quelques informations. En fait, c'est uniquement pour ça que j'ai accepté de venir à Fez, pour procéder à cet échange avec vous.

Jilali hocha la tête d'un air pensif, et il s'apprêtait à parler quand El-Kazim tendit brusquement le bras.

— Vous cherchez à aider Noel à s'échapper avec la drogue !

— Non, répondit patiemment Darrell. Absolument pas. Je ne veux rien avoir à faire dans cette histoire. (Il se tourna vers Jilali.) Et maintenant – toute question de cages mise à part –, que pouvez-vous me dire sur Noel ? Il est encore vivant ? Il est mort ?

El-Kazim attendit que Darrell ait terminé sa phrase. On pouvait lire maintenant clairement sur son visage toute son hostilité.

— Nous devons vous poser la question sur cette lettre. Vous l'avez sur vous ?

— Non. Elle ne parle pas de votre héroïne. Si elle l'avait mentionnée, je l'aurais remise à la police.

— Ah ! Ah ! s'exclama El-Kazim d'un air triomphant. Vous êtes donc contre nous !

— Je ne suis ni avec vous ni contre vous. Je suis contre le trafic de stupéfiants.

— Mais alors, pourquoi Noel et vous, vous avez organisé la vente de l'héroïne ?

Darrell poussa un soupir, en réprimant difficilement son dégoût.

— Vous compliquez tellement les choses… Croyez-moi, je ne sais rien de vos affaires, et je m'en fiche. Si vous pouvez me donner des nouvelles de mon frère, je vous en prie, faites-le. Sinon, j'aimerais retourner à Tanger.

Jilali parla en arabe, et El-Kazim acquiesça.

— Vous avez raison, dit-il à Darrell, ça ne sert à rien de se fâcher. Montrez-nous cette lettre, et nous vous ramènerons à Tanger.

— À condition que vous me disiez ce que vous savez sur Noel.

— Il a disparu avec ce qui nous appartient, voilà tout ce que nous savons. Nous voulons le retrouver.

— Mais où a-t-il disparu ? Qui l'a vu pour la dernière fois ? A-t-il laissé un message quelconque ?

El-Kazim secoua la tête.

— Nous ne pouvons pas vous dire ces choses. Vous irez peut-être les raconter aux Français.

— Non, je veux juste retrouver Noel et retourner aux États-Unis.

— C'est impossible. Et maintenant...

Darrell eut du mal à garder son calme.

— Vous m'avez fait venir ici pour rien !

— Et maintenant... la lettre, s'il vous plaît.

— Je ne l'ai pas ici. Et de toute façon, c'est une lettre personnelle. Elle ne contient rien qui puisse vous aider.

— Je suis navré, M. Hutson, mais nous ne pouvons pas vous croire sur parole. Si vous voulez bien vous lever ? Je vais fouiller vos poches.

Darrell banda ses muscles.

La voix doucereuse d'El-Kazim se fit entendre :

— Je vous en prie, M. Hutson, ne faites pas d'histoires. Levez-vous, s'il vous plaît. Je ne tiens pas à appeler les domestiques. Ce sera beaucoup plus simple si vous nous aidez.

Darrell regarda les deux hommes. Jilali haussait ses fins sourcils noirs avec désapprobation. El-Kazim, avec un sourire de renard, s'avança vers lui.

Rouge d'humiliation, furieux contre lui-même mais peu désireux de provoquer un incident pour une broutille, Darrell se leva. El-Kazim lui tapota les poches et en sortit son portefeuille, son passeport, et quelques menus objets. Jilali le regarda faire, la bouche plissée dans une grimace d'agacement.

— Où est la lettre ? demanda El-Kazim. À votre hôtel ?

— Non.

Jilali prononça une courte phrase en arabe. El-Kazim se rassit.

— Il faut que je vous explique soigneusement quelque chose, dit-il, pour que vous compreniez à quel point cette lettre est importante. Asseyez-vous, je vous en prie.

Darrell reprit sa place sur le divan.

— Il y a une importante cargaison d'armes à Tanger. Elle est à nous. Nous avons envoyé l'héroïne pour la payer. Non, ne nous regardez pas avec cette expression de dégoût. Elle sera vendue à Paris. N'est-ce pas simple justice ? Que les Français qui essaient de faire de nous des esclaves payent pour nos armes ? Bon, peu importe, le bien ou le mal ne nous intéressent pas. Nous avons reçu une partie de ces armes. Nous ne pouvons pas avoir le reste tant que nous n'aurons pas payé. Mais c'est maintenant impossible. L'héroïne vient d'Égypte à travers le désert, un long chemin, très dangereux, qui coûte très cher. Un million de dollars, voilà ce que ça représente. Je suis ce que vous pourriez appeler l'agent chargé du paiement. L'héroïne est sous ma responsabilité, et ils disent que c'est ma faute. Je ne veux pas que ce soit ma faute. Alors, vous nous aidez, et ce ne sera plus la faute de personne. Même si vous ne voulez pas nous aider, vous serez obligé. Je vous ai expliqué que c'est une affaire très sérieuse. Est-ce que vous comprenez ?

— Oui, je comprends.

— Où est la lettre ?

— Elle est dans le courrier.

— Au bureau de poste ? Vous l'avez postée ?

Jilali dit quelques mots, El-Kazim lui répondit et se tourna de nouveau vers Darrell.

— À quelle adresse avez-vous envoyé la lettre ?

Darrell réfléchit à sa réponse. Ce serait simple de leur dire un mensonge, qu'ils n'auraient aucun moyen de déceler. Mais il repensa à Aktouf, le réceptionniste. Après tout, qu'ils aient la lettre, qui de toute façon ne leur apprendrait rien. C'était de la folie de risquer des ennuis simplement parce qu'il avait horreur d'être contraint.

El-Kazim et Jilali l'observaient attentivement.

— J'ai posté la lettre à moi-même, dit-il enfin. Aux bons soins de l'American Express.

— À Tanger ?

— Oui, à Tanger.

— Très bien, fit El-Kazim.

Jilali tapa dans ses mains, et un domestique noir au visage renfrogné apparut. Jilali lui donna des instructions.

— Vous allez écrire à l'American Express, dit El-Kazim. Vous devez leur dire de remettre votre lettre à l'homme qui apporte votre passeport. Ensuite, vous devrez attendre ici jusqu'à ce que j'aie cette lettre entre les mains.

Darrell se figea. Cette demande était la suite logique des événements, mais il en avait assez. C'en était trop. Il se leva et se pencha vers El-Kazim pour reprendre son passeport.

— Je vous montrerai la lettre. Mais je garde mon passeport.

Jilali haussa ses sourcils noir de jais et sa bouche se tordit en une grimace de déception. Mais El-Kazim sourit.

— S'il vous plaît, M. Hutson, encore une fois, ne faites pas d'histoires. Cette affaire va se régler de la façon que nous préférons.

— Ramenez-moi à Tanger, et demain, j'irai récupérer la lettre pour vous. Vous avez ma parole. Je ne vois pas pourquoi je devrais rester ici.

Jilali prononça quelques mots d'arabe, apparemment un conseil de modération. El-Kazim protesta en agitant les mains. Jilali haussa les épaules.

— Je suis désolé, dit El-Kazim. Vous pourriez changer d'avis. Il vaut mieux écrire ce mot.

Darrell se retourna et sortit de la pièce. Il commença à s'avancer dans le couloir. Derrière lui, il entendit la voix d'El-Kazim :

— Si vous allez dans le jardin, je vous abattrai.

Darrell s'arrêta net et regarda par-dessus son épaule. El-Kazim tenait un pistolet braqué sur lui. Avec un mince sourire, celui-ci ajouta :

— Revenez, je vous en prie.

Darrell obéit, mais il se sentait un peu plus à l'aise. La situation s'avérait moins dommageable pour son amour-propre. Il se soumettait non pas à des menaces et des intimidations, mais au langage universel d'une balle de pistolet. De la même façon, El-Kazim s'était mis en colère, il avait aimé humilier l'Américain, et s'était délecté de formuler des menaces voilées. À présent, il était devenu secondaire par rapport à son arme.

El-Kazim fit signe à Darrell de se rasseoir sur le divan. Jilali n'avait pas bougé, et c'est d'un air résigné qu'il regardait El-Kazim pousser Darrell du bout du canon de son arme.

El-Kazim tendit une feuille de papier et un stylobille.

— Écrivez : « Veuillez remettre tout mon courrier à l'homme qui vous montre mon passeport. » Signez en bas.

Darrell s'exécuta. Quand il eut fini, El-Kazim examina soigneusement le texte.

— Votre passeport.

Darrell le lui remit.

— Merci. Maintenant, levez-vous, s'il vous plaît.

Jilali prononça quelques mots en arabe, et El-Kazim répondit avec véhémence. Darrell les regarda : Jilali semblait avoir une autorité de principe, mais El-Kazim, qui possédait une plus grande énergie, dominait la situation. C'est lui qui eut le dernier mot. Jilali haussa les épaules avec une grimace résignée. El-Kazim agita son pistolet.

— Allez jusqu'à la porte, sortez sur la droite et allez jusqu'au bout du couloir.

Darrell suivit les instructions. Il avança jusqu'à ce qu'une porte faite de planches épaisses lui barre le chemin.

— Ouvrez la porte.

Darrell poussa le battant.

— Entrez.

Darrell se retrouva dans une grande pièce plongée dans la pénombre. Il y flottait une odeur de paille et de bois humide. C'était à l'évidence une ancienne étable. Des portes massives montées sur des gonds en fer étaient en évidence sur le mur du fond. Deux hautes fenêtres laissaient entrer un peu de la lumière de fin d'après-midi à travers des carreaux obscurcis par la saleté et les toiles d'araignée.

La pièce servait maintenant à d'autres usages que d'abriter des ânes. Au milieu du sol jonché de paille, il y avait une cage presque identique à celle que Darrell avait vue au musée.

Il la regarda fixement. Derrière lui, El-Kazim lui dit avec une volubilité retrouvée :

— Nous n'avons pas de moyen confortable de vous garder en sécurité. Nous allons donc vous mettre dans la cage pour la nuit. Demain, si tout se passe bien, vous serez libre de partir.

Darrell se retourna lentement et plongea son regard dans les yeux marron foncé d'El-Kazim. Dans cette expression de malveillance triomphante et aveugle, il vit le nouveau visage de l'Orient. Il comprit qu'il s'agissait d'une vengeance après des siècles d'obséquiosité forcée.

— Vous m'obligez à choisir mon camp, dit-il. Je sais maintenant que je n'ai aucune sympathie pour l'Union Panarabe.

— Votre opinion n'a aucune importance. Nous allons nettoyer l'Afrique. Nous allons vous rejeter à la mer. Vous vous croyez meilleurs que nous, avec vos ventres roses et vos femmes peinturlurées. Vous êtes riches, gras et faibles. Nous sommes pauvres et forts. Nous verrons qui gagnera. Allez, dans la cage.

Darrell l'examina. Elle n'était pas plus grande qu'une niche pour chien. La partie supérieure était ouverte, articulée sur des gonds. El-Kazim attendait manifestement de lui qu'il entre dedans et qu'il s'accroupisse, pour refermer ensuite le couvercle.

— Si vous refusez d'entrer dans la cage, ajouta El-Kazim en se baissant pour ramasser un rouleau de corde, j'appellerai le domestique pour qu'il vous ligote. Allez, dépêchez-vous !

— C'est franchement incroyable, marmonna Darrell. Vous pensez vraiment que vous pouvez…

— Dans la cage ! Ou vous préférez la corde ?

Darrell ravala les mots inutiles qui lui venaient sur le bout de la langue, ainsi que sa fierté. Il s'approcha de la cage en marchant en biais, dans l'espoir qu'El-Kazim lui offrirait une chance de s'emparer de son arme. Mais celui-ci se tint soigneusement en retrait.

Il enjamba le bord de la cage. El-Kazim s'approcha un peu. Darrell passa lentement l'autre jambe.

— Accroupissez-vous, ordonna El-Kazim d'une voix rauque.

Darrell s'exécuta. L'expression d'El-Kazim lui donnait la nausée. Ce serait réellement dangereux de lui désobéir dans l'état d'excitation où il se trouvait. Il s'accroupit sur les talons. El-Kazim s'approcha à grandes enjambées et rabattit brutalement le couvercle. Darrell baissa la tête. Le choc se répercuta dans les barreaux et lui résonna dans le crâne. Il entendit le cliquetis du cadenas. El-Kazim recula en remettant son pistolet dans sa poche.

— Vous avez pensé que la photo de votre frère dans la cage était truquée ? C'est vrai. S'il était dans la cage, il ne sourirait pas.

— Où est Noel ? demanda Darrell comme si la question lui venait seulement maintenant à l'esprit.

El-Kazim grimaça un sourire.

— Je ne sais pas. Mais nous le trouverons. Vous savez quoi ? Il a tué mon frère. Ce n'est que justice de vous faire souffrir un peu. Soyez reconnaissant que je ne vous tire pas une balle dans la peau. Soyez reconnaissant que vos souffrances se limitent à cette cage !

Darrell ne répondit pas. El-Kazim le regarda encore quelques secondes avant de se diriger vers la porte. Il lui lança un dernier coup d'œil par-dessus son épaule avant de quitter la pièce. La porte se referma en claquant. Darrell était à présent seul, recroquevillé dans la cage, les bras autour des genoux. Il relâcha lentement son souffle. Il était profondément irrité.

— C'est incroyable, dit-il à voix haute. Noel, où que tu te trouves en ce moment, je serais très heureux que tu sois ici à ma place.

Il changea de position et s'adossa aux barreaux, en écartant les genoux. Il regarda sa montre. 6 heures. Quand Noel apprendrait ce qui lui était arrivé, il rirait bien… Tout le monde en rirait, d'ailleurs. Noel appelle à l'aide, Darrell se précipite vaillamment à la rescousse, et se retrouve enfermé dans une cage… Où diable était Noel ? À Paris ? Sur la Riviera ? À Capri ? Darrell sentit son assurance vaciller. Tous les autres avaient peut-être raison, et lui tort. Après tout, Noel s'était peut-être bien enfui avec le magot. Et pendant ce temps, Darrell était recroquevillé dans une cage… Il consulta de nouveau sa montre. Six heures et une minute. La nuit promettait d'être longue.

CHAPITRE IX

Darrell changea plusieurs fois de position. La vingtième fois, il regarda sa montre. Dix-sept minutes s'étaient écoulées. Il sentit la rage monter en lui, le prendre à la gorge, comme du vomi. Il poussa un cri rauque, et aussitôt, comme honteux, il se recroquevilla contre les barreaux. N'y avait-il pas un moyen de se libérer de cette effroyable cage ?

Il tira sur l'un des barreaux, une tige de fer forgé de deux centimètres de diamètre qui céda légèrement. Il exerça toute sa force, mais le barreau, inséré en haut et en bas dans l'armature en bois, ne fit que trembler. Darrell relâcha son effort. Dix-neuf minutes...

El-Kazim passerait peut-être la nuit à Fez, et ne retournerait à Tanger que le lendemain matin, ce qui signifiait douze heures de plus dans cette cage. Darrell éprouvait pour Abdallah El-Kazim une haine plus forte que tout ce qu'il avait jamais ressenti. Il agrippa encore un barreau, tira de toute ses forces en s'aidant de ses pieds. Le barreau plia légèrement, sans plus.

Darrell examina l'armature en bois. Elle était très ancienne, peut-être même un peu pourrie, mais il était vain d'espérer pouvoir s'y attaquer. Il repensa à tous les outils qu'il avait chez lui : leviers hydrauliques, ciseaux à air comprimé, pinces coupantes, chalumeaux oxyacétyléniques. Rien qu'avec une scie à métaux, une scie à guichet, n'importe quel type de scie, il pourrait se libérer. Dans la pénombre poussiéreuse, il examina la pièce. El-Kazim et Jilali n'étaient pas des imbéciles, et ils n'avaient certainement pas laissé d'outils à sa portée. Comme il s'y attendait, l'ancienne étable ne contenait rien qui puisse lui être utile. Un tas de bois dans un coin, des lanières de cuir pourries, des couvertures et des harnais accrochés aux murs. Il pouvait distinguer un petit bric-à-brac – des bouteilles, des cartons, un vieux pneu, la corde avec laquelle El-Kazim avait envisagé de le ligoter, une pile d'assiettes ébréchées. Darrell se concentra sur la corde. Avec un rouleau de corde, un homme pouvait accomplir des miracles. Mais elle était bien à cinq mètres, trop loin pour qu'il puisse l'attraper.

Il se mit à réfléchir. Il pourrait déchirer sa chemise et nouer les bouts, y attacher une chaussure et essayer de ramener la corde à lui. C'était faisable, mais il y avait peut-être une autre méthode qui lui permettrait de garder sa chemise intacte. Il essaya de balancer la cage. Elle était très lourde, et même en déployant toutes ses forces, c'est tout juste s'il arrivait à la faire trembler. Il changea de position et passa le pied dans un trou du plancher de la cage, puis il se cala le dos contre le haut de l'armature. Une poussée, d'un coup sec. La cage se releva et glissa de deux centimètres. Le bord du trou lui cogna la cheville. Une autre poussée, deux centimètres de plus… Dix minutes plus tard, il put saisir le rouleau de corde. Le jour tombait rapidement, et Darrell ne perdit pas de temps. Il fit une boucle à la corde qu'il lança vers le tas de bois. Au bout de quelques essais, il réussit à récupérer un solide bâton d'une trentaine de centimètres. Et maintenant, songea-t-il, on va voir ce qu'on va voir… Un diplôme d'ingénieur, six ans d'expérience de travaux difficiles et une bonne dose de sens pratique devraient s'avérer utiles.

Mais il hésita, en jetant un coup d'œil vers la porte. Et si El-Kazim revenait le voir avant de prendre la route de Tanger ? Si le domestique lui apportait à manger ? Ils remarqueraient que la cage avait bougé, et ils lui reprendraient la corde. En jurant et en suant, Darrell remit un pied dans le trou et ramena la cage centimètre par centimètre à sa position initiale.

Il marqua une pause pour se détendre les muscles du dos tout en massant sa cheville endolorie. Il tendit l'oreille : pas un bruit. Il pourrait attendre que la nuit soit tombée… mais il n'avait pas la patience d'attendre. Il fallait passer à l'action maintenant.

Il choisit un barreau auquel il attacha une extrémité de la corde, qu'il fit ensuite passer autour de trois barreaux du côté opposé, puis de nouveau autour du premier barreau, en une sorte de circuit triangulaire. Il répéta le processus quatre fois, puis il tendit la corde et y fit un nœud. Il introduisit son bâton dans le triangle, entre deux jeux de fibres, et commença à le faire tourner. Au fur et à mesure, la corde se tendit et il fut de plus en plus difficile de tourner le bâton. Le barreau commença à plier vers l'intérieur. Darrell relâcha la corde, rattrapa le mou et ajouta deux circuits pour augmenter l'effet de levier. Il recommença la manœuvre. Le barreau se tordit encore plus, le bois se mit à craquer. Encore une fois, Darrell récupéra le mou et reprit le processus, en faisant tourner lentement et prudemment le bâton, luttant contre la tension à présent très forte. Il y eut un craquement de bois brisé, et le bâton tourna facilement entre ses mains : il avait réussi à arracher le barreau de l'armature du haut.

— Et d'un, dit Darrell. Encore deux, ou peut-être trois.

Il dénoua rapidement la corde et recommença sur le barreau suivant, qui se détacha plus facilement de l'armature en bois déjà affaiblie. Un troisième barreau, puis un quatrième, et il réussit à se ménager un espace suffisant pour se libérer en rampant.

Il se releva et s'étira. Tous ses muscles étaient noués. Et maintenant, après la cage, il fallait s'échapper de cette maison. Il s'approcha des portes donnant sur la rue. Elles étaient fermées à clé et aussi solides que les murs. Dans la pénombre du crépuscule, il put distinguer deux énormes verrous en fer. La porte par laquelle il était entré était verrouillée, elle aussi, mais semblait moins massive que les autres.

Il colla son oreille contre le trou de la serrure et crut entendre un faible murmure de voix. Il ne pourrait pas forcer la porte sans attirer l'attention.

Il leva les yeux vers les fenêtres. Celles-là ne semblaient pas poser de problème. Il tira la cage pour l'approcher du mur. Elle grinça sur le sol et Darrell espéra que personne ne l'avait entendu. Ensuite, les caisses : d'abord deux petites côte à côte, puis une plus grande dessus. Avec précaution, Darrell escalada son échafaudage et tâtonna pour trouver le mécanisme d'ouverture. Il n'y en avait pas. Les fenêtres étaient fixées à demeure dans le mur.

Il sauta à terre et plia une couverture qu'il lança en haut de son échelle improvisée, puis il attacha un bout de la corde à la cage avant de remonter sur les caisses avec le rouleau.

Maintenant, il était paré. Il jeta un coup d'œil par la fenêtre maculée, mais il ne put rien distinguer dans la rue. Il n'y avait pas de raison d'hésiter. Il appliqua la couverture contre la vitre et donna un grand coup de poing. Il y eut un bruit de verre brisé qui tombait en contrebas.

Darrell retira la couverture et passa la tête au-dehors. Il vit un passage d'une quinzaine de mètres seulement, tout à fait désert. Il repoussa le reste des débris de verre dans la rue, posa la couverture sur le montant et lança la corde, qui lui permit de descendre dans la rue.

Il étira les bras en riant d'exultation. Il avait des élancements dans la cheville, son dos lui faisait mal, mais ce n'étaient que des aspects mineurs. Il était libre. Il lui fallait maintenant trouver un moyen de sortir de ce labyrinthe. Il ignorait totalement où il était, ainsi que la distance jusqu'à la porte la plus proche. En venant ici, il n'avait rien vu qui ressemble à une grande rue ou une artère, rien d'autre que l'extraordinaire réseau de ruelles et de petits passages.

Il fouilla dans ses poches et trouva à peu près mille francs en petite monnaie. Largement de quoi louer les services d'un guide. El-Kazim avait mentionné le nom de la porte par laquelle ils étaient entrés dans la médina : Bab Bou… quelque chose. Bab signifiait porte, ce qui devrait être suffisant.

Il s'engagea dans des passages à présent faiblement éclairés par des ampoules nues. Il vit quelques passants, qui le regardèrent d'un air soupçonneux. Il avait lu quelque part que les chrétiens n'étaient pas les bienvenus dans les villes musulmanes après le coucher du soleil. Si c'était vrai, il n'y pouvait rien, et il ne demandait qu'à partir. Croisant un garçon de seize ans au visage mince, il l'arrêta et fit un geste, pointant d'abord vers sa propre poitrine, puis au loin.

— Bab ? Tu m'emmènes à bab ? (Il mit la main dans sa poche et en retira deux cents francs.) Je veux aller à bab.

Le garçon recula en se frottant le nez d'un air perplexe.

— Bab, répéta Darrell en pointant dans différentes directions. Bab ?

Le garçon sourit avec la supériorité du citadin sur le simple paysan. Il pointa du doigt à son tour.

— Bab Ftouh, dit-il. (Et pointant dans une autre direction :) Bab Boujeloud.

Darrell hocha la tête.

— Bab Boujeloud, c'est ça. (Il prit le garçon par le bras.) Viens. Tu me montres. Deux cents francs.

Ayant enfin compris ce que voulait Darrell, le garçon se mit à courir devant lui en faisant de grands gestes, tout excité. Darrell comprit qu'il avait choisi un simple d'esprit comme guide.

— L'aveugle conduisant l'aveugle, marmonna-t-il. Allons, peu importe, du moment qu'il me sort d'ici.

Avec le garçon gambadant devant lui, Darrell traversa de nouveau le dédale de la médina de Fez. Le gamin ne se contentait pas de montrer le chemin : il tenait à l'assurer régulièrement qu'ils approchaient, en pointant du doigt et en agitant les bras tout en sautillant à reculons. Quand ils atteignirent des rues plus peuplées, Darrell craignit d'être remarqué, mais le gamin rayonnait de fierté d'accomplir sa tâche. Darrell le suivit donc, et fut enfin récompensé en apercevant la muraille massive et la grande arche pointue de la porte.

Le garçon le conduisit jusqu'au seuil et repartit après avoir empoché les deux cents francs promis. Darrell sortit sur la grande place, là où El-Kazim avait garé la Citroën. L'emplacement était vide. El-Kazim avait certainement repris la route de Tanger.

Cinquante mètres plus loin, il trouva une station de taxis. Il s'approcha de la première voiture de la file.

— Taxi, monsieur ? lança le chauffeur.

— Oui, répondit Darrell. Je veux aller à Tanger.

— Tanger ? répéta le chauffeur avec un mélange de doute et de soupçon. *Beaucoup d'argent, monsieur*[1].

— Je m'en doute, dit Darrell. (Il ouvrit la portière et se laissa tomber sur la banquette avec lassitude.) N'empêche… à Tanger.

L'homme l'examina par-dessus son épaule. Un Américain, par conséquent un millionnaire, fou ou complètement ivre.

— Tanger, monsieur ?

— Tanger.

Le chauffeur haussa les épaules. Une course était une course. Il descendit de sa voiture pour aller dire quelques mots à l'un de ses collègues, puis il se remit au volant. Il démarra, fit demi-tour et se mit en route.

***

---

1. En français dans le texte (*N.d.T.*).

Un peu après minuit, le taxi arriva au sommet de la colline et descendit dans l'amphithéâtre illuminé de Tanger. Darrell émergea de son demi-sommeil et indiqua au chauffeur le chemin du Masquerade Bar.

Là, la nuit ne faisait que commencer. Un brouhaha de conversations et de rires filtrait à travers la porte, et les globes de cuivre projetaient leurs couleurs sur les fenêtres. Darrell fit signe au chauffeur de l'accompagner à l'intérieur, où le bar et les alcôves étaient bondés. M. Burdette était installé sur son tabouret favori au bout du comptoir, buvant un verre en compagnie de la jeune matrone à la poitrine opulente qui l'appelait « Mon chéri » avec un abominable coassement. Derrière le bar, Phil Beresford travaillait, bavardait, riait, buvait, échangeait des plaisanteries avec de vieux amis, accueillait les nouveaux venus, souhaitait une bonne nuit à ceux qui partaient, prenait des commandes, mélangeait des cocktails, encaissait l'argent, ouvrait des bouteilles et sortait des glaçons. Ce soir, il portait une veste sport vert menthe, un pantalon de gabardine verte, une cravate en soie vert foncé. Darrell attira son attention.

— Bonsoir, monseigneur, lança Phil. Où étiez-vous passé ? T-Bone a cru que la famine s'était abattue sur elle quand vous n'êtes pas venu la chercher.

— T-Bone ? Je l'avais complètement oubliée. (Il entraîna Phil un peu à l'écart.) J'ai perdu mon portefeuille. Pourriez-vous payer le taxi pour moi ? Juste un prêt, je vous rembourserai demain.

— Ravi de vous rendre service. C'est ce type, là ? Combien ?

— Je ne sais pas. Je ne parle pas sa langue. On a fait tout le chemin depuis Fez.

Phil haussa les sourcils.

— De Fez en taxi ? C'est comme de descendre de Londres à bord de la barge royale. Tiens donc… (Il discuta un instant avec le chauffeur, puis il revint vers Darrell.) Quinze mille francs. À peu près trente dollars. Ça n'est pas trop mal.

— Donnez-lui mille de plus et un verre, s'il en a envie.

Le chauffeur refusa poliment de boire, prit l'argent et s'en alla.

Darrell trouva un tabouret libre et s'assit.

— La cuisine est-elle encore ouverte ? Je meurs de faim.

— De deux heures de l'après-midi à deux heures du matin.

— J'aimerais un steak grand comme une valise. Je n'ai rien mangé depuis le petit déjeuner.

— Pas de problème. Tenez, allez donc vous installer au bout, à côté de M. Burdette, ce sera plus commode. Vous voulez boire quelque chose ?

— Un scotch. Un pour vous aussi ?

— Comme d'habitude.

Au bout d'un moment, Mme Phil sortit de la cuisine avec le steak, d'une démarche majestueuse, avec une expression placide et distante. Elle passa à côté de Phil comme s'il n'existait pas, posa l'assiette sur le comptoir et se retira.

D'une voix suffisamment forte pour que Phil l'entende, M. Burdette s'adressa à Darrell :

— Vous avez remarqué la nouvelle tenue de Phil ? Plutôt gaie, vous ne trouvez pas ?

Phil le regarda avec un étonnement blessé.

— Bien sûr qu'elle est gaie. Pourquoi pas ?

— Les affaires doivent reprendre, dit M. Burdette à Darrell. J'ai vu Mme Phil regarder le prix d'un manteau de vison, aujourd'hui.

— Ça devait plutôt être de l'engrais de vison pour les violettes d'Afrique.

M. Burdette fit un clin d'œil à Darrell.

— Des violettes d'Afrique ! Quel passe-temps charmant !

— Après les cent premiers mètres carrés, on se blase, grommela Phil. Je suis prêt à tout plaquer, maintenant.

— Le mariage, c'est ça, Phil. Il faut savoir faire des concessions.

— La question n'est pas là ! Je n'ai rien contre le fait de planter un truc par-ci par-là. Mais il ne faut pas que ça devienne une obsession. Un jour, j'ai dû écarter les feuilles devant la fenêtre pour voir si le soleil brillait. Je lui ai dit : « Bon, ça suffit ! Débarrasse-toi de cette jungle, ou je vais me tailler une clairière avec ma machette ! » Alors, elle a transporté tout le bazar dans sa chambre. Je ne sais pas où elle dort.

— Je me demande souvent pourquoi et comment vous vous êtes mariés, dit M. Burdette d'un air songeur.

— C'est un sujet dont je n'aime pas parler, répondit Phil. Mais bon, puisque vous faites la cour à Mama, vous avez sans doute le droit de le savoir. Simplement, n'en parlez à personne. Nous venons tous les deux de la même ville, Atlanta, en Géorgie. Mama a réussi à faire partie du conseil de conscription. Un jour, elle m'a dit : « Tu sais quoi ? Demain, nous allons procéder à une nouvelle sélection d'appelés, tous les hommes célibataires dont les initiales sont P.R.B. » Mon deuxième prénom étant Roger, j'ai tout de suite compris l'allusion. Quelquefois, je me dis que j'aurais été mieux chez les parachutistes.

M. Burdette jeta un coup d'œil dans la salle.

— En parlant de Mama, où est la jeune et ravissante T-Bone, ce soir ?

— La dernière fois que je l'ai vue, dit Phil, elle était assise au bord du trottoir et elle attendait Darrell. Ah, cette fille adore manger. De temps en temps, j'ai essayé de l'appâter comme ça. Mais le dernier sandwich que j'ai commandé pour elle, Mama y a mis un long cheveu noir.

— Aha ! De la jalousie !

Phil secoua la tête.

— Mama n'est pas jalouse. Elle a ses violettes d'Afrique. C'est juste qu'elle n'aime pas T-Bone.

— Téléphone, dit Mme Phil qui se trouvait à cinquante centimètres derrière Phil. C'est pour M. Burdette.

— Ah, oui, bien sûr, dit celui-ci en se glissant à bas de son tabouret comme une otarie quittant un iceberg. Excusez-moi.

Il trottina derrière le comptoir et disparut dans la cuisine.

Phil le regarda faire avec un sourire entendu.

— T-Bone, bah ! M. Burdette fait la cour à Mama. C'est le seul homme qu'elle autorise à entrer dans la cuisine, moi compris. Et quand il en ressort, il mâchonne toujours quelque chose.

M. Burdette finit par ressortir en enfournant une dernière bouchée. La jeune matrone à la forte poitrine se mit à beugler :

— Chéri ! Chéri ! (M. Burdette regarda autour de lui.) Viens, mon chéri. Tout le monde s'en va. Si tu veux venir avec nous, bien sûr.

— Oh, oui ! répondit M. Burdette. Ne me laissez pas là.

Et il s'en alla.

Phil rejoignit Darrell.

— Vous voyez ce que je veux dire, avec la cuisine ? Il fascine Mama avec ses connaissances sur les violettes d'Afrique, et pendant qu'elle rêve, il se fait cuire un steak.

— Que fait-il dans la vie ?

— Il est concessionnaire automobile. C'est lui qui a vendu son engin de mort à Ellen McKinstry. Maintenant, tout ce qui lui reste à faire, c'est de récupérer son argent. Comment trouvez-vous la bouffe ?

— J'aimerais qu'il y en ait deux fois plus. Sinon, c'est excellent.

— Vous voulez autre chose ? Je n'aime pas voir un homme affamé. Que diriez-vous d'un peu de tarte ?

— Je dirais que c'est une excellente idée.

Phil apporta lui-même la part de gâteau.

— À vous voir manger comme ça, vous avez dû avoir une journée riche en événements.

— J'ai parlé à quelques personnes à Fez.

— Vous avez appris quelque chose ?

— Non, pas vraiment.

Darrell termina sa tarte et se leva péniblement.

— Je vais me coucher. Je réglerai ma note demain. Ou dès que je j'aurai reçu un virement de chez moi.

— Je vous fais volontiers crédit.

Darrell sortit et jeta un coup d'œil dans la rue. La nuit était calme. Le vent faisait bruisser les feuilles des acacias. La lumière des réverbères clignotait à travers le feuillage. Quelques vitrines esseulées éclairaient les trottoirs déserts. Une dizaine de voitures étaient garées, comme abandonnées.

Darrell traversa la rue et entra dans son hôtel. À la réception, il demanda qu'on le réveille à 8 heures, puis il grimpa l'escalier jusqu'à sa chambre. Il prit une douche bien chaude et se mit au lit.

Il resta longtemps éveillé dans le noir. S'il n'avait pas réussi à attraper la corde... En ce moment même, il serait assis dans la cage, recroquevillé, perclus de crampes douloureuses... Ils devaient à présent savoir qu'il s'était libéré. Jilali ou un domestique étaient certainement venus lui apporter à boire et à manger. Il était impossible de savoir s'ils avaient réussi à en informer El-Kazim, et si celui-ci se présenterait le lendemain matin.

L'agence de l'American Express ouvrait à 9 heures. Darrell y serait. Il espérait qu'El-Kazim y serait, lui aussi. Il sourit dans le noir, et finit par s'endormir.

CHAPITRE X

Le matin était clair et frais. Tanger étincelait tel un bol rempli de glace pilée. Les rues résonnaient de crissements de pneus, de voix s'exprimant dans une dizaine de langues. Les touristes et les Tangérois se mêlaient le long du boulevard Pasteur, chacun s'émerveillant des excentricités des autres.

À neuf heures moins vingt, Darrell se posta sous un porche de l'autre côté de la rue, en face de l'agence de l'American Express. Ce n'était pas l'idéal, mais si El-Kazim se présentait à 9 heures précises, Darrell n'aurait pas le temps d'entrer et d'expliquer la situation aux responsables de l'agence. El-Kazim pourrait l'apercevoir et repartir, en emportant le passeport avec lui.

Les minutes passèrent, et 9 heures arriva. Un homme en complet marron – manifestement un employé de l'agence – s'arrêta devant la porte, introduisit une clé dans la serrure et entra. Darrell resta en faction, scrutant la rue et guettant un éclat de gabardine grise.

Quatre minutes plus tard, Abdallah El-Kazim apparut, venant du quartier arabe et marchant d'un bon pas. Au grand étonnement de Darrell, il était accompagnée de Jilali, élégant dans son costume noir.

Les deux hommes approchèrent avec assurance de l'entrée de l'agence. En voyant leur expression calme, Darrell bouillonna de fureur. Ces deux-là le croyaient encore à Fez, accroupi dans sa cage.

Jilali ouvrit la porte et El-Kazim entra sans regarder autour de lui, avec Jilali sur ses talons.

Darrell traversa la rue et jeta un coup d'œil dans le bureau. L'homme au complet marron s'approchait, venant du fond de la pièce. El-Kazim lui tendit le billet que Darrell avait écrit.

Quelqu'un arriva derrière Darrell – un employé venant à son travail. Il lança un regard curieux à Darrell avant de pousser la porte. Jilali se retourna juste un bref instant en l'entendant entrer. Darrell se dépêcha d'entrer à son tour avant que la porte ne se referme.

L'homme en costume marron était en train de lire la lettre en se grattant pensivement la joue. Il dit quelques mots, et El-Kazim jeta le passeport sur le comptoir.

Darrell s'avança. El-Kazim tourna la tête et ouvrit de grands yeux. Il tendit rapidement la main pour récupérer le passeport, mais Darrell lui saisit le poignet qu'il serra comme un étau, et prit le document.

L'employé de l'agence recula d'un pas, soudain inquiet.

— Qu'est-ce que c'est, que se passe-t-il ?

Darrell répondit :

— J'ai décidé de venir chercher mon courrier moi-même. Je suis Darrell Hutson. Voici mon passeport. (Il se tourna vers El-Kazim.) Rendez-moi mon portefeuille.

El-Kazim fit mine de se diriger vers la porte. Darrell l'attrapa par la capuche de sa djellaba et le tira en arrière. El-Kazim pivota sur lui-même en le foudroyant du regard tel un faucon.

— Mon portefeuille, répéta Darrell, ou j'appelle la police.

Jilali, sans rien perdre de sa dignité, plongea la main dans la poche intérieure de sa veste noire et en sortit le portefeuille de Darrell.

— Nous ne vous avons pas volé, dit-il d'un ton offusqué.

Darrell examina le contenu de son portefeuille. Apparemment, tout son argent était là. Les deux Marocains commencèrent à se diriger vers la sortie.

— Un instant, dit Darrell. Il y a deux ou trois choses dont nous devons discuter

Jilali hésita sur le seuil, tandis qu'El-Kazim se précipitait dans la rue.

L'homme au complet marron se redressa avec un air désapprobateur.

— Est-ce une affaire qui concerne la police ? Vous ont-ils volé, monsieur ? Je vais appeler la police !

— Non, dit Darrell, c'est un simple malentendu. S'il vous plaît, pouvez-vous me dire si j'ai du courrier ?

D'un air indécis, l'homme alla vérifier, et revint avec une seule lettre.

— Darrell Hutson.

— Oui, c'est bien ça. Je vous remercie.

Il sortit, suivi de Jilali. Quelques mètres plus loin, El-Kazim attendait en fulminant.

— Savez-vous pourquoi je n'ai pas prévenu la police ? dit sèchement Darrell. Il n'y a qu'une raison : je veux retrouver mon frère. Est-ce que vous comprenez ?

Jilali haussa ses élégants sourcils noirs avec un air de reproche.

— Je vous propose un marché. Le même que je voulais faire en venant à Fez. Répondez à mes questions, et je vous montrerai la lettre.

— Quelles questions ? demanda Jilali d'un ton circonspect. Que voulez-vous savoir ?

— Uniquement ce qui m'aidera à trouver Noel.

El-Kazim, fasciné malgré lui, secoua la tête. Les deux hommes échangèrent quelques mots en arabe.

— Venez avec nous, dit El-Kazim avec un air sournois.

Darrel éclata d'un rire amer.

— Ne comptez pas là-dessus.

— Ce n'est pas bien de parler comme ça, dit Jilali. Nous voulions simplement vous garder en sécurité. Nous voulons gagner notre grande guerre. Un homme, deux hommes – ce n'est rien.

— Allez-vous répondre à mes questions ?

— Vous devez poser les questions. Je répondrai peut-être.

— Si vous ne répondez pas, je ne vous montrerai pas la lettre, et je vous remettrai à la police. Venez par ici.

Darrell les entraîna quelques mètres plus loin dans une ruelle.

El-Kazim tendit la main.

— Vous devez d'abord nous montrer la lettre.

— Ce que vous dites est complètement idiot, répondit Darrell d'un ton méprisant.

D'un geste impatient, Jilali empêcha El-Kazim de répliquer.

— Posez-nous vos questions.

— Noel a quitté Tanger dans la soirée du 9 mars avec un camion chargé d'armes. Où devait-il se rendre ?

El-Kazim répondit sèchement :

— Nous ne pouvons pas vous dire ces choses.

— Quelle différence ça peut faire ? demanda Jilali. Les Français savent bien que les armes arrivent quelque part du côté de Taouz.

— Taouz ? Où est-ce ?

— C'est un village dans le Tafilelt, près de la frontière algérienne. Une étape pour les caravanes.

— Noel a donc conduit le camion jusqu'à Taouz. Ensuite ?

— Les armes ont été déchargées, et puis il y a eu une erreur. Nous avions fait venir le paiement d'Égypte à travers le désert. Mais le cheikh de Taouz a eu peur que les Français arrivent, et il l'a remis à Noel et Habdid El-Kazim pour qu'ils l'emportent à Tanger. Sur la route, ils se sont battus, et Noel a tué Habdid.

Abdallah El-Kazim s'écria :

— Il l'a jeté du camion comme un sac d'ordures ! Votre frère a fait ça au mien !

Darrell l'ignora.

— Continuez, dit-il à Jilali.

— Noel s'est rendu à Erfoud, où il a pris une chambre à l'hôtel. Les Français l'appellent le Gîte d'Étape. Il y a dormi. Il a écrit une lettre et passé deux coups de téléphone à Tanger. Le lendemain matin, il y a eu un appel pour lui, mais il était déjà reparti. Personne ne sait où il est allé, ni où se trouve le paiement pour les armes.

— Et c'est tout ce que vous savez de Noel ?

— C'est tout.

— Il a donné deux coups de téléphone, dites-vous ?

— C'est notre information.

— Qui a-t-il appelé ?

— Nous ne le savons pas. Nous avons posé des questions à Erfoud. Noel a demandé à parler à Arthur Upshaw et il a parlé à quelqu'un qui avait pris la communication.

Darrell lança un coup d'œil en coin à El-Kazim.

— Cet homme pourrait bien être Aktouf, le réceptionniste du Balmoral.

— C'est ce que nous pensions, dit Jilali d'une voix neutre.

— Mais maintenant, vous ne le pensez plus ?

— Non.

— Vous l'avez torturé à mort pour essayer de le savoir.

El-Kazim fut incapable de se retenir.

— C'était le plus détestable de tous les porcs. C'était un Arabe qui haïssait son peuple, un Arabe qui aimait les Français. C'était une ordure, il était souillé. Avec ces deux mains… (en tremblant de rage, il les montra à Darrell)… je déchirerais la gorge de tous ces chiens qui aiment les Français !

— Cette affaire ne vous concerne pas, ni votre frère, dit sèchement Jilali.

— Est-ce vous qui m'avez envoyé une coupure de journal relatant la mort d'Aktouf ?

Jilali et El-Kazim semblèrent tous deux étonnés.

— Quelqu'un vous a envoyé cet article ? Qui ça ?

— Je ne sais pas.

Jilali haussa les épaules.

— Avez-vous d'autres questions ?

— Non.

Darrell lui tendit la lettre et El-Kazim la lui arracha des mains. Il la tint à la lumière. Les deux hommes la lurent laborieusement, puis ils la relurent. Lorsqu'ils levèrent les yeux, il y avait dans leur regard de la perplexité et de la déception, comme si Darrell les avait trompés.

— Mais il n'y a rien là-dedans, dit enfin Jilali.

— Je vous avais prévenus.

— Mais alors, pourquoi l'avez-vous cachée ? Pourquoi l'avoir mise à la poste ?

— Parce que les gens qui voulaient la lire refusaient de me fournir des informations en échange.

Les deux Marocains parcoururent la lettre encore une fois.

— Que veut dire ce « assurer mes arrières » ?

— Je ne vous le dirai pas. C'est juste deux centimètres de trop par rapport aux termes de notre marché. Je ne vous donnerais même pas un centimètre. Vous m'avez mis dans une cage, vous vous souvenez ? Sans aucune raison.

— Votre frère a tué un bon musulman ! Mon frère ! grinça El-Kazim.

Jilali lui fit signe de se calmer.

— J'aimerais prendre une copie de cette lettre.

— Allez-y.

Jilali recopia soigneusement le texte au dos d'une enveloppe, puis il rendit la lettre. Les deux hommes se regardèrent sans un mot, totalement découragés.

— Une dernière chose, dit Darrell. Vous m'avez fait venir à Fez pour des prunes.

— Pour des... comment dites-vous ?

— Vous m'avez fait faire un voyage inutile à Fez. Vous me devez quinze mille francs pour le taxi qui m'a ramené à Tanger.

El-Kazim siffla entre ses dents avec un rictus de mépris.

— C'est votre faute. Votre lettre ne nous a rien appris. Ça ne valait pas la peine de vous parler.

— Vous n'aviez pas besoin de me conduire à Fez. Vous auriez pu aussi bien me parler ici. Mais vous m'y avez emmené, et ça m'a coûté quinze mille francs pour rentrer. Je veux récupérer mon argent.

— Ce n'est pas nous qui vous le donnerons.

Et sans plus de cérémonie, ils s'éloignèrent dans la rue.

Darrell regarda la lettre de Noel. « Assurer mes arrières »... Qu'est-ce qu'il avait bien pu dire par là ? La lettre laissait entendre tant de choses, mais en disait si peu... Il sentit qu'on le tirait par la manche. Il se retourna aussitôt, et Slip-Slap recula avec une grande agilité. Il se rapprocha lentement en arborant un large sourire.

— Je suis content de vous voir, M. Hutson. Maintenant, vous pouvez peut-être me donner l'argent.

— De l'argent ? Pourquoi ?

— J'ai dit que l'homme viendrait à 9 heures. Vous ne m'avez pas cru ? Alors j'ai travaillé pour amener l'homme.

— Ça, pour ce qui est de l'amener, tu as réussi. Il m'a coûté quinze mille francs. Sans compter deux ou trois autres petites choses. Allez, va voir ailleurs si j'y suis.

Slip-Slap secoua tristement la tête.

— Je travaille pour vous, et maintenant, vous ne payez pas !

Darrell commença à remonter le boulevard Pasteur, et Slip-Slap le suivit.

— Vous voulez quoi, M. Hutson ? Je fais ce que vous voulez.

Une enseigne attira l'attention de Darrell : AGENCE DE TOURISME OFFICIELLE DU MAROC Il traversa la rue et entra dans le bâtiment. Il en ressortit quelques minutes plus tard avec une douzaine de cartes et de dépliants.

Slip-Slap l'attendait.

— Vous voulez faire une promenade ? Je sais où trouver une bonne voiture. Pas cher. Bonne voiture.

— Non, merci.

— Je suis un bon guide.

— Je n'ai pas besoin de guide.

Darrell repartit dans le boulevard Pasteur, laissant derrière lui un Slip-Slap inconsolable. Sur la place de France, il s'installa à une terrasse et commanda un café. Une horde de petits cireurs convergea vers lui tel un banc de requins sur un morceau de chair sanglante. Darrell les chassa d'un geste de la main, repoussant aussi les offres de foulards de soie, d'araignées en caoutchouc, de montres et de couvre-chefs, et refusant de regarder des photos obscènes. Il finit par obtenir de boire son café en paix.

Il déplia une carte et repéra Erfoud. La ville se trouvait dans le Moyen Atlas, à la limite du Sahara. Après Erfoud, la route menait à un village plus petit, Rissani. Une autre route, guère plus qu'une piste, conduisait à Taouz, presque à la frontière avec l'Algérie. La route que Noel avait dû prendre en revenant d'Erfoud menait à une ville du nom de Ksar Es-Souk. Là, il avait eu le choix entre obliquer vers le sud-ouest en direction de Ouarzazate, et finalement Marrakech et Casablanca, ou partir au nord, vers Meknès et Tanger. Quelque part, il avait dû s'arrêter pour refaire le plein. La piste était sans doute froide, maintenant, mais il y avait une petite chance que quelqu'un se souvienne de Noel. Ou même du camion, surtout si celui-ci avait un signe particulier.

Darrell essaya d'imaginer les endroits où Noel aurait pu faire une halte. Le camion avait sans doute quitté Tanger avec un réservoir plein, et il était plus que probable que Noel ait repris de l'essence à Meknès. En rentrant d'Erfoud, il avait dû s'arrêter à Ksar Es-Souk, s'il y avait une station. Cela dépendait beaucoup de la capacité du réservoir. Arthur Upshaw pourrait fournir cette information, s'il le voulait bien, mais Darrell en doutait fortement. Il était tout aussi inutile d'espérer la coopération de Duff. Ellen n'avait certainement aucune idée de l'autonomie du camion, mais elle pourrait peut-être lui dire la marque et où il avait été acheté, à quoi il ressemblait.

Darrell réfléchit. Téléphoner à Ellen présentait le risque d'essuyer une rebuffade embarrassante. Mais cela étant… pourquoi pas ? Il téléphona depuis une épicerie voisine.

Ellen n'aurait pas pu se montrer moins cordiale quand il se présenta.

— Êtes-vous très occupée en ce moment ? demanda-t-il.

— Pourquoi ?

— J'aimerais vous parler.

— De Noel, j'imagine.

— Oui, j'en ai bien peur.

— Ça ne m'intéresse pas. En plus, je suis occupée à faire des cartons.

— Des cartons ? Pourquoi ?

— La maison ne nous appartient plus.

— Ah… Alors, vous devriez avoir envie de m'aider à trouver Noel.

Darrell eut aussitôt un sentiment de culpabilité, car il semblait dire implicitement qu'Ellen, Duff et Arthur Upshaw avaient droit à un million de dollars d'héroïne. À force de l'évoquer, cette marchandise commençait à paraître banale.

— J'en ai plus qu'assez du nom de Noel, dit Ellen. Plus qu'assez du nom de Hutson.

— Eh bien, répondez juste à une ou deux questions. J'ai appris que Noel avait quitté Tanger à bord d'un camion. Quelle marque ? Quelle couleur ?

— Je ne connais pas la marque. Pourquoi voulez-vous savoir ça ?

— Je vais me rendre à Erfoud pour enquêter. Je veux savoir quelles questions poser.

— Ah, vous êtes donc au courant pour Erfoud, dit Ellen d'une voix soudain pensive. Comment l'avez-vous su ?

— C'est une longue histoire.

Il y eut un silence, puis elle demanda :

— Où êtes-vous, en ce moment ?

— Place de France.

— J'arrive dans cinq minutes.

— Disons plutôt dix. Je préférerais que vous restiez en vie.

— Ah, vraiment ? (Le ton d'Ellen était très neutre.) Bon, de toute façon, je n'en ai pas pour longtemps.

Darrell raccrocha et sortit pour attendre sur le trottoir. Huit minutes plus tard, il vit apparaître l'avant plongeant de la Mercedes et les cheveux auburn d'Ellen derrière le pare-brise. Elle s'arrêta. Darrell sauta sur le siège à côté d'elle. Le moteur vrombit et ils repartirent.

— Où allons-nous ? demanda-t-il.

— Nulle part en particulier.

Par cette chaude journée ensoleillée, Ellen portait un short et un chemisier blancs, et de vieilles chaussures de tennis. Darrell détourna les yeux des longues jambes fines dorées par le soleil. Les cheveux d'Ellen flottaient dans le vent, et il remarqua quelques fines taches de rousseur sur son nez.

— Quand vous aurez fini de me regarder, dit-elle sans tourner la tête, vous pourrez me dire pourquoi vous voulez me parler.

Darrell sourit. Ellen n'était pas d'une humeur particulièrement amicale.

— Vous êtes la seule de votre famille à *accepter* de parler. Si je vous regarde, c'est parce que, chaque fois que je vous vois, vous êtes encore plus jolie.

Ellen émit un grognement sarcastique.

— Allons déjeuner quelque part, proposa Darrell.

— Non, merci.

— Vous n'avez pas faim ? Il est déjà 1 heure.

— Vous pouvez manger si vous voulez. J'attendrai dans la voiture.

— Nous pourrions au moins prendre un verre quelque part.

Elle hocha la tête d'un air distant et s'engagea dans la pente pour rejoindre le front de mer.

— Parlons un peu de ce camion, dit Darrell.

— Il était gris clair, avec un plateau à l'arrière. Assez gros.

— Un gros camion gris clair avec un plateau. Rien de particulier, une caractéristique qui pourrait attirer l'attention ?

— Bien sûr que non, répliqua-t-elle. Vous prenez Arthur pour un imbécile ?

— Non, ce n'est pas un imbécile. J'espérais simplement…

— Vous avez sans doute une idée ingénieuse à l'esprit ?

— Je veux poser des questions dans chaque station-service où Noel peut s'être arrêté pour faire le plein.

— Ça ne vous mènera nulle part. Il y a des centaines de camions comme celui-là. Ils sont utilisés pour l'entretien des routes. C'est pour ça qu'Arthur l'a acheté, pour échapper à l'attention des Français.

— Je vois.

Ils s'engagèrent dans l'Avenida de España et restèrent sur la droite de la chaussée, en longeant la magnifique plage.

— Comment avez-vous su, pour Erfoud ? demanda Ellen. Jamais Arthur ne vous l'aurait dit, ni Duff.

— Ni vous.

— Vous ne m'avez pas demandé.

— Vous me l'auriez dit ?

— Oui, bien sûr, pourquoi pas ?

— J'aurais dû vous poser la question. J'ai obtenu mon information dans des circonstances pénibles. C'est un Marocain qui me l'a donnée, Moulay quelque chose ben Jilali. Vous le connaissez ?

— Seulement de nom. C'est un contact à Fez pour les rebelles algériens. Un politicien important, je crois.

— Connaissez-vous Abdallah El-Kazim ?

— Non. Qui est-ce ?

— Il travaille dans le même genre d'affaires. Un type pas très sympathique. Il affirme que Noel a tué son frère.

Ellen éclata d'un rire joyeux.

— Si c'est un musulman respectueux des traditions, il va chercher à vous tuer.

— Ça semble vous faire plaisir.

— J'aimerais voir les cimetières remplis de Hutson.

Mais son ton de voix était plus triste que cinglant. Elle appuya brusquement sur l'accélérateur, comme étonnée de se voir conduire à une allure aussi raisonnable. La route devant eux était bien dégagée. Darrell s'abstint de faire une remarque.

— Où avez-vous rencontré ces Marocains ? demanda Ellen au bout d'un moment.

— C'est eux qui m'ont contacté. Ils savaient que je possédais une lettre de Noel. Apparemment, c'est Slip-Slap qui le leur a dit. Il m'a entendu parler avec Duff le jour de mon arrivée.

Ellen hocha la tête.

— Slip-Slap surveille les docks – juste au cas où Noel essaierait de s'enfuir en Espagne. Je n'aimerais pas être à sa place quand ils lui mettront le grappin dessus. (Elle se tourna vers Darrell avec un air malicieux.) Vous aussi, vous risquez d'avoir des ennuis si quelqu'un finit par se convaincre que Noel et vous travaillez ensemble.

— C'est une idée absurde.

— Pas si absurde que ça. Tout le monde l'a envisagée.

Elle tourna dans le parking d'un restaurant de bord de mer, se passa rapidement un peigne dans ses cheveux ébouriffés, puis elle sauta à terre. Darrell la suivit jusqu'à une terrasse surplombant la mer. Là, à une table à l'ombre d'un grand parasol orange et vert, Ellen se laissa tomber dans un fauteuil. Elle croisa les jambes en toisant les autres clients qui la regardaient.

Un serveur arriva et Darrell passa la commande. Ellen l'observait avec une indifférence sarcastique.

— Arthur sait-il que vous avez l'intention de vous rendre à Erfoud ?

— Je ne le lui ai pas dit.

— Je vous conseille de ne rien dire. Il n'approuve pas votre enquête.

— Il n'est pas raisonnable.

— Vous oubliez qu'Arthur est très contrarié. Il a placé son argent dans une affaire dont le succès était garanti, et voilà qu'il se retrouve sans un sou. Duff et moi aussi, bien sûr. La maison a été mise en vente, et nous devons quitter les lieux avant la fin de la semaine. La voiture m'appartient tant que cet odieux M. Burdette n'aura pas réussi à m'attraper. Le *Deirdre* est vendu, ou le sera d'ici quelques jours.

Darrell contempla la ligne d'horizon de l'océan. Il était embarrassé.

— Où comptez-vous aller ? demanda-t-il.

— Je ne sais pas. J'en ai assez de Tanger, et de tous les autres endroits qui me viennent à l'esprit. (Le serveur apporta les boissons. Ellen prit son verre et l'inclina en faisant s'entrechoquer les glaçons.) Que ferez-vous si vous retrouvez l'héroïne ? Même si vous n'avez aucune chance.

— Je jetterai sans doute la marchandise à la mer. Et vous, que feriez-vous ?

Elle but une gorgée et reposa son verre avec nonchalance.

— Je la vendrais à Ventriss et je dégagerais d'ici. Avant qu'Arthur ne me fasse mon affaire.

— Vous croyez vraiment qu'Arthur ferait une chose pareille ?

— J'en suis sûre, et avec plaisir. Je le tuerais avec encore plus de plaisir.

— Vous êtes un vrai petit animal sauvage.

— J'ai mes raisons. Vous connaissez sans doute un peu *Hamlet* ?

— Nous sommes quelques-uns aux États-Unis à avoir appris à lire.

— Hmmf… Où avez-vous fait vos études ?

— Au Massachusetts Institute of Technology.

— C'est une de vos universités archi-huppées ?

— Non, pas vraiment.

— Le Massachusetts est quelque part dans l'Est, je crois. Ou est-ce dans la Bible Belt ?

Darrell comprit qu'elle le faisait marcher.

— Puisque vous allez quitter Tanger, vous devriez peut-être visiter les États-Unis pour vous faire une idée par vous-même.

— Cent quatre-vingt millions de Phil Beresford ? Non, merci. Comment comptez-vous aller à Erfoud ?

— Je louerai une voiture.

— Je peux vous y conduire – pour dix mille francs. Vous devrez aussi payer l'essence.

Darrell la regarda avec surprise.

— Ça n'est pas la porte à côté.

— Je sais où se trouve Erfoud.

— Il faudra sans doute y passer la nuit.

— Pas forcément ensemble.

— Non, pas forcément. Pour ça, j'imagine qu'il y aurait un supplément.

— Puisque vous allez faire des économies sur le prix d'une location de voiture, vous auriez peut-être les moyens de vous le permettre.

— Pas à cent quarante dollars – ou le prix que vous avez en tête actuellement. Mais je ne vois pas d'objection à ce que vous m'y conduisiez, strictement sur la base d'un contrat. Dix mille francs plus les frais, c'est bien ça ?

— C'est ça.

— Il y a un autre point que nous ferions mieux de régler tout de suite. Si, par hasard, nous trouvons cette héroïne, je n'ai pas l'intention de vous la remettre.

Les yeux d'Ellen brillèrent.

— Vous m'en donnerez peut-être la moitié. Une moitié pour moi, l'autre pour vous.

Darrell se demanda si elle continuait de se moquer de lui.

— Non, je ne vous en donnerai pas la moitié, pas un gramme.

— Un accès de moralité ?

— Appelez ça comme vous voudrez. Une telle quantité d'héroïne peut briser la vie d'une centaine de gens. Peut-être mille, ou dix mille, si ça se trouve.

— C'est là que vous vous trompez, mon ami à l'esprit embrouillé. L'héroïne ne brise pas des vies. Les vies sont déjà brisées. L'héroïne est le symptôme, pas la cause. Je vais vous confier un secret, M. Hutson. (Elle se redressa et posa les coudes sur la table.) Ce monde n'est pas le meilleur des mondes possibles. En fait, c'est un monde maléfique.

— Ce n'est qu'un monde, ni bon ni mauvais.

— Les êtres humains sont le monde, et les êtres humains vivent par le mal. Le mal est comme l'air, tellement basique, tellement présent qu'on ne le remarque pas.

— Je ne peux pas me résigner à cette idée.

— Non ? Regardez, là, dans la rue.

Darrell tourna la tête et vit un homme vêtu d'une djellaba crasseuse, au côté d'un petit âne surchargé. L'homme tenait un bâton pointu dont il donnait régulièrement un coup dans le flanc de l'animal, en appuyant et en tournant le bâtonnet. Parfois, il visait plus particulièrement une plaie ouverte. L'âne, hébété, refusait d'avancer plus vite, ou en était incapable, et se contentait de secouer la tête.

— Regardez les gens autour de nous, reprit Ellen. Est-ce qu'ils sont indignés ? Non, ils n'y prêtent même pas attention. Vous-même, vous n'auriez pas regardé non plus. L'homme torture l'âne. Les Russes torturent les Hongrois. Les Américains torturent les Noirs. Le mal est partout. Puisque cette histoire d'héroïne vous tient tant à cœur, pourquoi ne faites-vous pas quelque chose avec cet homme qui torture son âne ?

Darrell la regarda d'un air maussade.

— Que pourrais-je faire ?

— Vous pourriez lui planter son bâton dans les fesses, lui expliquer que l'âne éprouve exactement la même sensation. Vous seriez aussi obligé d'acheter l'âne, ou sinon l'homme se vengerait sur lui plus tard.

Darrell resta assis en silence à contempler la mer.

— Bon, fit doucement Ellen. Vous ne vous lancez pas au secours de l'âne. Pourquoi ? Parce que vous avez peur de faire un scandale. Et vous savez que ce petit acte de cruauté n'est qu'une goutte d'eau dans un océan de mal. Puisque vous tolérez un mal actif, vous en êtes passivement responsable, car par votre intervention vous pourriez y mettre fin. Bientôt, vous allez rentrer chez vous et reprendre le cours habituel de votre existence, à vendre des saucisses ou je ne sais quoi, et vous aurez une vie bien tranquille. Vous achèterez une nouvelle voiture tous les ans, vous vous plaindrez du prix des glaces et des steaks, vous deviendrez obèse et encore plus prétentieux, et vous continuerez d'affirmer que le monde n'est que beauté et bonté.

— Hé ! protesta Darrell. Je ne suis quand même pas aussi horrible que ça !

Ellen ne fit pas attention à lui.

— Je crois que je déteste le mal passif encore plus que l'actif. Les Russes ont écrasé la rébellion hongroise. C'était un acte vil. Partout dans le monde, les gens ont toussoté et détourné les yeux. Certains ont lancé des qualificatifs, comme des roquets qui jappent derrière une clôture. Cet ignoble Nehru a nié qu'il s'était passé quoi que ce soit. Il y a une certaine grandeur dans le mal que font les Russes. Les gens qui se contentent d'être des spectateurs sont simplement méprisables.

Darrell repensa à sa visite dans la maison de Jilali, à Fez. Sans opposer aucune résistance, il s'était soumis à une fouille. Une soumission rationnelle. Déshonorante ? Il n'en savait rien. Certes, l'expérience avait été humiliante, et il rougissait rien que d'y penser. C'est presque avec violence qu'il répliqua :

— D'accord, je fais des compromis, je ne le nie pas. Mais je ne torture pas des ânes et je ne vends pas de drogues. Et je ne me souviens pas que vous vous soyez vous-même ruée au secours de ce petit âne.

— Non. Je reconnais que je suis mauvaise. Je le sais. Je suis mauvaise, cynique et lâche. Je ne prétends pas être autre chose.

Darrell fut étonné de voir des larmes briller dans les yeux d'Ellen. Il détourna le regard, en se sentant coupable.

Ils restèrent ainsi un moment dans un silence presque confortable, à siroter leurs boissons et à contempler les eaux étincelantes.

— De la sur-réaction, dit enfin Darrell d'un air pensif.

— Oui, eh bien ?

— Juste une idée comme ça. À propos de vous. Une personne aussi préoccupée par les questions morales ne peut pas être mauvaise. Vous êtes beaucoup plus vertueuse et idéaliste que moi.

Ellen se leva.

— D'abord, vous m'obligez à écouter vos platitudes, et ensuite vous m'engluez dans vos bons sentiments. Si nous trouvons cette héroïne – ce dont je doute fort –, n'allez surtout pas tenter un geste plein de noblesse pour sauver la société.

— Je ne cherche pas l'héroïne, répondit Darrell. C'est Noel que je cherche. Si jamais, par hasard, je découvre où elle se trouve, j'ai l'intention de lui faire subir quelque chose de radical. Peu m'importe Arthur, Duff, le FLN et vous.

— Bah, grimaça Ellen. Vous et vos tirades héroïques…

Ils retournèrent à la voiture. Ellen dit brièvement :

— Nous ferions mieux de partir tôt. La route est longue.

— Vous voulez toujours y aller ?

— Bien sûr. Vous croyez que votre attitude me surprend ?

— Non, sans doute. Bon, que voulez-vous dire par « tôt » ? 6 heures ? 8 heures ?

— Disons vers 7 heures. Je vais faire le plein ce soir. Il faudra que vous me donniez mon argent maintenant, plus cinq mille francs pour l'essence.

— Bon sang, s'exclama Darrell, vous êtes si gênée que ça ?

— Gênée ? Je suis fauchée, oui. Pourquoi croyez-vous que je me propose comme chauffeur ?

— Je ne sais pas. Je ne voudrais pas abuser de la situation. Dix mille francs, ce n'est pas vraiment beaucoup. L'entretien, les pneus, l'amortissement, tout ça…

— C'est le problème de M. Burdette, pas le mien.

Darrell lui donna quinze mille francs.

— Très bien, d'accord pour 7 heures demain matin.

* * *

Tard ce soir-là, Darrell entra dans le Masquerade pour prendre un dernier verre avant d'aller se coucher. Il en offrit un à Phil Beresford et régla ses dettes.

T-Bone apparut sur le seuil de la porte donnant sur le hall du Balmoral. En apercevant Darrell, elle s'arrêta net, puis elle fit demi-tour et sortit précipitamment par la grande porte vitrée.

— Duff n'a pas besoin de s'inquiéter de moi, dit Darrell à Phil. Je suis très bas dans la liste de T-Bone.

Phil fut perplexe.

— À cause d'un dîner manqué ? C'est facile à régler. Vous n'avez qu'à la réinviter.

Darrell secoua la tête.

— Hier, à Fez, j'ai vu une photo de Noel – une photo truquée. Son visage venait de la photo prise avec T-Bone sur la plage.

— Bizarre, dit Phil, vraiment bizarre. Et alors ?

— Eh bien, il se trouve que je l'ai croisée cet après-midi, sur la place de France, et je lui ai posé quelques questions à ce sujet, par simple curiosité. Est-ce qu'elle en avait un tirage, est-ce qu'elle en avait perdu un récemment ? Est-ce qu'elle connaissait Abdallah El-Kazim ?. T-Bone a tout nié en bloc, avec une grande indignation.

— Voilà le mystère résolu, dit Phil. Vous lui avez soutiré son plus mystérieux secret. T-Bone s'entraîne à devenir un agent des services spéciaux.

Darrell fut choqué.

— Upshaw m'a dit qu'elle rapportait des rumeurs aux Français. Elle ne peut pas quand même pas travailler pour les Arabes en même temps ?

— Ce n'est qu'un de ses petits fantasmes, expliqua Phil. En ce moment, elle se considère comme un agent double. Elle prend tous les clients qu'elle peut trouver. Pourquoi ne la lancez-vous pas sur la piste de Noel ? Elle saura le débusquer.

— Si je n'obtiens pas rapidement des résultats, c'est peut-être bien ce que je ferai.

— Est-ce que vous avez une piste, des indices, si je peux me permettre de poser la question ?

— Rien que les autres n'aient déjà. Demain soir, à cette heure-ci, les choses pourraient être différentes. Je me rends à l'endroit où il a disparu.

Chapitre XI

Darrell fut réveillé à 6 heures par un appel de la réception. Il resta allongé un moment pour rassembler ses idées. Aujourd'hui, Erfoud. Ellen McKinstry allait venir le chercher. Il repoussa ses couvertures et se leva.

Il se doucha, se rasa, s'habilla et descendit dans le hall, où des petits pains et du café l'attendaient. C'était encore une journée de printemps miraculeuse, avec des rayons de soleil dorés qui filtraient à travers les branches d'acacia.

À 7 heures, Darrell sortit pour attendre sur le trottoir. Dix minutes, un quart d'heure. Enfin, précédée de son grondement de moteur maintenant familier, la Mercedes apparut au coin de la rue.

Darrell s'avança et la voiture s'arrêta. Ellen se tourna vers lui, le visage clair et détendu. Il ne put s'empêcher de sourire. Elle le regarda d'un air soupçonneux.

— Qu'y a-t-il de si drôle ?

— Rien du tout, s'excusa Darrell. Je suis simplement de bonne humeur.

— Dépêchez-vous de monter avant qu'Arthur ne nous voie par la fenêtre.

Darrell s'installa.

— Et quand bien même ?

— Vous avez raison. Nous sommes d'accord sur ce point. (Elle embraya.) Quand bien même. (La voiture remonta la pente en rugissant.) Nous allons nous promener, et c'est une journée magnifique.

Cette fois, Darrell resta impassible. Il l'examina. Elle portait son pull à col roulé, une jupe grise en tweed, des mocassins, un béret qui arrivait à peu près à contenir ses longs cheveux.

— Vous avez pris votre petit déjeuner ? demanda-t-il.

— Juste du thé.

— Vous avez faim ?

— Non.

La conversation se languit. La Mercedes se retrouva sur une route dégagée et l'aiguille du compteur grimpa. Un peu plus loin, la circulation devint plus intense – des camions, un bus chargé de passagers en robe blanche –, et ils furent obligés de ralentir.

— Nous n'allons pas à Fez aujourd'hui, dit Darrell.

— Non. Nous prenons la route directe à partir de Meknès.

— J'étais à Fez avant-hier, pour rencontrer ce Jilali.

— Les fous se précipitent là où les anges et cetera.

Darrell eut un petit sourire.

— Il fallait bien que je trouve cette information quelque part.

— Fez vous a plu ? demanda-t-elle poliment.

— Pas vraiment. J'avais autre chose en tête. Mais les boutiques, ou les bazars, je ne sais comment ils les appellent…

— Les *souks*.

— Ils m'ont semblé intéressants, pour ce que j'ai pu en voir, ce qui n'était pas grand-chose.

Ellen enfonça l'accélérateur et la Mercedes doubla un camion. Ils se retrouvèrent derrière un gros bus jaune, qu'Ellen doubla en évitant d'une demi-seconde un camion d'essence venant en face. Darrell eut juste le temps de voir un visage effaré dans la cabine. Devant eux, deux chameaux marchaient au bord de la route. L'un d'eux tourna la tête et commença à trottiner pour traverser. Ellen braqua et ils passèrent juste sous son cou. L'animal regarda Darrell de ses yeux mélancoliques.

— Ellen… Ellen !

— Oui ?

— S'il vous plaît, ralentissez.

— Dommage que vous soyez si nerveux. Ça nous permettrait d'arriver plus tôt.

— Nous avons tout notre temps.

— Oui, maintenant que nous avons semé la voiture qui nous suivait.

Darrell se retourna brusquement. La route était dégagée.

Il y eut encore un long moment de silence. Ellen se détendit. Avec le vent qui soufflait, Darrell ne pouvait pas en être sûr, mais il semblait bien qu'elle chantonnait.

Il continua de surveiller régulièrement la route derrière eux, mais il ne remarqua rien de suspect.

— Il y avait vraiment une voiture qui nous suivait ? demanda-t-il enfin.

— Elle a quitté Tanger en même temps que nous, et elle est restée derrière en maintenant à peu près la même distance. Une vieille Renault ou une Fiat, ce genre-là.

— Qui cela peut-il intéresser de savoir où nous allons ?

Elle le regarda d'un air incrédule.

— Vous ne pouvez quand même pas être aussi naïf. Vous êtes le seul espoir qui reste à Arthur. Il est convaincu que vous êtes en contact avec Noel. Les Marocains ont probablement la même idée. Vous êtes le point de mire de nombreux yeux.

— C'est ridicule.

— Quatre cents mille livres, ça n'a rien de ridicule.

Darrell jeta un coup d'œil à la route derrière eux. Il distingua une légère volute de poussière, des rangées d'eucalyptus, un camion qui se dirigeait vers Tanger et dont la vitesse était exagérée par leur propre déplacement.

— Ce genre d'aventure ne me plaît guère, dit-il.

— Vous auriez dû le dire clairement à votre frère.

— J'ai dit les choses clairement à Noel dès la première minute où il a été en âge de me comprendre. Plus je lui parlais, plus il empirait. Il y a deux ans, j'ai arrêté.

— Vous avez aussi une sœur ?

— Oui. Elle a à peu près votre âge.

— Je suis sûre qu'elle est beaucoup plus gentille que moi.

— Sur certains plans. Mais elle n'est pas aussi jolie que vous.

Elle fit une moue dédaigneuse.

— Jolie. Quel mot insipide.

— Belle. Attirante. Saisissante. Magnifique. Exquise.

— Obsédé par le sexe, comme tous les Américains.

Darrell se tut et continua d'observer le paysage qui défilait sous ses yeux : des bosquets de chênes-lièges, des vignobles poussiéreux, des buttes rocheuses parsemées de romarin, d'euphorbes et d'asphodèles.

Les kilomètres défilèrent. En gravissant les collines et en descendant dans les vallées, la Mercedes filait aussi vite que l'électricité dans les lignes qui longeaient la route. Le soleil grimpa, d'un blanc éblouissant sur le fond bleu du ciel.

À 11 heures, ils entrèrent dans Meknès où ils s'arrêtèrent pour reprendre de l'essence. Ils se mirent à deux pour remonter la capote afin de se protéger de la luminosité. Darrell proposa de prendre le volant. Ellen refusa sèchement.

En examinant son profil volontaire, Darrell se demanda ce qui se passait sous cette masse de cheveux flottant dans le vent.

Ils quittèrent Meknès en passant par le quartier français, sans rien voir de la ville antique à part un bref aperçu des grands remparts d'argile au nord.

Devant eux s'élevait le Moyen Atlas. La route devint étroite, poussiéreuse, cahoteuse, le genre de route qui, partout dans le monde, mène au-delà de nulle part. Des collines brûlées par le soleil se dressaient de chaque côté, couvertes d'oliviers. La circulation devint plus variée, plus primitive : des chameaux se balançant doucement, des caravanes d'ânes transportant des écorces lacérées, des peaux et des fagots récupérés sur les hauteurs, des chèvres menées par des femmes berbères vêtues d'orange, de bleu lavande et de noir.

La route continua de monter en contournant les flancs arrondis. Ils laissèrent les oliveraies derrière eux, et un nouveau type de végétation, plus fraîche et plus vive, apparut. L'air se rafraîchit en un vent silencieux descendant dans les ravins. Ils débouchèrent sur une grande prairie d'altitude, avec la masse des montagnes devant eux, parsemées de forêts et striées de plaques de neige.

À midi, ils arrivèrent à Azrou, une petite localité française isolée. Un village berbère de maisons en brique d'argile s'étalait sur une colline avoisinante : dix mille formes et ombres rectangulaires, un assemblage cubiste peint de couleurs résultant d'un mélange de sable, de boue et de noir de fumée. Darrell proposa de déjeuner, ce qu'Ellen accepta sans enthousiasme. Elle gara la voiture et en descendit avec l'air de quelqu'un qui daigne accorder une faveur.

Ils déjeunèrent dans la salle à manger d'un petit hôtel français. Ellen n'avait rien à dire. Darrell ne chercha pas à la tirer de son silence. Quelle que soit la cause de sa préoccupation, ce n'était pas son affaire. Le repas continua ainsi, et se termina enfin. Darrell demanda l'addition. Ellen ouvrit son sac et en sortit un billet de mille francs qu'elle jeta sur la table.

— Qu'est-ce que c'est que ça ? demanda Darrell.

— C'est pour mon déjeuner, évidemment.

— Comme vous voudrez, mais notre accord prévoyait que je paierais vos dépenses.

— L'ostentation n'est pas un trait de caractère des plus sympathiques, M. Hutson.

— Mais enfin, bon sang, ce n'est pas de l'ostentation ! Je veux simplement...

Darrell s'arrêta net. Il prit l'argent, et après avoir réglé l'addition, il rendit sa monnaie à Ellen.

Une fois dehors, Darrell demanda avec une extrême politesse :

— Aimeriez-vous que je conduise ?

— Non, merci. (Très calmement, Ellen prit place derrière le volant.) Ça me rend nerveuse quand c'est quelqu'un d'autre qui conduit.

Elle démarra et la Mercedes s'élança sur la route. Les poteaux télégraphiques commencèrent à défiler à toute vitesse.

Darrell dit patiemment.

— Ça ne peut pas être par accident que vous êtes aussi exaspérante. Vous devez avoir une bonne raison de vouloir que je vous déteste.

— Absolument aucune. Vous ne vous en êtes pas encore rendu compte ? Je suis perverse.

— Vous vous retrouverez bientôt à devoir aller à pied si vous ne ralentissez pas.

Ellen plissa les lèvres en un rictus de mépris hautain.

— Nous ne serons pas à Erfoud avant ce soir.

— Mais au moins, on y sera.

La route commença à grimper en épingles à cheveu. Des cèdres apparurent, ainsi que des plaques de neige dans les zones à l'ombre.

Une demi-heure après avoir quitté Azrou, ils atteignirent un haut plateau. La neige y formait une couche épaisse de chaque côté de la route, et des roches déchiquetées pointaient çà et là.

Ellen jeta un coup d'œil à Darrell.

— À moins que vous ne préfériez rester assis à fulminer, je peux vous laisser conduire.

— Je serai heureux de prendre le volant, si vous voulez vous reposer.

Ellen réfléchit un instant. Darrell la regarda froncer les sourcils et débattre avec elle-même, et il fut assez surpris quand elle descendit de voiture sans prononcer un mot. Ils firent chacun le tour par l'avant, et ils se cognèrent presque en se croisant. Darrell lui posa les mains sur les épaules et ils se dévisagèrent un instant. Ellen haussa les sourcils d'un air glacial, et lentement, avec une grande dignité, elle retira les mains de Darrell de ses épaules. En rageant intérieurement, il s'installa au volant. Ellen cueillit sur le bas-côté un petit crocus blanc qu'elle garda en remontant dans la voiture.

Ou bien elle est lunatique, ou bien c'est une grande actrice, songea Darrell. *En tout cas, une créature bien étonnante… Si elle cherche à ce que je la déteste, elle n'y arrivera pas. Plus je la déteste, plus j'ai envie de l'embrasser. Ce qui est hors de question, bien sûr. En aucune façon je ne veux abuser de la situation…* Tout en agitant ces pensées, il ajusta le siège et passa délicatement en première.

— Attention de ne pas forcer en braquant, dit Ellen. Quand vous tournez le volant, la voiture tourne aussi.

Darrell appuya légèrement sur l'accélérateur, et la voiture s'ébranla.

— Vous pouvez monter à cent quarante sur du plat, dit Ellen. Mais s'il vous plaît, n'essayez pas ici.

Au bout de quelques kilomètres, Darrell prit de l'assurance. Ellen se détendit et se blottit en biais sur son siège. Darrell éprouva une nouvelle fois une envie presque irrésistible de sourire. Il était certain qu'aucun muscle de son visage n'avait bougé, mais Ellen lui lança un regard :

— C'est moi qui vous amuse ?

Darrell secoua la tête.

— Non, ce n'est pas le bon état d'esprit pour ce projet particulier.

— Vous aimez beaucoup Noel ? demanda-t-elle.

Darrell haussa les épaules.

— Nous n'avons jamais été proches. Il me trouve terne, je le trouve idiot.

— Idiot ? Vous êtes vraiment trop charitable. Noel est un imbécile. Suffisant, bruyant, toujours à s'agiter ici et là, débordant d'un enthousiasme juvénile.

— Noel, tout comme vous, est un romantique.

— Moi, romantique ? s'exclama Ellen. Quelle bêtise…

— Mais si, bien sûr que vous êtes une romantique.

Elle secoua la tête.

— Absolument pas. Le romantisme est un voile rose qu'on se met sur les yeux.

— Le voile n'est pas forcément rose, mais il existe bel et bien.

— Vous ne croyez pas que vous êtes un peu présomptueux ? répliqua Ellen d'un air hautain.

— Chacun a droit à ses opinions. En fait, la première fois que je vous ai vue, j'ai cru que vous étiez à moitié folle.

Ellen eut un petit sourire de satisfaction.

— Et maintenant ?

— Je préfère ne pas le dire. Vous pourriez vous vexer et me traiter de tous les noms.

— Peut-être. Mais allez-y, dites-moi quand même.

— Eh bien, c'est en trois parties. La première, c'est que vous êtes une gamine précoce et insupportable.

— Hmm.

— La deuxième, c'est que vous êtes une romantique. Vous n'êtes pas à votre place dans cette époque. Laquelle vous conviendrait, je n'en sais rien. La troisième… j'ai du mal à trouver les mots pour la formuler clairement.

— Essayez.

— Non. Et cette fois, je serai ferme.

Ils continuèrent de rouler en silence au milieu d'un paysage de roches lunaires, puis à travers un paisible village berbère. Ils s'engagèrent ensuite dans une profonde gorge et commencèrent à descendre. La gorge s'élargit progressivement et ils débouchèrent enfin à l'air libre. La neige disparut, les rochers étaient dénudés. Ils traversèrent une demi-douzaine de villages berbères, constitués de petites huttes de pierre et d'argile entassées les unes contre les autres. Les habitants les regardaient d'un air impassible. Les hommes étaient sombres et avaient le visage tanné, les femmes étaient un peu plus vives, vêtues de robes rayées de noir, de blanc et de bleu, les visages tatoués de motifs bleutés.

Ils atteignirent une autre ville, Rich, avec un hôtel français et quelques boutiques. L'Atlas était maintenant derrière eux. Devant, encore caché par une série de collines plus basses, s'étendait le Sahara.

Peu après Rich, ils virent les premiers palmiers. La route longeait à présent l'Oued Ziz, une rivière gris-vert paresseuse et peu profonde, avec quelques terres cultivées sur ses bords. Les palmiers devinrent plus nombreux, par groupes de deux ou de trois, puis d'une dizaine, et enfin en un ruban de verdure ininterrompu le long de la rivière.

Le soleil était bas à l'ouest quand il arrivèrent à Ksar Es-Souk, une ville aux couleurs rouge vif, où ils refirent le plein dans une grande station-service moderne. Là, la route se divisait. La branche principale menait au sud-ouest, derrière l'Atlas, reliant les casbahs – les forteresses de village – du bord du désert à Ouarzazate et à Marrakech. La branche secondaire continuait vers le sud jusqu'à Erfoud, puis s'enfonçait dans le désert jusqu'à Taouz, qui était un terminus pour les caravanes.

En se dirigeant vers Erfoud, ils virent une Land Rover garée sur le bas-côté. Debout à côté du véhicule, quatre soldats buvaient du café dans des gobelets en métal. Une Thermos était posée sur le pare-chocs. Ellen jeta un coup d'œil en passant.

— Une patrouille française.

— Y a-t-il une possibilité que les Français aient capturé Noel ?

— Très faible. Les Marocains le sauraient.

La route traversait maintenant une étendue désolée couverte d'innombrables petites pierres noires. Au loin, une tache sombre apparut, traînant derrière elle un nuage de poussière telle une queue de comète. Elle grossit, s'approcha et passa à côté d'eux. C'était un gros autocar bleu chargé à craquer de caisses, de valises, de vélos, de meubles, de sacs et de baluchons. La poussière retomba lentement, et de nouveau, il n'y eut rien d'autre à voir que le désert, désespérément plat jusqu'à deux lointaines collines couleur cannelle.

Mais le désert n'était pas plat. C'était une illusion. Brusquement, la route descendit entre des buttes de grès rouge, dans la vallée de la

Ziz. Les palmiers étaient maintenant encore plus beaux. Lisses, de différentes tailles et nuances de vert, penchés au-dessus de jardins pleins de fruits et de légumes. La rivière obliqua vers la droite, et la route remonta dans le désert. Le ruban fertile disparut derrière eux.

Les kilomètres défilèrent, et le soleil était à présent proche de l'horizon. Il était presque six heures du soir.

— C'est un peu plus loin que je croyais, dit Darrell.

— Sept cents kilomètres, répondit Ellen.

Alors que le soleil commençait à se coucher, ils arrivèrent à une grande muraille crénelée au milieu des palmiers. Sur leur droite, il y avait une route secondaire avec un panneau indiquant le Gîte d'Étape. Darrell s'arrêta.

— Est-ce l'hôtel où Noel a passé la nuit ?

— C'est ce que j'ai cru comprendre.

— À moins que vous n'ayez une objection, c'est là que nous dormirons, nous aussi.

— Aucune objection. C'est votre expédition, pas la mienne.

— Très bien. J'imagine qu'ils seront à même de nous nourrir et de nous donner des lits.

— Sans aucun doute.

L'allée serpenta au milieu des palmiers. La silhouette du Gîte d'Étape apparut, se découpant sur le soleil couchant.

— Bonté divine, dit Darrell. C'est un hôtel, ou un château ?

— C'est un hôtel attendant des touristes qui pour l'instant ne viennent pas.

— Et c'est de là que Noel a téléphoné à Tanger ?

— Oui.

— Et quand il en est parti…

— Il a disparu.

La route fit un virage et se termina sur une aire de parking gravillonnée. Darrell coupa le contact, ouvrit la portière pour Ellen et descendit. Il regarda le paysage autour de lui.

— Quel endroit magnifique.

— Très romantique.

Darrell la prit par le bras.

— Je refuse d'être votre ennemi. Allons nous rafraîchir, et ensuite, nous prendrons un verre, nous dînerons, et nous ferons semblant d'être amis.

— C'est vous qui payez les violons du bal, vous avez donc le droit de choisir la musique. (Elle se dégagea.) Mais je n'ai pas l'intention de danser.

Un groom ouvrit les portes vitrées. Ils gravirent des marches recouvertes d'un tapis pour accéder au grand hall brillamment éclairé.

Darrell alla à la réception. L'employé, un homme mince et précis, avec des lunettes en écaille, le salua en s'inclinant. Il ne manifesta aucune surprise quand Darrell demanda deux chambres.

— Si vous voulez bien me confier vos passeports. (Il parlait anglais avec tout juste une trace d'accent.) Souhaitez-vous dîner ?

— Plus tard dans la soirée.

— Et votre voiture, voulez-vous la mettre au garage ?

— S'il vous plaît.

Le groom les conduisit à leurs chambres, qui donnaient sur un balcon surplombant le hall. Darrell dit à Ellen :

— Une fois que j'aurai fait ma toilette, je descendrai parler au réceptionniste. Je vous retrouverai donc dans le hall.

— Vous préférez être seul pour lui parler ? demanda Ellen de son ton le plus neutre.

— Pas du tout. Si vous voulez, je vous attendrai.

— Je ne serai pas longue.

Quand Darrell descendit l'escalier, Ellen était assise sur le bras d'un fauteuil. Dans deux profonds fauteuils de cuir étaient assis un couple d'une soixantaine d'années, apparemment les seuls autres clients.

— Aimeriez-vous boire un verre d'abord ? demanda Darrell.

— Comme vous voudrez.

— Cela pourrait nous aider dans notre enquête.

Ils traversèrent le hall pour se rendre au bar. Darrell commanda deux whisky-sodas, puis il examina les lieux.

— Il y a un mois, Noel était assis ici. Il venait de tuer un homme – le frère d'El-Kazim. Il est certainement venu dans ce bar, où il a tout aussi certainement bu quelques verres. (Il regarda pensivement le barman, dont il avait découvert, en commandant les boissons, qu'il ne parlait que le français.) Demandez-lui s'il se souvient de Noel.

Ellen s'adressa en français au barman, qui écouta, sembla réfléchir, et répondit.

— Il s'en souvient, dit Ellen, mais il ne lui a pas parlé. Noel a bu trois ou quatre verres.

— Est-ce qu'il se souvient d'autre chose ?

La réponse fut un simple « *Non, madame* ».

— Ça ne nous éclaire pas beaucoup, dit Darrell. Bon, on s'attaque au réceptionniste ?

— Quand vous serez prêt.

Ils retournèrent à la réception. L'employé posa ses mains correctement et précisément sur le comptoir vitré.

— Oui, monsieur ?

— Mon nom est Darrell Hutson, comme vous le savez déjà.

— Oui, monsieur.

— Il y a un mois, mon frère a séjourné ici. Noel Hutson.

— Oui, je m'en souviens. D'autres gentlemen sont venus poser des questions. J'espère qu'il n'y a rien de grave.

— Non, rien, sauf que je n'arrive pas à le trouver.

Le réceptionniste secoua la tête.

— Je suis désolé de l'apprendre, monsieur. Mais je ne sais rien. Il n'a pas laissé d'adresse.

— C'est très bizarre, dit Darrell. On m'a dit qu'il avait téléphoné à Tanger ?

— Oui, j'en ai discuté avec les autres gentlemen. Il a téléphoné à Tanger, et il a laissé un message pour un certain Arthur. Je n'ai pas pu m'empêcher d'entendre la conversation, et aussi, bien sûr, on m'a posé plusieurs fois la question.

— Vous souvenez-vous du message ?

— Pas précisément. Je n'ai plus fait attention une fois que M. Hutson a finalement obtenu son interlocuteur. C'était quelque chose comme : « Envoyez quelqu'un ici. Je n'ai pas l'intention d'aller jusqu'à Tanger avec cette cargaison. » Et ensuite, il a précisé : « Oui, au Gîte. » Je ne crois pas qu'il en ait dit beaucoup plus.

— Il a seulement demandé à parler à Arthur ? À personne d'autre ?

— Dans son deuxième appel, je crois qu'il a mentionné un autre nom.

— Duff ?

— Oui, Duff, c'est ça. Mais le message qu'il a laissé devait être remis à Arthur.

Darrell se tourna vers Ellen.

— Arthur n'a jamais eu ce message ?

— Il dit que non.

— J'imagine que ce n'est pas vous qui avez pris la communication ?

— Non. Arthur a aussi envisagé cette possibilité. Comme ce n'était pas Aktouf, ce devait être moi. Mais je n'étais pas à la maison.

Darrell se frotta pensivement le menton.

— Il y a une autre question que je voulais poser… Ah, oui. (Il se tourna vers le réceptionniste.) Vous avez dit qu'il a *finalement* obtenu son interlocuteur. Il a donc passé plus d'un coup de fil ?

— Deux. Il n'a pas eu la personne qu'il voulait la première fois. Et la seconde fois, il a laissé le message.

Darrell se passa les doigts dans les cheveux. Il regarda Ellen d'un air perplexe.

— C'est étrange.

— Qu'est-ce qu'il y a d'étrange ?

— Il a fait deux appels. Il est logique qu'il ait commencé par le Balmoral, pour essayer ensuite chez vous, où il pouvait espérer trouver Duff si Arthur n'y était pas.

— Très bien, je suis d'accord là-dessus, comme tout le monde.

— Mais lors de son premier appel, il n'a eu personne. Il a donc dû appeler d'abord chez vous, et ensuite l'hôtel. Mais ça n'a pas de sens, pour deux raisons. Parce qu'il a demandé après Duff, et parce qu'Aktouf n'a jamais pris le message – c'est ce qu'on m'a assuré. (Il s'adressa de nouveau à l'employé :) Ce sont ses deux seuls appels ? Juste ces deux-là ?

— Deux en tout, monsieur. C'est ce que j'ai dit aux deux autres gentlemen.

— J'imagine que vous en êtes absolument sûr ?

— Oui, monsieur. Il est descendu de sa chambre et il a passé ces deux coups de téléphone. Vous pourrez le vérifier sur sa facture. (Il ouvrit un tiroir et brassa quelques papiers. Il en sortit un feuillet.) Deux appels, comme je vous l'ai… (Il se pencha pour regarder de plus près.)

Non, il y en a trois. (Il se redressa, l'air interloqué.) Mais je suis certain qu'il n'a appelé que deux fois. Il s'est peut-être servi du téléphone de sa chambre pendant que je dînais. C'est tout à fait possible, bien sûr. Le directeur aura sans doute établi lui-même la communication. (Il regarda Darrell d'un air soucieux.) Est-ce un détail important ? J'ai dit aux autres messieurs...

— Non, c'est très secondaire. Les numéros ne sont pas indiqués sur sa facture ?

— Non, monsieur.

— Je vois. Et les gentlemen qui vous ont posé des questions ne savent pas que M. Hutson a passé trois coups de fil ?

— Non, monsieur.

— Ce sont les seuls appels qu'il ait faits ?

— Absolument. Bien sûr, il en a aussi reçu un le lendemain matin.

— Oui, à ce qu'il paraît. Vous étiez de service ?

Le réceptionniste hocha la tête avec une sorte de fierté.

— Nous n'avons pas beaucoup de clients, et par conséquent le personnel est réduit au minimum. Je suis de service le matin et le soir. Le directeur me remplace l'après-midi et pendant mes repas.

— Vous souvenez-vous de l'heure à laquelle M. Hutson a quitté l'hôtel ?

— Il devait être à peu près 7 heures. Il n'a pas pris de petit déjeuner.

— Et à quelle heure l'appel est-il arrivé ?

— Je ne me souviens pas exactement, monsieur. Juste après le départ de M. Hutson.

— La personne s'est-elle identifiée ?

— Non, monsieur.

— J'imagine que c'était un homme ?

Du coin de l'œil, Darrell vit Ellen se raidir.

— Je crois bien, monsieur. Mes souvenirs sont très vagues.

— Y avait-il un message ?

— Non.

— Y a-t-il autre chose dont vous vous souveniez ? Un détail ? Noel a-t-il parlé à quelqu'un ?

— Non, monsieur. Nous n'avions pas d'autres clients ce soir-là. En fait, en quatre jours, M. Hutson a été notre seul client. (Il sourit.) C'est plus facile de se souvenir quand il y en a si peu. Il a aussi posté une lettre, bien sûr.

— Avez-vous remarqué l'adresse ?

— Une lettre pour les États-Unis, je crois.

— Autre chose ?

— C'est tout ce dont je me souviens, monsieur.

— Quelqu'un d'autre lui a-t-il parlé ? Le directeur ?

— Je ne crois pas. Les autres gentlemen lui ont posé des questions, mais je suis sûr qu'il ne leur a rien dit.

Darrell se tourna vers Ellen.

— Vous voyez quelque chose à ajouter ?

— Non.

— Pourrions-nous parler au directeur ? demanda-t-il à l'employé.

— Il n'est pas là, monsieur. Il est en ce moment à Casablanca, pour une conférence.

— Ah, je vois. Merci beaucoup pour votre aide, conclut Darrell en posant un billet de mille francs sur le comptoir.

— Merci, monsieur.

Darrell prit Ellen par le bras et la remmena vers le bar. À mi-chemin, elle se rendit compte qu'il la tenait et elle se dégagea.

— Jeune tigresse, dit calmement Darrell.

— J'ai loué mes services en tant que chauffeur. Si vous voulez vous entraîner à la galanterie, vous devrez me payer plus.

— Je vais m'abstenir. Je connais vos tarifs.

— Ils ont augmenté. Finalement, vous êtes vraiment trop ennuyeux.

Avec une courtoisie exagérée, Darrell la fit asseoir dans l'un des profonds fauteuils en cuir et commanda au barman deux autres whisky-sodas.

— Et maintenant, dit Ellen de son ton le plus froid et sarcastique, avez-vous appris quelque chose que vous ne saviez pas déjà ?

— Je sais que Noel a passé trois coups de fil et non pas deux.

— Est-ce que c'est important ? Il n'a pas pu parler à Arthur, et le message n'a jamais été transmis.

— C'est ce que dit Arthur.

— Vous ne le croyez pas ?

— Il joue peut-être un jeu très subtil.

Ellen secoua la tête.

— Pas aussi subtil que ça. Bon, Noel a téléphoné trois fois au lieu de deux. Quoi d'autre ?

— L'appel téléphonique le lendemain matin juste après son départ.

— C'est tout ?

— C'est tout.

— Il me semble que vous vous êtes donné beaucoup de mal pour pas grand-chose.

— Peut-être. Mais ce n'est pas fini.

— Ah bon ?

— Cet appel du matin m'intrigue. Qui l'a appelé ? Certainement pas une petite amie.

— Quelle importance ? De toute façon, Noel avait déjà repris la route.

— Pourquoi quelqu'un l'appellerait-il ? Qui savait qu'il était là ?

— C'est sans intérêt. Il avait déjà décidé de déguerpir. Il était en chemin pour rejoindre Casablanca.

Darrell secoua la tête.

— Si c'était son intention, pourquoi se donner la peine d'appeler Arthur ?

Ellen le regarda en plissant les lèvres d'impatience.

— Parce qu'il a changé d'avis ! Parce que quatre cents mille livres, c'est beaucoup d'argent, de quoi réfléchir toute la nuit !

— Je connais Noel bien mieux que ça. Il a pu se convaincre que transporter des armes était une aventure romanesque, mais pour rien au monde il n'aurait fait du trafic de drogue. Ce serait contraire à l'image qu'il se fait de lui-même, une destruction totale de son amour-propre. En fait, son souci principal devait être de trouver un moyen de se débarrasser de la marchandise.

Ellen ricana.

— Si c'est le cas, pourquoi ne l'a-t-il pas jetée dans le fossé ?

— Peut-être par loyauté envers Arthur, même si toute cette affaire le dégoûtait.

— N'importe quoi.

— Pas du tout. Il s'est senti obligé de préciser ses intentions. Il l'a dit dans la lettre qu'il m'a envoyée. Même si je ne comprends toujours pas ce qu'il voulait dire par assurer ses arrières.

— Assurer ses arrières ?

Darrell fouilla dans sa poche.

— Vous n'avez pas vu la lettre.

Ellen la lut avec intérêt.

— Noel ne semble pas avoir eu l'intention de prendre le large. N'empêche, il a pu changer d'avis.

— C'est tout juste possible. Mais « assurer ses arrières »… comment ? Il devait avoir le FLN à l'esprit, qui vengerait la mort d'El-Kazim s'il venait à découvrir que Noel l'avait tué. Il voulait être sûr d'atteindre Tanger ou Casablanca, quelle que soit la destination qu'il envisageait. Et si nous dînions ?

— Si vous voulez.

Darrell se leva et lui tendit la main. Elle l'ignora et se rendit à la salle à manger en marchant devant lui.

Le maître d'hôtel, vêtu d'un habit à queue de pie avec une chemise d'un blanc éblouissant, les conduisit à travers l'immense salle. Cinquante tables étaient dressées, chargées de vaisselle et d'argenterie qui étincelaient dans la lumière de trois grands lustres. Darrell et Ellen furent installés devant l'une des larges baies vitrées donnant sur la palmeraie. À l'autre bout de la salle, le couple âgé avait déjà commencé à dîner, avec deux serveurs pour s'occuper d'eux. Il n'y avait pas d'autres clients.

On apporta les hors-d'œuvre, du vin fut débouché et versé. Une énorme lune couleur abricot se levait derrière les lointains sommets. Darrell se dit : *Si je fais une remarque, Ellen va se moquer de mon sentimentalisme d'Américain. Je ne vais donc rien dire.* Il fit semblant d'ignorer le spectacle et observa Ellen du coin de l'œil. Elle regarda la lune, se tourna vers lui d'un air interrogateur, puis elle s'intéressa de nouveau à la palmeraie.

Darrell ne put résister plus longtemps.

— Même si nous ne trouvons pas Noel, je suis content d'être venu.

— C'est un endroit agréable, concéda Ellen.

— Vous n'êtes jamais venue ici ?

— C'est votre méthode pour interroger un suspect ?

— Non, c'est de la simple curiosité.

— Je ne suis jamais venue à Erfoud.

Ils mangèrent en silence. Ayant fini de dîner, le vieux couple se leva et sortit. La lune flottait au-dessus des collines, et la palmeraie était comme une forêt de cristaux sombres.

Le repas toucha à sa fin. Darrell et Ellen retournèrent dans le hall, où ils hésitèrent un instant en évitant de croiser leurs regards.

— Cela vous dirait de vous promener un peu ? demanda-t-il enfin.

— Une promenade au clair de lune ? dit Ellen avec indifférence. D'accord, si ça vous tente.

Le groom se précipita pour leur ouvrir les portes vitrées. La palmeraie s'étendait devant eux, une masse sombre parsemée de fils d'argent. Ils s'engagèrent dans une allée. La lune éclairait le paysage dans le moindre détail : chaque motte de terre projetait une ombre noire comme de l'encre de Chine, chaque brin d'herbe et chaque tige de platine se détachait distinctement des autres. De la casbah lointaine venaient des bruits de la vie : l'aboiement d'un chien, le coassements des grenouilles et le sifflement sec des cigales.

Ils continuèrent d'avancer, et Darrell prit la main d'Ellen. Au bout de dix secondes, elle se dégagea brusquement.

— Excusez-moi, dit Darrell d'un ton digne.

Ils arrivèrent dans une sorte de clairière où se dressaient çà et là des pierres d'une cinquantaine de centimètres de haut.

— C'est un cimetière, expliqua Ellen. Ils se contentent de creuser une tombe de un mètre de profondeur, ils y mettent le corps, et ils le recouvrent en plaçant une pierre à la tête et aux pieds.

Ils retournèrent sous le couvert des arbres.

— Ce qu'a fait Noel m'a beaucoup agacé, dit Darrell, mais s'il n'avait pas envoyé sa lettre, je ne serais pas ici. Votre compagnie est à tout le moins stimulante… Je commence à craindre le pire.

— À quel propos ?

— À propos de Noel. S'il était encore vivant…

— Noel, Noel, toujours Noel ! s'exclama Ellen. Vous ne pensez donc à rien d'autre ?

Darrell poussa un profond soupir.

— Vous êtes une véritable énigme. Quand je vous prends la main, vous vous écartez comme si j'avais la lèpre. Et quand je me montre parfaitement respectueux, vous trouvez aussi quelque chose à redire.

Ellen se baissa pour cueillir un brin d'herbe.

— Oui, dit-elle pensivement, je suis inconstante et perverse. (Elle se tourna vers lui et lui posa les mains sur les épaules.) Embrassez-moi.

— Gratuitement ?

— Oui, gratuitement.

Darrell l'embrassa. Un baiser très particulier, songea-t-il avec la partie de son esprit qui restait détachée. Ardent, certes, mais avec autre chose... comme une sorte d'attention calme et prudente. Darrell l'embrassa sur le front. Ellen resta sans rien dire. Il la regarda dans les yeux. *Est-ce que je suis fou ? Est-ce que je m'imagine des choses ? Pourquoi m'observe-t-elle comme ça ? Est-ce qu'elle veut que je lui fasse l'amour ? Est-ce qu'elle s'amuse avec moi, en soufflant le chaud et le froid ?* Il relâcha son étreinte. Ellen et ses mobiles dépassaient son entendement.

Elle leva les yeux vers la lune. Sa bouche se détendit, ses yeux étaient clairs. Elle avait l'air jeune, innocente, pleine de rêves. Darrell essaya une fois encore de la placer dans le contexte de sa vie quotidienne. Il la vit faisant cuire des œufs au plat sur la gazinière, affalée dans un fauteuil à lire les journaux du dimanche, discutant avec enthousiasme des plans pour une nouvelle maison... *Bon sang*, songea-t-il, *où est-ce que je vais, là ?*

— À quoi pensez-vous ? demanda-t-elle.

Darrell se concentra sur son visage. Elle l'observait toujours avec intensité. Il lui prit les mains. Elles étaient douces et réagissaient subtilement à son contact.

— Je pensais à vous, naturellement.

— Quel genre de pensées ?

Darrell secoua la tête.

— Je me sens perdu, comme un rat névrosé dans un laboratoire. Je ne sais pas sur quel bouton appuyer. Vous me détestez et vous me méprisez, et voilà que quand je vous embrasse, c'est comme un mélange de whisky et d'électricité.

Elle allait dire quelque chose, mais elle se ravisa.

— Embrassez-moi, dit-elle.

— Non, fit Darrell tristement. Même si j'en ai très envie.

— Vous avez peur ?

— Non... Ou plutôt, si... C'est comme si je me donnais des coups de marteau sur la tête… J'ai conclu un contrat avec vous. J'en ai déjà violé l'esprit. En vous embrassant.

— Mais c'est moi qui vous l'ai demandé. Ça vous libère de vos engagements.

La voix d'Ellen était aussi douce que le clair de lune, soyeuse et mélancolique.

— C'est vrai… d'une certaine façon. Ça me dégage de l'accord conclu avec vous, mais pas de celui que j'ai conclu avec moi-même. Ce n'est pas que je ne veuille pas, mais quelque chose me dit, non, Darrell, ne cède pas si facilement. Je ne sais pas pourquoi… Ah, bon sang, conclut-il d'un air dégoûté, je dis n'importe quoi.

Ellen cueillit un autre brin d'herbe qu'elle se mit à mâchonner.

— Très révélateur.

Il cueillit un brin d'herbe lui aussi.

— Encore une fois, ce n'est pas que je ne veuille pas. Une fois de retour à Tanger, nous irons quelque part – nous pourrions revenir ici, si vous voulez – pour passer une semaine ensemble. Est-ce que cette idée vous plaît ?

— Qu'elle me plaise ou non, maintenant, c'est maintenant, et maintenant est différent.

— C'est bien ça le problème ! Maintenant est différent. J'ai conclu ce fichu accord. C'est un contrat, et je peux pas le rompre au simple prétexte que c'est difficile de m'y tenir. Vous ne voudriez pas que je fasse ça.

— Mais si.

Darrell la prit par les épaules et contempla son visage éclairé par la lune.

— Vous voulez que je rompe ce contrat conclu avec vous et avec moi-même ?

Soudain, il lui sembla qu'il approchait d'une lueur de compréhension, une idée vague et fragmentaire de la vérité. C'était plus fort que tout ce qu'il avait jamais imaginé.

— Oui, dit-elle, si c'est ce que vous voulez.

Darrell la dévisagea. Le clair de lune donnait à ses yeux un éclat étrange. Ses lèvres était plissées en un petit sourire en coin.

— Mais je ne le ferai pas, bien sûr.

Il la lâcha et se détourna. Incroyable... Cinq minutes plus tôt, il avait imaginé cette fille faisant partie de sa vie. Et maintenant, ils étaient séparés par un gouffre encore plus vaste que l'espace qui les séparait de la lune.

Elle demanda d'une voix posée :

— Pourquoi me regardez-vous comme ça ?

— J'essaie de vous comprendre.

— Et vous y arrivez ?

— Je tâtonne. C'est difficile. Je n'ai pas l'habitude de ces situations.

— Qu'avez-vous trouvé, pour l'instant ?

— Vous m'avez poussé à perdre la tête, à rompre ma promesse – en bref, à me comporter comme un idiot.

— Ma foi, oui. C'est vrai.

— Ça, j'ai bien compris... mais pourquoi ?

— J'ai mes raisons.

Elle avait répondu d'un ton détaché, mais elle détourna la tête en jouant avec son brin d'herbe.

— Elles sont secrètes ?

— Oui. Mais je vais vous les dire. (Elle jeta son brin d'herbe.) Vous vous demandez peut-être pourquoi je suis venue ici comme ça, pourquoi je me suis mise dans cette situation.

— Non, pas après avoir conclu notre accord.

Elle eut un geste irrité.

— Je suis venue ici parce que je voulais vous haïr. J'ai attendu avec impatience une occasion, mais vous ne m'en avez donné aucune. Vous avez tout gâché. Et pour ça, je vous hais !

Darrell était abasourdi.

— Mais pourquoi ? Pourquoi tenez-vous tant à me haïr ?

— Je hais tous les hommes. Ils sont pires que du poison.

Elle fit demi-tour et se dirigea rapidement vers l'hôtel.

Darrell s'assit sur le rebord d'un petit canal d'irrigation. Ellen. Il prononça son nom à voix haute, dans l'espoir qu'une sorte de réflexe intérieur lui fournirait un indice pour comprendre les émotions qu'il ressentait. Son subconscient ne lui fut d'aucun secours.

Il se releva et retourna à l'hôtel. Le hall était désert. Ellen avait regagné sa chambre. Darrell s'assit au bar et commanda un scotch, qu'il but, puis un autre qu'il emporta avec lui en allant s'asseoir dans l'un des profonds fauteuils.

La salle à manger était plongée dans le noir, le réceptionniste était derrière son comptoir occupé à ne rien faire, et le barman lisait un magazine. Darrell examina les tapis berbères. Il les compta. Il y en avait dix-sept. Les motifs étaient primitifs, et les couleurs encore plus, des associations que des esprits sophistiqués n'auraient jamais adoptées : de l'ocre avec du rose saumon, du bleu lavande avec du jaune safran et du bleu canard, du noir, du blanc, du jaune citron et de l'orange... Un bruit de pas. Ellen, très pâle, vint s'asseoir calmement à côté de lui.

— Pourrais-je avoir quelque chose à boire ?

— Tout de suite.

Il commanda un whisky-soda pour elle, et un autre pour lui.

Elle se renfonça dans son fauteuil et dévisagea Darrell d'un air impassible. Il fit de même avec elle, en essayant de retrouver l'intuition qu'il avait eue dans la palmeraie. Non pas pour renforcer l'impression désagréable, mais pour en confirmer ou en rejeter la validité. Rien à faire. L'expression songeuse d'Ellen, la pâleur de son visage, ne laissaient rien entrevoir. Darrell termina son deuxième verre et s'attaqua au troisième. Il était fatigué et troublé. Le scotch eut un effet calmant. Ellen but rapidement le sien.

— Un autre ? proposa-t-il.

Elle acquiesça, et Darrell fit signe au barman.

Il allongea les jambes et se cala dans son fauteuil.

— Il y a quelque chose qui ne me semble pas très clair. Vous haïssez les hommes – tous les hommes. Puis-je vous demander pourquoi ?

— Oui, vous pouvez, et je vais vous le dire. C'est une chose que je n'ai dite qu'à une seule autre personne au monde, et elle est morte. (Elle but une longue gorgée d'alcool, et poursuivit d'une voix très calme.) Autrefois, quand j'étais très jeune – quatorze ans, pour être précise –, j'ai vécu une expérience déplaisante.

— Ah ?

— Oui. Par l'intermédiaire de... disons, d'une connaissance très proche.

Darrell ne savait pas quoi dire.

— Je l'ai dit à mon père. Il était furieux. Le soir même, il a été tué.

Il y eut un long silence. Darrell s'efforçait de lutter contre une sensation d'irréalité.

— Vous ne voulez pas dire… Arthur ?

— Oui, Arthur.

— Mais vous êtes sa nièce !

— Ah, vous et vos petites règles bien confortables ! Quelle différence cela peut-il faire ? C'est un homme !

Darrell prit le temps de rassembler ses idées.

— Vous pensez donc que votre père lui a parlé, qu'ils se sont disputés, battus, et qu'Arthur l'a tué.

— J'en suis sûre. Ce jour-là, j'ai décidé de tuer Arthur. J'ai essayé au moins vingt fois, mais je n'arrive jamais à aller jusqu'au bout. Un jour, j'ai même braqué un pistolet sur lui. Je n'ai pas réussi à appuyer sur la détente.

— Arthur le sait ?

— Bien sûr qu'il le sait.

— Et Duff ?

— Duff ? Il s'en fiche.

Darrell voulut lui prendre la main. Elle recula violemment.

— Ne me touchez pas.

— J'essaie simplement de vous réconforter. Maladroitement, sans aucun doute.

— Je ne veux pas de votre sympathie. Je n'en ai pas besoin.

— Mais si, vous en avez besoin. Pourquoi ressasser cette histoire ancienne ? Vous êtes jeune…

— Je suis vieille, cynique et méchante comme une sorcière.

Un silence.

— Un autre verre ? demanda enfin Darrell.

— Je veux bien.

Darrell fit signe au barman. Il commençait à avoir la tête qui tournait un peu.

— Encore dix minutes, et nous seront complètement soûls.

— Ça vous fait peur ? demanda Ellen.

— Non, fit-il en secouant la tête. Mais pour en revenir à cette histoire de haine : vous haïssez Arthur, bon, d'accord. Mais pourquoi me mettre dans le même sac ? Ce projet que vous aviez – de venir ici pour me haïr –, vous ne trouvez pas ça un peu injuste ?

D'une voix indifférente, Ellen répondit :

— Je vous ai prévenu que j'étais immorale.

— Je ne vous ai pas crue. Je ne vous crois toujours pas.

— J'ai essayé de vous le prouver.

— Non, non, vous ne pouvez pas nier que vous êtes honnête. Je ne vous ai pas soupçonnée de me mentir.

— Je vous en prie, M. Hutson, ne m'infligez pas un code de morale que je persiste à nier. Et puis, ajouta-t-elle sans que cela ait aucun rapport, vous êtes mal placé pour me parler de justice.

— Ah bon ? fit Darrell, à la fois étonné et troublé. Je n'ai pas conscience d'avoir été injuste.

— C'est parce que vous êtes un fichu égoïste, tout à fait comme Duff.

Darrell fit une petite grimace.

— Expliquez-moi.

— Vous me faites une proposition magnanime – une semaine sordide dans un hôtel. Vous vous attendez à ce que je batte des mains en sautant de joie ?

Darrell fit tourner son verre entre ses doigts.

— Dit comme ça, effectivement, ça semble maintenant sordide. Sur le moment, ça ne l'était pas.

Ellen ricana

— Vous vous targuez de rester fidèle aux clauses d'un contrat. Intégrité ? Droiture ? Non. Vous avez peur de rompre votre prétendu accord. Vous êtes moralement lâche. Vous n'avez pas le courage de vous adapter à un changement de situation. Vous avez peur de vous sentir coupable. Ce n'est pas l'acte en lui-même que vous voulez éviter – en fait, vous proposez de le faire pendant une semaine, mais seulement après avoir brisé le tabou en regagnant Tanger. N'est-ce pas le comportement d'un hypocrite ?

Darrell l'avait écoutée avec une gêne résignée.

— Ma foi, dit-il, vous avez réussi.

— Réussi quoi ?

— Vous avez trouvé un moyen de me haïr. Et vous n'avez pas pu attendre, il a fallu que vous redescendiez pour me le dire.

Ellen se redressa brusquement, raide comme un dossier de chaise. Puis elle se détendit et se laissa mollement retomber en arrière.

— Très bien. Je vous l'ai dit.

— Effectivement. Il y a dans ce que vous dites un fond de vérité suffisant pour que j'aie envie de me détester. J'ai peur de me sentir coupable, je l'avoue. Cette peur est un bien mauvais guide pour mener sa vie. C'est quand même mieux que rien, bien sûr. J'ai perdu mes illusions sur vous comme sur moi. Le profil de nos relations est maintenant bien établi, ce qui est une bonne chose. Quand j'aurai quitté Tanger, nous n'aurons de regrets ni l'un ni l'autre.

Ellen se leva.

— Absolument aucun. Je vais me coucher.

— Bonne nuit.

Elle ne répondit pas. Il regarda sa mince silhouette traverser le hall. Sa démarche était un peu moins alerte.

Darrell resta assis dans son fauteuil. Il avait la tête qui tournait, il sentait l'alcool se diffuser dans son corps, mais ses pensées semblaient n'avoir jamais été aussi claires. Il se regardait sans passion, d'une bonne hauteur. Ellen avait cruellement raison. Il avait été fier de son conservatisme, mais il n'était en réalité qu'un lâche. Il s'était conduit en fonction de préceptes, et il se rendait maintenant compte qu'il leur avait accordé plus d'importance qu'à l'honneur qu'ils représentaient. Il avait envie d'Ellen, mais il avait peur de risquer quoi que ce soit pour elle. Il avait imaginé une semaine passée dans une chambre d'hôtel, mais il avait occulté dans son esprit la vision plus large. Elle était parfaitement en droit de le mépriser. Le problème menait à sa propre solution. Il parvint à une décision. Voilà, c'était réglé.

Il y avait Noel à prendre en considération. Mais où était le problème ? La situation semblait limpide. C'était incroyable qu'il ne l'ait pas vu plus tôt ! Arthur Upshaw, les Marocains… étaient-ils vraiment bêtes à ce point ? Mais non, il était injuste à leur égard. Ils ignoraient deux éléments clés. Le premier, c'est que jamais Noel ne se serait servi d'un chargement d'héroïne pour un gain personnel. Le second, c'est qu'il avait passé trois coups de téléphone, et non pas deux.

Darrell se releva en titubant. Le réceptionniste était parti, le hall était presque plongé dans le noir. Darrell souhaita bonne nuit au barman, qui reposa son magazine avec soulagement.

Darrell monta dans sa chambre et se déshabilla. Par la fenêtre ouverte, il entendait les grenouilles et les cigales. Il pensa à Ellen, seulement quelques mètres plus loin dans le couloir, écoutant les mêmes bruits. Il avait envie d'aller la voir, de tout lui dire, de lui parler de ses décisions, de ses déductions, de l'endroit où Noel se trouvait probablement. Mais il avait le vertige, il était comme vidé de toute énergie. Elle interpréterait mal sa visite, ce serait un désastre. Il poussa un grand soupir et se prépara à dormir.

Chapitre XII

Le soleil se déversant par la fenêtre tira Darrell de son sommeil. À moitié réveillé seulement, il leva le bras et se concentra sur sa montre. 7 heures.

Au bout de quelques minutes, il se redressa et passa les jambes par-dessus le bord de son lit. Il avait la tête en coton. Il se rendit en titubant dans la salle de bains. Il n'y avait pas d'eau chaude. Jurant et sifflant entre ses dents, il se mit sous le jet d'eau froide.

Un quart d'heure plus tard, il était rasé et habillé, prêt à affronter la journée. Il alla frapper à la porte d'Ellen. Pas de réponse.

Il essaya encore une fois. Toujours rien.

Darrell descendit l'escalier. Le hall était désert et plongé dans la pénombre, et la salle à manger était fermée à clé. Il alla à la porte d'entrée et jeta un coup d'œil au parking. Aucun signe d'Ellen. Il se mit à réfléchir. Au fond de la salle, une porte vitrée donnait sur une terrasse. Darrell traversa rapidement le hall. Accoudée à la balustrade, Ellen regardait pensivement le paysage.

Darrell la rejoignit.

— Bonjour.

— Bonjour.

Ellen semblait fraîche et reposée.

— J'ai tambouriné à votre porte. N'obtenant pas de réponse, j'ai pensé que vous étiez rentrée à Tanger.

— L'idée ne m'en est pas venue.

Darrell s'accouda à la balustrade. Dans la lumière, la palmeraie n'avait plus de secrets. La soirée d'hier paraissait irréelle.

— Qu'avez-vous l'intention de faire aujourd'hui ? demanda Ellen avec indifférence.

— Tenter de trouver Noel. J'ai une théorie que j'aimerais vérifier. Elle m'est venue hier soir après que vous êtes allée vous coucher.

Ellen le regarda avec dégoût.

— Pas immédiatement après, s'empressa-t-il de préciser. Je suis resté un moment à boire et à remuer des pensées. Et j'ai eu soudain une idée concernant Noel. Je l'ai tournée un peu dans tous les sens, et voilà. J'ai compris ce qui s'est passé.

— Un exercice de raison pure ?

Darrell acquiesça.

— Ce n'est pas particulièrement difficile.

— Votre théorie ne peut pas être très solide. Arthur a passé tout un mois à se creuser la cervelle, et ce n'est pas un imbécile.

— Arthur a souffert de deux handicaps. L'idée que Noel puisse refuser de voler un million de dollars dépasse son entendement. Et il n'est au courant que de deux appels à Tanger. Le premier vraisemblablement à votre maison, et le second au Balmoral. Comme Aktouf n'a pas pris de message, Arthur se demande qui l'a reçu.

— Il pense que ça s'est passé dans l'ordre inverse. Le premier appel était au Balmoral, le second chez nous. Il pense que c'est moi qui ai répondu au téléphone, et que je ne lui ai pas transmis le message.

— Ma foi, quoi qu'il en soit, ça n'a pas d'importance. Nous savons que Noel a téléphoné trois fois. D'abord depuis sa chambre, presque certainement pour contacter l'hôtel. Ensuite chez vous. Et le troisième appel, où ? Quelqu'un a répondu, appelons-le X. Noel confie à X un message pour Arthur, disant en gros que si Arthur veut sa cargaison d'héroïne, il n'a qu'à venir la chercher lui-même à Erfoud.

— Oui, jusque-là, je vous suis.

— Noel est ici, dans le hall, et il sursaute au moindre bruit. Il vient juste de tuer un homme, ses nerfs sont à vif. N'ayant aucune nouvelle d'Arthur, il quitte l'hôtel le lendemain, vers 7 heures. Quelques minutes plus tard, quelqu'un téléphone et le demande. Qui ? Arthur ?

Ellen secoua la tête.

— Arthur affirme qu'il n'a reçu aucun message de Noel.

— C'est probablement vrai. C'est donc M. X qui appelle. Noel a téléphoné à Tanger la veille au soir, vers 7 ou 8 heures. Cet appel arrive le lendemain matin vers sept heures et demie. Un intervalle d'à peu près douze heures, d'accord ?

— D'accord.

— Nous avons quitté Tanger hier à sept heures et demie du matin. Nous avons bien roulé, et nous sommes arrivés ici à sept heures du soir, soit onze heures et demie après. C'est à peu près le même intervalle de temps.

— Oui, c'est vrai.

— Imaginons que la personne qui a reçu l'appel de Noel à Tanger – M. X – ait décidé de rafler pour un million de dollars de drogue. Une opération risquée, mais pas trop. Supposons que M. X saute dans sa voiture, roule toute la nuit, et téléphone ensuite à Noel depuis un endroit situé dans le voisinage.

— Les temps concordent, apparemment.

— Maintenant, je dois faire une ou deux hypothèses. Je me mets à la place de M. X. Est-ce que j'attendrais d'être à Erfoud pour téléphoner ? Je serais inquiet et nerveux. Je me demanderais si Noel est encore à l'hôtel, si je n'ai pas fait tout ce chemin pour rien. J'appellerais depuis Ksar Es-Souk, pour savoir ce que Noel a l'intention de faire, organiser avec lui ce que j'ai échafaudé pendant le trajet.

— Ça me paraît raisonnable.

— Que ferait M. X en apprenant que Noel a quitté l'hôtel ? Les suppositions prennent une coloration plus sinistre. S'il était déterminé à s'emparer de la drogue, il repartirait de Ksar Es-Souk et chercherait un bon endroit pour attendre son passage.

— Je vois. En admettant tout cela, que proposez-vous de faire ?

— Nous allons nous rendre à Ksar Es-Souk, enquêter dans différents endroits pour savoir si quelqu'un a téléphoné à Erfoud vers sept heures et demie le…

Il s'interrompit. Ellen regardait fixement un point au-delà de la palmeraie. Il suivit la direction de son regard.

— Qu'y a-t-il ?

Elle pointa du doigt.

— Vous voyez là-bas, entre ces deux groupes d'arbres ? C'est la route principale. Une voiture vient juste de passer, une petite voiture noire.

Darrell observa la route un moment. Il vit un Marocain à bicyclette, sa djellaba flottant derrière lui.

— Dans ce pays, toutes les voitures sont petites et noires, dit-il.

Ellen lui lança un regard sarcastique, mais elle ravala la réplique qu'elle avait sans doute en tête.

— Êtes-vous prête pour le petit déjeuner ? demanda poliment Darrell.

— Oui.

Le vieux couple austère était déjà dans la salle à manger, attablé devant des toasts et du jus d'orange, avec une magnifique cafetière en argent posée sur une table roulante à côté.

Un serveur en veste blanche fit asseoir Ellen et présenta les menus en claquant des talons.

Darrell dit :

— Il y a des œufs au bacon ou au jambon, toutes sortes d'omelettes, du hareng, du fromage, un mixed grill...

— Du thé, simplement.

— C'est tout ? Vous allez mourir d'inanition.

Ellen haussa les épaules et regarda par la fenêtre. Darrell hésita, puis il commanda du jus d'orange, des toasts, des œufs au bacon pour deux, avec du thé pour Ellen et du café pour lui.

On posa devant eux des carafes de jus d'orange dans de la glace pilée, une cafetière et une théière en porcelaine sur une table roulante. Les plats arrivèrent sous des cloches en argent, que le serveur retira prestement.

Ellen se versa une tasse de thé qu'elle sirota en regardant par la fenêtre.

Darrell prit un toast et commença à manger. Au bout d'un moment, il demanda :

— Alors, qui est moralement lâche, maintenant ?

Ellen répondit posément.

— Je n'ai pas faim.

Darrell hocha la tête d'un air entendu.

— Dans ce cas, je m'excuse. Vous n'êtes pas moralement lâche.

Ellen s'arracha de sa contemplation du paysage.

— Bon sang, marmonna-t-elle, j'ai faim. Et maintenant, il faut que je mange.

Darrell la consola.

— Vous vous sentirez un peu moins à cran.

Elle s'attaqua sauvagement à ses œufs au bacon. Dix minutes plus tard, elle releva les yeux de son assiette vide.

— Et voilà. Vous avez réussi à me convaincre de manger. Un petit triomphe assez mesquin. Vous êtes content, maintenant ?

— Je suis content que vous ayez pris un petit déjeuner.

Il termina son café. Ellen regardait de nouveau par la fenêtre, le visage fermé. Darrell soupira.

— Je pense que nous ferions mieux de nous préparer à partir.

— Quand vous voudrez.

Une demi-heure plus tard, ils quittaient l'hôtel en prenant la route principale vers le nord, longeaient la palmeraie puis grimpaient au milieu de buttes de grès rouge pour atteindre enfin l'étendue désertique jonchée de silex.

— Il ne doit pas y avoir beaucoup d'endroits à Ksar Es-Souk d'où on puisse téléphoner à Erfoud à sept heures et demie du matin, dit Darrell. La première possibilité est la station-service où nous avons fait le plein hier soir. La voiture de M. X devait avoir besoin d'essence, elle aussi.

Ellen hocha distraitement la tête.

— Nous referons le plein à Ksar Es-Souk, et nous en profiterons pour poser quelques questions.

Ksar Es-Souk apparut au loin, une ligne de maisons basses rouge vif se découpant sur le fond marron clair de l'Atlas. À la périphérie de la ville, près d'un embranchement de la route, ils aperçurent la station-service.

Darrell ralentit.

— C'est là que nous allons tester mes théories. M. X arrive des montagnes. Il est sept heures et demie du matin, plus tard qu'il ne l'aurait souhaité, et il est inquiet. Noel a peut-être déjà quitté Erfoud. Par ailleurs, il ne lui reste plus beaucoup d'essence, et voilà justement une station.

Darrell s'y engagea et s'arrêta à côté des pompes. L'employé sortit du bureau en boitant. C'était un homme assez petit mais à la carrure puissante, avec des cheveux noirs coiffés à la mode victorienne, une mèche en accroche-cœur sur le front. Il avait un regard calme et inquisiteur.

— *Oui, monsieur ?* fit-il en français.

— Encore la barrière de la langue, dit Darrell en se tournant vers Ellen. Vous allez devoir traduire. Mieux vaut lui demander de faire le plein.

Ellen donna les instructions nécessaires, et l'homme s'approcha des pompes en claudiquant. Ellen descendit de voiture et Darrell la suivit. Elle posa une question à l'employé. Darrell observa son expression. Il haussa les sourcils, leur lança un regard assez étrange à l'un et l'autre, puis il haussa les épaules, secoua la tête et répondit. Darrell n'avait aucun moyen de savoir si la réponse était positive ou négative.

Ellen traduisit :

— Il dit qu'un homme malin se souvient de compter la monnaie une fois que ses clients sont partis, et de rien d'autre. Comme ça, il évite les ennuis.

Darrell sortit un billet de cinq mille francs de son portefeuille.

— Cela pourrait stimuler sa mémoire.

Le pompiste prit le billet en plissant les lèvres avec respect, et il sembla se concentrer. Sa réponse fut longue.

— Il semble que vos théories soient correctes, reconnut Ellen de mauvaise grâce. Une voiture s'est arrêtée ici tôt le matin il y a un mois. Le conducteur a passé un coup de téléphone. Cet homme était en train d'effectuer une vidange, et c'est son assistant qui s'est occupé du client. Lui-même n'y a pas fait particulièrement attention. Il ne s'en souvient qu'à cause du coup de téléphone à Erfoud, ce qui n'est pas très fréquent, comme vous l'avez pensé.

— Ma foi, dit Darrell, nous sommes sur la bonne piste. Où est son assistant ?

Ellen posa la question. Le pompiste, occupé à revisser le bouchon du réservoir, fit un geste vague et répondit.

— Il n'est pas là, expliqua Ellen. Il a démissionné il y a quinze jours, et il est parti apparemment à Rabat.

— Ah, bon sang ! Est-ce que cet homme peut décrire le conducteur ?

Ellen posa la question, écouta la réponse.

— Il dit qu'il a fait vraiment peu attention. Il pense qu'ils étaient deux dans la voiture, un homme et une femme.

— Un homme *et* une femme ?

— C'est ce qu'il dit.

—Jeunes ou vieux ?

Ellen traduisit la réponse :

— Il ne sait pas. Il n'a pas fait attention.

— Et la voiture ?

Il y eut encore l'enchaînement des questions et des réponses. Ellen hésita, et regarda Darrell d'un air hésitant.

— Eh bien ?

— Il dit que c'était une voiture comme celle-ci. Quand il nous a vus, il croyait que c'était la même, et que nous étions les mêmes gens.

— Bon, à l'évidence, ce n'était pas nous. Ah, être si près et pourtant si loin… Il n'y a vraiment rien d'autre dont il se souvienne ?

Ellen posa la question et traduisit la réponse :

— Il pense que la voiture a pris la direction d'Erfoud.

— Et c'est tout ce qu'il sait ?

— Apparemment.

— Sait-il où nous pourrions trouver son ancien mécanicien ?

— Je le lui ai déjà demandé. Il dit que non, son assistant comptait rentrer en France.

Darrell paya pour l'essence.

— Quelle déception… Si seulement il avait remarqué *quelque chose !* L'homme était-il petit ? Grand ? Gros ? Maigre ?

Quand Ellen lui eut posé la question, le pompiste haussa les épaules et répondit.

— Il dit que l'homme semblait de taille moyenne. Il n'a pas vu son visage, et en fait, il ne s'est pas intéressé à lui ni à la voiture.

Darrell mit le contact.

— Bon, restons-en là.

Il quitta la station et reprit lentement la route d'Erfoud.

— Tant que j'y pense, dit-il, il arrive que Duff conduise cette voiture, non ?

— Pas souvent. Je l'en dissuade.

— Est-ce qu'il l'a empruntée il y a un mois ?

— Je ne crois pas. Nous retournons à Erfoud ?

— Non, seulement à mi-chemin, parce que les X et Noel ont dû se rencontrer avant.

— Et que s'est-il passé quand ils se sont rencontrés – histoire de poursuivre dans votre théorie ?

— Imaginons que nous soyons les X. Nous avons roulé toute la nuit. Nous avons l'intention de nous emparer d'un chargement d'héroïne. Nous sommes nerveux. Nous voulons l'argent, mais nous ne voulons pas être pris.

— Nous ne resterions pas ici, dans une zone plate, dit Ellen. Nous irions un peu plus loin, où nous pourrions voir la circulation dans les deux directions.

— Exact. Nous continuons de rouler jusqu'à ce que nous trouvions un bon endroit. Noel s'attend-il à nous rencontrer ? Non, il ne sait certainement pas que nous sommes là. Il pense que M. X a transmis le message à Arthur. Il doit plutôt regarder dans son rétroviseur, au cas où le FLN serait à ses trousses.

Ils retraversèrent l'étendue désolée.

— À chaque minute qui passe, à chaque kilomètre, nous sommes de plus en plus inquiets, dit Darrell, parce que nous ne pouvons pas savoir où nous allons croiser Noel. S'il nous voit, l'affaire est fichue, parce que ce n'est pas un imbécile. Il sait que nous n'avons rien à faire ici.

Ellen dit d'une voix terne :

— Si c'est ça notre état d'esprit, c'est que nous avons déjà décidé de le tuer. Parce que nous ne voulons pas laisser de témoin qui puisse raconter l'histoire à Tanger.

Darrell hocha la tête.

— C'est sans aucun doute ce que nous avons décidé. Une embuscade.

La route plongea brusquement dans la vallée, puis remonta dans le désert. Elle redescendit au bout de deux kilomètres et entama, au milieu de buttes de grès rouge, une série de virages en épingle menant au ruban de verdure. Darrell freina brusquement.

— Regardez. D'ici, on peut voir la route derrière nous, avant qu'elle ne descende. Tenez, il y a une voiture qui s'engage. Et devant, on peut aussi voir la route, pas tout à fait aussi loin, mais suffisamment quand même pour avoir deux ou trois minutes de préavis. Regardez, là-bas… Un autocar. Vous le voyez ?

— Oui.

Darrell se rangea sur le bas-côté et descendit. Il sentit sur son visage la chaleur du soleil, déjà intense. À sa droite, il y avait la vallée, et à gauche, un petit parapet de grès rougeâtre, des rochers escarpés sculptés par le vent, et une vaste zone de désert de silex. Devant lui, la route s'incurvait vers le fond de la vallée. Ellen le rejoignit. Ils entendirent l'autocar s'approcher en sifflant et en grinçant dans la côte.

— Voici le camion qui arrive, dit Darrell. Nous l'attendons. Nous sommes prêts. Il s'approche lentement, en grimpant en première.

L'autocar s'engagea dans le virage. Une rangée de visages au teint basané les regardèrent avec curiosité, puis le véhicule s'éloigna en grondant vers Ksar Es-Souk.

— Donc, poursuivit Darrell, j'ai arrêté le camion. J'ai bondi sur le marchepied, ou je suis peut-être simplement resté ici pour tirer. Le pied de Noel a dû glisser de l'accélérateur. D'une façon ou d'une autre, nous avons le camion. Maintenant, nous devons faire vite. Je récupère l'héroïne sur le plateau, je vous la passe et vous la chargez dans la voiture – dans le coffre arrière, derrière le siège, par terre, n'importe où. C'est une course contre la montre. Il y a de la circulation par ici, nous ne pouvons pas nous permettre de traîner. Comment cacher cet acte horrible ? Nous ne voulons pas être découverts. Par conséquent… (il jeta un coup d'œil sur sa gauche)… nous prenons le camion et nous sortons de la route, au milieu des rochers.

Il commença à s'éloigner en examinant le paysage autour de lui. Ellen le suivit.

— Nous pourrions l'emmener là-bas, si nous ne craignions pas d'abîmer les pneus – et bien sûr, les pneus, on s'en fiche. Nous viserions d'aller derrière ce gros rocher. Il n'y aurait aucune raison que quelqu'un aille voir là-bas. Un camion pourrait rester là cinquante ans.

Ils grimpèrent sur le muret de grès et commencèrent à marcher derrière les roches escarpées. Le soleil cognait, les cailloux roulaient sous leurs pieds. Rien ne poussait ici, à part de petites boules de lichen vert, sèches et spongieuses.

— Pas de camion, dit Ellen. Votre théorie ne marche pas si bien que ça.

Darrell regarda autour de lui.

— Non, apparemment pas. À moins que… (Il tendit le bras.) Il y a une ravine, là-bas.

Ils s'avancèrent dans le désert, et la ravine s'ouvrit brusquement devant eux, un ancien lit de rivière aux pentes abruptes, qui se prolongeait vers la vallée. Au fond, ils aperçurent un camion à plateau gris cabossé, couché sur le flanc.

— Attendez-moi là, dit Darrell.

Il descendit jusqu'au camion et jeta un coup d'œil dans la cabine. Il sursauta. Il en fit le tour, puis remonta en escaladant la pente. Ellen attendit sans rien dire.

— Noel est là. Enfin, ce qu'il en reste.

Ils restèrent un moment à regarder le camion, sous le soleil brûlant. On aurait dit la carcasse d'un dinosaure. Et dans la cabine, le cerveau desséché de la bête immense. Noel.

— Voilà, dit Darrell. Nous l'avons trouvé.

— Je suis désolée, dit Ellen. (D'un geste hésitant, elle lui prit la main.) Je suis vraiment désolée.

— Ce n'est pas une surprise, pas un grand choc. Je suis désolé, moi aussi… mais il savait les risques qu'il prenait.

Ellen se raidit.

— Écoutez.

Darrell avait lui aussi entendu le faible bruit de cailloux heurtant d'autres cailloux. Il regarda autour de lui. Venant de la route, trois hommes apparurent. L'un d'eux portait une djellaba marron. Le deuxième avait un pantalon trop large et un pull vert. Slip-Slap. Le troisième, vêtu d'un élégant complet gris et coiffé d'un fez, était Abdallah El-Kazim.

CHAPITRE XIII

Les Marocains s'approchèrent du bord du ravin. Abdallah El-Kazim fit un geste et Slip-Slap se précipita dans la pente pour rejoindre le camion. El-Kazim se tourna vers Darrell.

— Nous nous retrouvons, dit-il.

Darrell hocha la tête. Il jeta un coup d'œil derrière lui. On ne pouvait pas les voir depuis la route, qui était cachée par le muret de grès.

— Vous saviez donc depuis le départ où était le camion.

El-Kazim secoua la tête, avec un sourire qui découvrit ses dents brillantes.

— Non, mais nous savions que vous nous y mèneriez. Nous vous surveillons depuis votre arrivée à Tanger. Parce que nous étions sûrs que vous nous conduiriez ici.

— Je ne vous ai pas conduit à grand-chose, dit Darrell. Juste à Noel.

— Où est l'héroïne ?

El-Kazim avait posé la question d'un ton indifférent, comme s'il demandait l'heure.

— J'imagine que celui qui a tué Noel l'a prise. Je n'en sais rien. En fait, je m'en fiche.

El-Kazim le regarda en étirant les lèvres en un rictus sauvage.

— Vous ne voulez pas savoir qui a tué votre frère ?

— Noel a joué avec le feu, et il s'est brûlé. Il savait bien que c'était chaud.

— Mais c'était votre frère, le fils de votre père, votre propre sang !

El-Kazim jeta un bref coup d'œil à Ellen.

— J'en ai assez de toute cette affaire, dit Darrell. J'ai trouvé Noel. Je ne peux plus rien faire pour lui.

El-Kazim rit poliment.

— Un bon musulman n'aurait jamais de repos avant d'avoir réglé son compte à l'homme qui a commis un acte aussi ignoble.

Encore une fois, son regard se posa sur Ellen.

— C'est bien possible, dit brièvement Darrell. Allons-nous-en, Ellen.

El-Kazim les retint d'un geste de la main.

— Juste un instant, avant de partir. Je suis curieux.

— À quel sujet ?

— Comment saviez-vous où était le camion ? C'est Mlle McKinstry qui vous l'a dit ?

— Non, bien sûr que non.

— Comment l'avez-vous su, alors ? Dans tout ce grand désert, vous avez trouvé l'endroit exact.

— Il me semblait raisonnable que quelqu'un ait arrêté Noel sur cette route. J'ai simplement cherché un endroit qui s'y prêtait bien.

El-Kazim hocha la tête en les regardant l'un et l'autre.

— Vous êtes malin. Mais vous voyez, nous sommes aussi malins que vous. Ne l'oubliez jamais.

Slip-Slap remonta la pente et fit son rapport dans un arabe guttural. Il cracha par terre d'un air dégoûté. El-Kazim répondit d'une voix douce, presque enjouée. Les trois hommes se tournèrent vers Darrell et Ellen.

— Nous partons, dit Darrell.

— Encore un instant, s'il vous plaît, ne partez pas tout de suite. Il y a une ou deux choses que je veux vous demander.

— Oui, eh bien ?

Darrell se retourna à moitié et attendit, avec Ellen juste derrière lui.

— Qui Noel a-t-il appelé depuis Erfoud ?

— Je ne sais pas.

— Mais vous mentez, l'Américain, dit El-Kazim en grimaçant un sourire. Vous mentez.

— Je vous dis la vérité.

— Mais vous vous êtes arrêté à la station-service de Ksar Es-Souk. Nous vous avons vu, et nous nous sommes arrêtés aussi. Vous avez payé cinq mille francs, nous avons payé cinq mille francs. Il y a un mois, un homme et une femme sont venus de Tanger dans une voiture de sport noire. Dans la voiture de Mlle McKinstry. Si vous ne mentez pas, alors vous êtes stupide.

— Je ne comprends pas, dit froidement Darrell.

Il sentit Ellen se raidir dans son dos. Sa respiration s'était accélérée. El-Kazim hocha la tête vers elle.

— Elle comprend suffisamment bien. Noel lui a téléphoné. Il a passé deux appels depuis Erfoud. C'est pourtant clair. Il a appelé le Balmoral. Aktouf nous a assurés qu'il n'avait pas pris de message. Cela fait un moment que nous soupçonnons Mlle McKinstry. C'est elle qui a pris le message, et elle est venue ici en voiture avec quelqu'un d'autre. Ils ont tué Noel et ils ont pris l'héroïne.

Darrell éclata de rire.

— Ça sonne bien, mais ça n'a aucun sens. D'abord, Noel a passé trois coups de fil, pas deux.

— Non, M. Hutson. Nous avons aussi questionné le réceptionniste. Il nous a dit que Noel n'avait téléphoné que deux fois.

— Allez lui reposer la question maintenant, et vous aurez une réponse différente.

El-Kazim secoua la tête.

— Soyons raisonnables. Il est inutile de perdre plus de temps. Je vais demander à Mlle McKinstry, poliment et gentiment, où elle a caché l'héroïne. Je suis sûre qu'elle va me le dire, parce qu'elle se souvient des difficultés que le pauvre M. Aktouf a rencontrées… Je pose la question. Où est l'héroïne, Mlle McKinstry ? Ne répondez pas trop vite. Réfléchissez bien. Nous avons du temps devant nous, et nous sommes tout à fait seuls. Personne ne risque de nous entendre.

Ellen ne dit rien.

— Où est l'héroïne, Mlle McKinstry ?

— Je n'en sais absolument rien.

— Qui est venu avec vous à Ksar Es-Souk il y a un mois ?

— Personne, pour la bonne et simple raison que je n'y suis pas venue.

— Je vous en prie, Mlle McKinstry, réfléchissez bien.

El-Kazim se tourna et balaya les environs du regard. Il dit quelques mots en arabe et Slip-Slap partit en trottinant. L'autre Marocain fouilla dans son sac et en sortit un pistolet. D'un claquement sec, il introduisit une balle dans le canon.

— Vous êtes en train de réfléchir, Mlle McKinstry ? Décidez-vous vite, maintenant. Mon ami est allé chercher quelques outils bien commodes dans la voiture.

— Je ne sais rien, répondit Ellen. Si vous croyez me faire peur avec cette arme ridicule, vous vous trompez.

Elle se retourna et commença à marcher pour rejoindre la route.

— Stop ! lui lança El-Kazim d'une voix rauque. Ne bougez pas, ou il tire.

Sans répondre, Ellen continua de s'éloigner.

El-Kazim marmonna quelque chose par-dessus son épaule. Son assistant leva son pistolet en visant le haut de la cuisse d'Ellen.

— Ellen ! s'écria Darrell.

Elle regarda par-dessus son épaule. Elle vit l'arme braquée sur elle et se jeta à terre. Au même instant, le Marocain tira.

Quelque chose d'étrange se produisit en Darrell. Le monde devint différent, et lui une nouvelle créature. Il se jeta sur le Marocain, en visant la gorge. Ses doigts serrèrent la chair comme des griffes. D'autres réflexes lui vinrent au contact de ce corps trapu. Le Marocain agita son pistolet, et Darrell lui porta un terrible coup de poing en prenant fortement appui sur sa jambe. L'homme recula en titubant et lâcha son arme. Darrell se précipita pour la ramasser. Il se redressa et regarda derrière lui. En dansant comme un corbeau, Abdallah s'approchait, la main sous sa djellaba pour prendre son pistolet. Darrell s'élança vers lui, presque à quatre pattes, en courant pour ne pas tomber à plat ventre. Il percuta El-Kazim tel un joueur de rugby. El-Kazim bascula par-dessus le bord du ravin et roula dans la pente jusqu'en bas, où il se mit à battre des bras et des jambes. Darrell se tourna vers l'autre Marocain, qui s'avançait maintenant en rampant pour s'emparer du pistolet. Darrell courut vers lui et lui donna un coup de pied dans la mâchoire avant de se pencher pour reprendre l'arme.

Il entendit Ellen crier. Une ombre se dressa au-dessus de lui : Slip-Slap. Darrell vit un éclair d'acier. Il se jeta à terre et roula de côté. En crachant et en sifflant, Slip-Slap dansait sur les rochers, penché en avant avec son couteau, sa djellaba flottant derrière lui. Darrell se releva aussitôt et prit une grosse pierre dans chaque main. Il en lança une de toute ses forces, qui toucha Slip-Slap à la poitrine. Une autre pierre siffla d'une autre direction, manquant sa cible mais permettant de distraire l'attention du jeune Marocain. Ellen était revenue. Darrell lança sa seconde pierre, mais Slip-Slap l'esquiva et se mit à reculer.

Darrell ramassa le pistolet et Slip-Slap prit ses jambes à son cou. L'autre Marocain était allongé à plat ventre, crispant et décrispant les poings. Ellen se tenait quelques mètres plus loin, l'air hésitante, des cailloux dans les mains. Elle sourit à Darrell – un pâle sourire d'encouragement. Darrell s'approcha du bord du ravin pour y jeter un coup d'œil. El-Kazim, le regard fou, les yeux rouges comme des pépins de grenade, était à mi-hauteur dans la pente. Son arme à la main, il rampait en traînant une jambe derrière lui. Du sang ruisselait sur sa joue. En apercevant Darrell, il poussa un faible cri, leva le bras et tira. Darrell fit un bond en arrière. La balle lui siffla aux oreilles.

Il poussa un gros bloc de roche noire par-dessus le bord. Il y eut un bruit d'éboulis. Darrell passa prudemment la tête : El-Kazim gisait à présent au fond du ravin. Évanoui, ou faisant semblant de l'être ? Darrell ne pouvait en être sûr.

— Il vaudrait mieux l'achever, dit Ellen d'une voix rauque.

— Non, je ne peux pas.

— Quand je pense à ce qu'il voulait faire…

— Allons-nous-en, dit Darrell.

Mais Ellen le retint par le bras.

— Regarde sa tête !

La tête d'El-Kazim était fortement inclinée en arrière, et son cou était tordu de sorte qu'il semblait regarder le long de son épaule.

— S'il n'est pas mort, il est sacrément mal en point, dit Darrell.

Il perçut du mouvement sur le côté. L'autre Marocain, toujours à terre, les regardait avec appréhension.

Darrell prit Ellen par le bras.

— Partons d'ici.

Ils retournèrent vers la route, au milieu des cailloux du désert. De l'autre côté du ravin, Slip-Slap les observait. L'autre Marocain se releva et s'approcha du bord en boitillant. Il fit signe à Slip-Slap, qui alla le rejoindre.

Darrell et Ellen atteignirent enfin la route. À côté de la Mercedes, il y avait la Citroën d'El-Kazim et une petite Fiat noire.

Ellen jeta un coup d'œil à Darrell.

— Tu avais raison, dit-il. Tu as bien vu une petite voiture noire ce matin.

— J'ai cru en voir une. Ce n'était peut-être pas celle-là, bien sûr.

— Je pense qu'il y a de bonne chances que ce soit la même. Autre chose. La nuit dernière, j'ai pris la décision de te poser une question, quand ce serait le bon moment. Je ne sais pas si le moment est bon ou pas, mais je te la pose quand même : Veux-tu bien m'épouser ?

— C'est le bon moment, répondit Ellen. Presque n'importe quel autre moment aurait été aussi bon.

— Alors, tu acceptes ?

— Oui, bien sûr. Sinon, pourquoi aurais-je fait tous ces efforts pour te détester ?

— C'est illogique, mais je crois comprendre ce que tu veux dire. (Darrell souleva le pistolet du Marocain – un Mauser tout neuf. Il mit le cran de sûreté et rangea l'arme dans sa poche.) Je vais le garder en souvenir. Qui sait, il pourrait s'avérer utile.

Ils montèrent dans la voiture. Darrell démarra, et ils se mirent en route.

Ellen l'embrassa sur la joue.

— Merci de m'avoir protégée.

Darrell eut un sourire malicieux.

— Merci de l'avoir poussé à te tirer dessus.

— J'étais complètement paniquée.

— Mais nous sommes tous les deux vivants, avec tous nos membres intacts, Dieu merci !

— Et maintenant, qu'est-ce qu'on fait ?

— On prévient la police, j'imagine.

Elle soupira.

— Ça va faire toute une histoire…

— Sans doute, mais je ne peux pas laisser le corps de Noel comme ça au milieu du désert.

La route s'étira derrière eux. Ils traversèrent Ksar Es-Souk et entamèrent l'approche de l'Atlas.

— Darrell, fit Ellen d'un air pensif.

— Oui ?

— El-Kazim pensait que j'ai tué Noel.

— C'est ce qu'il a dit.

— Ça parait plausible, n'est-ce pas ?

— D'une certaine façon.

— Tu crois que je l'ai tué ?

— J'ai envisagé la possibilité.

— Et si c'était moi ?

— Ça poserait un gros problème. Mais je ne crois pas que tu l'aies tué.

— Pourquoi ça ?

— Il y a d'abord les trois coups de téléphone. Et ensuite, tu m'as accompagné à la station-service sans faire aucune difficulté. Si tu avais été Mme X – je devrais dire Mlle X –, tu aurais eu peur d'être reconnue. Pour ce que j'ai pu voir, ça ne t'a même pas effleuré l'esprit.

— Bon, effectivement, ce n'étais pas moi, et tu n'as donc pas ce gros problème. Et si ç'avait été moi, je te le dirais. Ensuite, je fondrais en larmes, je te dirais que je suis désolée, et que c'était simplement pour embêter Arthur. Et tu me pardonnerais.

— Oui, très probablement.

Ils franchirent l'Atlas : Rich, puis le col de la Chamelle pour atteindre Midelt, le col du Zad, Azrou, et le soleil était bas à l'horizon de l'immense plaine du Maghreb.

À Meknès, ils dînèrent, refirent le plein et prirent la direction du nord. À minuit, ils débouchèrent des collines et descendirent dans le croissant lumineux de Tanger. Ellen se blottit contre Darrell.

— Qu'est-ce qu'il y a ? demanda-t-il.

— C'est le fait de rentrer à Tanger. Je me sens tendue, pleine de colère. Darrell, est-ce que je dois vraiment rentrer chez moi ?

— Bien sûr que non. Tu viens avec moi. Maintenant et pour toujours.

Elle poussa un soupir.

— Je ne veux pas retourner dans cette maison. Pendant huit ans, j'ai eu l'intention de tuer Arthur, et je n'arrive pas à me l'ôter de l'esprit.

— Chut, fit Darrell. Dans quelques jours, nous serons partis, et tu pourras laisser tout ça derrière toi.

Ils tournèrent dans la Calle Miranda et se garèrent. À l'Hôtel Miranda, Darrell prit une chambre pour Ellen, en ignorant l'air entendu du réceptionniste.

Sur le pas de sa porte, elle l'embrassa.

— Laisse-moi le temps de prendre une douche.

— Un quart d'heure ?

— Dix minutes devraient suffire. Mais je serai peut-être encore un peu mouillée…

CHAPITRE XIV

Le lendemain matin, Darrell se rendit dans les bureaux de la Sûreté Nationale, au premier étage d'un grand bâtiment blanc au bout du boulevard Pasteur. Là, une douzaine de personnes étaient assises dans une salle d'attente, tandis que, derrière le comptoir, un fonctionnaire indolent examinait, annotait, tamponnait, approuvait, désapprouvait ou rejetait les formulaires que les gens avaient remplis – demandes de permis de voyager, visas de sortie, toute la variété de documents spéciaux exigés des citoyens comme des étrangers.

Darrell alla au fond de la salle et fit signe à un jeune homme bedonnant vêtu d'un costume léger. Celui-ci, sans même daigner se lever de sa chaise, désigna du doigt l'employé derrière son comptoir. Peu désireux d'expliquer son affaire devant une dizaine de témoins, Darrell se montra plus péremptoire. Le jeune homme hésita, puis il se leva pesamment de son siège et s'approcha.

— Oui, monsieur, que voulez-vous ?

— Je viens signaler un meurtre.

Le jeune homme regarda Darrell avec plus d'intérêt.

— Vous avez tué quelqu'un ?

— Non. Je veux simplement parler à l'officier en charge de ce genre d'affaires.

— Un instant, s'il vous plaît.

Le jeune homme disparut dans une salle à l'arrière. Il finit par en ressortir et s'avança pour ouvrir la grille d'accès du comptoir.

— Le capitaine Goulidja, dit-il dans un souffle. Vous allez lui parler.

Derrière un bureau métallique vert était assis un petit homme trapu à la mine napoléonienne, dont le large front était orné de boucles de cheveux gris et noirs. Il arborait une vague expression de scepticisme amusé, comme pour prévenir les malfaiteurs, réels ou supposés, que leurs ruses avaient été décelées et déjouées à l'avance. Il tendit la main.

— Votre passeport, s'il vous plaît.

Darrell lui remit le carnet vert. Le capitaine Goulidja l'ouvrit et le feuilleta d'une main experte, assimilant les informations qu'il contenait d'un air légèrement étonné, puis il le reposa délicatement sur son bureau.

— Que voulez-vous, s'il vous plaît ? Signaler un décès ?

— Mon frère Noel a disparu il y a un mois. Je suis venu à Tanger pour essayer de comprendre ce qui se passait. J'ai appris qu'il avait transporté des armes destinées aux rebelles algériens...

— Le FLN, précisa le capitaine Goulidja d'une voix neutre.

— Il m'a envoyé une lettre d'Erfoud.

— Ah, oui, Erfoud.

— Je m'y suis rendu, et j'ai mené quelques recherches qui m'ont convaincu qu'il avait rencontré des problèmes. Hier, j'ai examiné la route d'Erfoud à Ksar Es-Souk, et j'ai fini par trouver mon frère. Il était mort, dans un camion qui avait été précipité au fond d'un ravin. Je l'y ai laissé, et je suis rentré à Tanger hier soir. Si vous voulez bien me donner une carte, je vous indiquerai l'endroit précis.

Le capitaine Goulidja eut un petit hochement de tête et se cala dans son fauteuil.

— Je vois, dit-il. Et quelle est votre position dans tout ça ?

— Ma position ? répéta Darrell, surpris. Je n'ai pas de position. Je suis venu ici pour signaler la mort de mon frère.

Le capitaine Goulidja secoua la tête en guise de condoléance polie.

— C'est aussi un citoyen américain ?

— Oui.

— Et vous voulez donc que nous enquêtions sur cette mort ?

Darrell le dévisagea. Il était perplexe. Le capitaine se livrait-il à une variante locale du petit jeu consistant à manifester sa supériorité, ou cherchait-il simplement à obtenir des informations, en toute bonne foi ? Une troisième possibilité lui vint à l'esprit. Le capitaine Goulidja voulait peut-être prendre le temps de rassembler ses idées. Très poliment, Darrell répondit :

— La décision d'enquêter est de votre ressort. J'imagine que vous avez des règles pour ça.

— Oui, nous avons des règles, exactement comme en Amérique. Et pourquoi êtes-vous venu nous voir ? Vous voulez que nous trouvions l'assassin de votre frère ?

Darrell s'agita sur sa chaise.

— En quoi ce que je peux vouloir a-t-il de l'importance ? Mon frère est mort – tué, assassiné. Je vous informe de sa mort en partant du principe que les lois du Maroc l'exigent de moi.

— Oui, dit le capitaine Goulidja, c'est exact. Pourquoi ne l'avez-vous pas fait à Erfoud ?

— Parce que je séjourne à Tanger, à l'hôtel Miranda.

Le capitaine nota l'information.

— Vous aussi, vous transportez des armes en Algérie ? demanda-t-il d'un air innocent.

— Non. Je suis arrivé ici tout récemment. La date est inscrite dans mon passeport. Je suis venu parce que mon frère m'a écrit qu'il avait des ennuis. Voici la lettre.

Le capitaine Goulidja la lut avec une incrédulité amusée – ou du moins, c'est ce qu'il semblait. Il posa le feuillet à coté du passeport et se renfonça dans son fauteuil. Il leva les yeux au plafond.

— Je peux vous dire que nous avons entendu certaines choses à propos de cette affaire. Nous savons beaucoup de choses, mais dans la période actuelle, nous devons agir avec prudence. Il y a beaucoup de désordres dans le monde, n'est-ce pas ?

— Oui, vraiment beaucoup.

Le capitaine Goulidja hocha la tête.

— Ce qui est bien, ce qui est mal… (Il écarta les mains, haussa les sourcils, sourit.) C'est aux gens plus sages que moi de le dire.

Darrell se rendit compte que le capitaine Goulidja était en train de lui fournir une information avec beaucoup de tact, en contournant le périmètre de son propos, en définissant le thème sans jamais y toucher.

— C'est très triste pour vous, poursuivit le capitaine. Bien sûr, ce genre de choses arrivent. Comme vous le savez, il y a une grande préoccupation internationale à propos de l'Algérie. Il y a des négociations.

On demande aux Français de retirer leurs garnisons du Maroc. On parle toujours beaucoup de trafic d'armes. C'est une honte. Les Français arrêtent les bateaux, ils forcent les avions à atterrir. Ce n'est pas légal, mais qu'est-ce qu'on peut y faire ? (Il secoua tristement la tête.) Il y a beaucoup de troubles en Afrique du Nord, maintenant. Nous savons beaucoup de choses. Mais nous devons être prudents.

Darrell hocha la tête.

— En ce qui concerne Noel…

— Je vais lancer une enquête. Mais elle sera peut-être discrète. Une affaire non politique. (Il tapota doucement son bureau avec le poing.) Au Maroc, il y a des lois, tout comme en Amérique. Alors, nous n'oublions rien, nous menons l'enquête à fond. Vous ne quittez pas Tanger ?

— Non, pas avant quelques jours. Je veux récupérer le corps de mon frère.

Darrell s'interrompit. Une image lui était venue à l'esprit, celle de son frère tel qu'il avait été dans sa jeunesse : insouciant, paresseux, toujours de bonne humeur, débordant d'idées. Ce Noel magnifique et un peu ridicule était vraiment mort.

— Je veux le ramener chez nous, dit-il.

Le capitaine Goulidja regarda un moment par la fenêtre, au-delà des eaux du port d'un bleu lumineux. Il se retourna brusquement.

— Très bien. Attendez un instant, je vous prie.

Il saisit son téléphone, composa un numéro et attendit. Il entama une conversation en arabe qui dura plusieurs minutes. À un moment donné, il demanda à Darrell :

— Où se trouve le camion, exactement ?

Darrell lui expliqua le plus précisément possible, et le capitaine reprit sa conversation. Il finit par raccrocher et ouvrit un tiroir d'où il sortit un bloc-notes, puis il prit un stylo dans sa poche.

— Et maintenant, j'ai des questions à poser.

Deux heures plus tard, Darrell retourna à l'hôtel. Juste au moment où il entrait, Ellen arriva à bord de la Mercedes, avec trois valises posées sur le siège à côté d'elle.

— J'ai déménagé, dit-elle simplement.

Elle semblait éviter de croiser son regard.

— Que se passe-t-il ?

Elle descendit de voiture. Elle portait une robe vert foncé avec un col blanc.

— Je viens d'avoir une dispute pénible.

Darrell sortit les valises et les posa sur le trottoir.

— Avec Arthur ?

— Non, seulement avec Duff. Il m'a traitée de tous les noms.

— À cause de moi ?

— Oui, en partie. Il ne t'aime pas.

— Ça n'a pas d'importance. Combien de temps faut-il pour se marier ?

— Deux jours, je crois.

— Nous allons lancer la procédure cet après-midi. Et nous irons aussi au consulat, au cas où il y aurait des obligations administratives.

Elle secoua la tête.

— Ça ne marchera pas, Darrell. Je ne peux pas. Rentre chez toi. Moi, je vais aller à Londres, où je me trouverai du travail.

— Bonté divine… D'où ça sort, ça ?

Elle détourna le regard et contempla la rue d'un air triste.

— C'est simplement du bon sens. Je ne t'aime pas vraiment, tu ne m'aimes pas vraiment.

— Je vois, dit Darrell.

— C'était juste une question de proximité et de circonstances. Le clair de lune, les palmiers. Beaucoup d'émotions, des armes à feu, encore plus de proximité…

Darrell réfléchit un instant.

— Si nous nous marions, ce sera de la proximité en permanence.

— Je sais.

— Tu as des objections à ça ?

— Non. (Elle parlait d'une voix étouffée.) Mais je ne peux pas rentrer avec toi, une gamine dépenaillée que tu as ramassée dans les rues de Tanger.

— Je ne repartirai pas sans toi.

— Vraiment ?

— Sauf si tu dis clairement que tu ne veux pas venir.

Elle éclata de rire.

— C'est beaucoup demander. Je ne crois pas que je puisse.

Darrell poussa un profond soupir.

— L'affaire est donc réglée. C'est Duff qui t'a mis ces idées dans la tête ?

— Pas vraiment. Elles y étaient déjà.

— Elles sont parties, maintenant ?

— Oui, je crois bien.

— Parfait. Je monte ces valises, et ensuite, nous irons déjeuner dans un endroit plein de gaieté.

Un quart d'heure plus tard, ils se trouvaient au dernier étage de l'hôtel Velasquez, assis près d'une fenêtre, avec le large panorama bleu, blanc et jaune sous leurs yeux. Ellen lui prit la main.

— Tu es très calme et rassurant, Darrell. Je me sens beaucoup mieux.

— Je ne me sens pas calme. J'aimerais donner un bon coup de poing dans le nez de Duff.

— Si tu insistes pour m'épouser, il sera ton beau-frère.

— Je vais être obligé de prendre le pire avec le meilleur. Après tout, tu ne sais pas toi-même ce qui t'attend.

— Je suis prête à prendre le risque. Je serai polie, je me conduirai comme une dame, et personne ne soupçonnera le genre de monstre que je suis en réalité… Parle-moi de ta visite à la police.

— Il n'y a pas grand-chose à en dire. Ils vont rapporter le corps. J'ai téléphoné à mon père, il veut que je le fasse rapatrier aux États-Unis. Je vais devoir m'occuper d'organiser ça.

Ellen tourna son verre entre ses doigts.

— Ils t'ont posé beaucoup de questions ?

— Oui, comme on pouvait s'y attendre.

Elle regarda dans son verre, où le vin formait un disque satiné.

— Que leur as-tu dit ?

— Tout ce que je savais, sauf le fait que Noel transportait de l'héroïne. Ça, il faudra qu'ils l'apprennent de quelqu'un d'autre.

Ellen sembla vouloir dire quelque chose. Elle s'agita sur sa chaise d'un air embarrassé.

— Qu'y a-t-il ? demanda Darrell.

— Je me demandais… Et si la police pensait que c'est moi qui l'ai tué, ou que je suis complice ?

— C'est une possibilité.

— Que je l'aie tué ?

— Que la police te soupçonne.

Ellen rit nerveusement.

— Eh bien, ce n'est pas moi. Je n'ai même pas tué Arthur, alors que je voulais tellement le faire. (Elle soupira.) Darrell, tu as changé ma vie. Comme je ne peux pas te convaincre d'être mauvais, je vais devoir renoncer à l'être moi-même et devenir une gentille ménagère américaine – ou du moins faire semblant –, et donner la fessée à nos enfants quand ils feront des bêtises que j'approuverai en secret.

Darrell regarda sa montre.

— Avant d'avoir des enfants, nous devons d'abord nous marier. Allons chercher le certificat de dépôt de bans, ou je ne sais comment ils appellent ça ici.

— Quelle heure est-il ?

— 2 heures.

— Très bien. Nous avons le temps. Je dois retourner à la maison cet après-midi. Un expert va venir pour évaluer les meubles.

— Veux-tu que je t'accompagne ?

Ellen secoua la tête.

— Non, c'est plutôt pénible. Je préfère faire ça toute seule.

— Tout ce que tu veux garder, nous pourrons le faire expédier chez nous.

— Chez nous ? (Elle sembla étonnée un instant.) Ah, oui, j'ai un chez moi, maintenant… (Elle réfléchit.) J'aimerais bien garder la grande pendule. Et le piano. Et les livres.

— Est-ce que Duff n'a pas son mot à dire ?

Elle eut un petit rire amer.

— Duff me doit vingt mille livres. Il n'a rien à dire.

Ils prirent la voiture pour se rendre à la mairie, un vieux bâtiment immense, où ils parcoururent de longs couloirs sombres et examinèrent des dizaines de portes avec des inscriptions en français, en espagnol et en arabe. Ils trouvèrent enfin le bon bureau, remplirent des formulaires, montrèrent des documents, payèrent les droits et reçurent leur certificat de publication de bans, lui aussi rédigé en trois langues.

Ils retournèrent à la voiture.

— Il faut que j'aille voir ce fichu expert, dit Ellen. Et toi, qu'est-ce que tu comptes faire ?

— Deux ou trois petites choses. J'irai peut-être à l'Hotel de los Dos Continentes pour récupérer les affaires de Noel. Une tâche bien triste, mais nécessaire. Je te retrouverai quand tu en auras fini avec l'expert.

— D'accord. Où ça ?

— Au Masquerade ?

Ellen fronça le nez.

— Bon, très bien. Au Masquerade, à 6 heures. Veux-tu que je te dépose à l'hôtel de Noel ?

— Je vais plutôt prendre un taxi.

— Montre-moi encore ce certificat, dit Ellen. Juste pour être sûre qu'il est bien réel.

— Il est réel. Et je suis réel.

— Je sais bien que tu es réel, dit-elle en l'embrassant. J'ai beaucoup de chance, Darrell. Je te promets que j'essaierai d'être sage, même si je n'ai pas vraiment envie. (Elle éclata de rire.) Je n'ai jamais été aussi excitée de ma vie !

— On se retrouve à 6 heures, dit Darrell en souriant. Et en attendant, essaie de ne pas faire de bêtises.

Il la regarda s'éloigner vers la voiture, mince et élégante, ses cheveux auburn brillant au soleil de Tanger. Elle lui fit un petit signe de la main en partant.

Darrell se rendit à pied au boulevard Pasteur. Il visita plusieurs magasins et fit un achat dans le dernier. Il était maintenant presque 5 heures. L'Hotel de los Dos Continentes et les vêtements de Noel pourraient attendre le lendemain. Il remonta à l'hôtel Miranda, où il prit une douche et revêtit son costume sombre. À six heures moins le quart, il traversa la rue et entra dans le Masquerade Bar.

Phil Beresford l'accueillit d'un petit geste désinvolte. Darrell s'installa sur un tabouret, mais Phil secoua la tête.

— C'est le trône de M. Burdette. Il est dans la cuisine en train de vendre une Rolls à Mama. Prenez celui d'à côté.

Darrell commanda un whisky-soda. Phil mit deux glaçons dans le verre.

— Quoi de neuf ? Votre frère a fini par montrer son visage coupable ?

— Son visage n'était pas coupable quand je l'ai vu.

Phil s'interrompit, la bouteille de whisky dans la main.

— Vous l'avez trouvé ?

Darrell hocha la tête.

— Mort.

Phil agita le mélange d'un air solennel.

— Franchement, c'est bien triste. Mais ce n'est pas une surprise, bien sûr. Où l'avez-vous retrouvé ?

— Dans un camion, à cent mètres de la route, du côté du désert.

— Attaqué par des bandits, c'est ça ? dit Phil en posant le verre devant Darrell.

— Je ne saurais dire.

— Vous avez prévenu la police ?

— Ce matin.

— À qui avez-vous parlé ?

— Au capitaine Goulidja.

— Je le connais. Ce n'est pas un mauvais bougre, mais il ne fera rien tant qu'il n'aura pas reçu d'instructions de sa hiérarchie. Ça vous ennuie si j'en parle à une amie journaliste ? Un scoop est un scoop.

— Allez-y.

— Quand je parle d'une « amie journaliste », il s'agit de T-Bone, naturellement. (Il se glissa sous le comptoir pour jeter un coup d'œil dans le hall du Balmoral.) Hé, Lucky ! Appelle T-Bone, dis-lui qu'il faut que je lui parle. Une info de première.

Il retourna derrière le bar. M. Burdette sortit de la cuisine en s'essuyant la bouche.

— Tiens, M. Burdette ! s'exclama Phil. Encore pris avec les doigts dans le pot de confiture !

— Je vous en prie, Phil, laissez-moi profiter de vos derniers jours.

Phil secoua la tête.

— C'est déjà assez embêtant comme ça de vous voir piller le garde-manger, ne m'obligez pas en plus à devenir sentimental.

— Vous partez ? demanda Darrell.

Phil acquiesça.

— On m'a signifié mon congé. Le nouveau propriétaire de l'immeuble veut exploiter le bar lui-même.

— Vraiment désolé.

— Il n'y a pas de quoi. Ça fait trop longtemps que je suis ici. Les oies sauvages volent vers le sud, et je vais laisser Mama avec M. Burdette. Ils iront très bien ensemble. T-Bone et moi, nous serons loin, dansant au son des flûtes et des castagnettes.

— Vous en avez parlé à Mama ? demanda M. Burdette.

— Mama n'a pas besoin qu'on le lui dise. Elle *sait* ces choses-là.

D'une voix neutre, Mme Phil dit juste derrière l'épaule de son mari :

— On te demande au téléphone.

— Qui ça, moi ? Oui, mon général. Je veux dire, oui, madame. J'y vais.

Phil revint un instant plus tard en se frappant les tempes avec les poings.

— Ah, cette T-Bone… Elle a le tact et la grâce d'une vache dans la boue. Elle envoie Mama me chercher pour répondre au téléphone. (Il se tourna vers Darrell.) Elle descend tout de suite. Elle voulait juste savoir ce qu'il y avait de si important.

— Vous le lui avez dit ?

— Je lui ai donné les grandes lignes.

— Elle était étonnée ?

— Vous me demandez de lire dans les pensées de T-Bone ? C'est comme si on demandait à un singe aveugle de déchiffrer des hiéroglyphes égyptiens sans pierre de Rosette.

— Elle n'écrit pas ces articles elle-même, dites-moi ?

— Non, T-Bone est un reporter rabatteur. Elle fournit une information, un tuyau, et s'il est bon, ils lui filent quelques billets de mille francs. C'est monté assez haut quand elle a découvert qu'une certaine actrice suédoise séjournait incognito au Balmoral. La voilà qui arrive. Accrochez-vous bien.

T-Bone franchit la porte de communication avec le hall de l'hôtel. Elle portait un pull moulant en jersey noir et une jupe plissée de la couleur du vieux whisky – presque la même teinte que ses longs cheveux.

— Darrell ! Vous avez trouvé Noel ! Et il est mort !

— Ma parole, glapit M. Burdette. C'est vrai, ça ?

Darrell confirma poliment.

— J'en ai bien peur.

— Nous sommes vraiment désolés, dit T-Bone. Ce sont les Algériens qui l'ont tué ?

— Je ne sais pas, dit Darrell. La police enquête.

T-Bone prit soigneusement quelques notes sur une serviette en papier, en se servant d'un stylobille que Phil lui avait prêté avec fatalisme.

— Attention, T-Bone, ne lèche surtout pas la pointe. Tu auras plein de taches bleues sur la langue.

Darrell jeta un coup d'œil à sa montre. Presque six heures et demie. Où était Ellen ? En retard. Pourquoi serait-elle en retard ? Soudain, il sentit comme un poids descendre dans son estomac. Pourquoi ce retard ? Il y avait une dizaine de raisons possibles... dont une terrifiante.

Il se leva d'un bond.

— Phil, si Ellen McKinstry vient, dites-lui que je serai de retour dans pas longtemps.

— OK.

Darrell sortit en courant et chercha des yeux un taxi. Il commença à se diriger vers la place de France, mais il s'arrêta et retourna en courant à l'hôtel Miranda. Avec une lenteur exaspérante, le réceptionniste lui remit sa clé. Darrell monta les marches quatre à quatre, prit dans sa chambre le Mauser qu'il avait rapporté d'Erfoud, et redescendit. Un taxi en maraude passait juste devant l'hôtel. Darrell lui donna l'adresse de la villa des McKinstry, dans la Calle Costanza.

— Vite, dit-il. Dépêchez-vous.

Ils gravirent la colline à vive allure, le petit moteur bourdonnant comme une scie électrique.

Darrell indiqua la maison.

— Attendez-moi là.

Il descendit du taxi. La Mercedes était garée dans l'allée, la grosse Chrysler bleue d'Arthur Upshaw le long du trottoir. De l'autre côté de la rue, il vit une Citroën noire couverte de poussière.

Darrell examina un instant la maison. De la fumée s'échappait de la cheminée. Il faisait plutôt chaud, ce soir...

Le temps sembla ralentir. Darrell s'approcha de la maison qui se dressait de plus en plus haut au-dessus de lui, remplissant le ciel quand il monta les marches de l'entrée. Il essaya la porte, qui était verrouillée. Il voulut jeter un coup d'œil par une fenêtre, mais les rideaux étaient tirés. Il tendit l'oreille et crut entendre un murmure de voix.

Il faillit appuyer sur le bouton de sonnette, mais il se ravisa. Il courut vers l'arrière de la maison, où il grimpa les marches de l'entrée de service. Là aussi, la porte était fermée à clé. En se tenant sur la balustrade de la véranda, il réussit à atteindre la rebord d'une fenêtre ouverte. Il s'y glissa et atterrit à plat ventre sur le parquet. Il se releva, prit son pistolet et en dégagea le cran de sûreté. Il ouvrit la porte donnant sur la cuisine et s'arrêta pour écouter.

Les voix étaient plus fortes, mais les paroles restaient indistinctes. Darrell commença à avancer, puis il hésita. La situation était vraiment embarrassante. Si tout était en ordre, il se ridiculiserait. Tenant son arme cachée dans la poche de sa veste, il traversa la cuisine et ouvrit doucement l'autre porte, qui donnait sur une salle à manger lambrissée de noyer où brillait un service d'argenterie.

Il y eut un silence – un silence étouffé et pesant –, puis un gémissement. La voix d'Arthur Upshaw se fit entendre, parfaitement calme et maîtrisée.

— Elle s'est évanouie.

Tout n'était pas en ordre.

Duff dit :

— Écoute, Arthur, je ne crois pas que…

— Tais-toi. Va chercher un peu d'eau froide.

Duff sortit du bureau. En voyant Darrell, il s'arrêta net.

Darrell braqua son arme sur lui.

— Reculez, dit-il d'une voix rauque.

Duff obéit, et Darrell le suivit. Arthur Upshaw leva les yeux d'un air sévère. Assis sur le canapé, Jilali fumait une cigarette. Un feu brûlait joyeusement dans la cheminée. Ellen était assise sur une chaise de cuisine, les poignets liés derrière son dos avec un ruban adhésif. Une corde passée autour de la taille, des cuisses et des chevilles la maintenait attachée à la chaise. Elle avait les jambes nues, la jupe retroussée à mi-cuisses. Upshaw tenait à la main un tisonnier chauffé à blanc, qui fumait doucement. L'un des genoux d'Ellen était marqué d'une longue balafre rouge.

Darrell s'arrêta sur le seuil, son arme pointée, incapable de parler. Personne ne bougeait. Une volute de fumée s'élevait de la cigarette de Jilali. Dix secondes s'écoulèrent, vingt. Arthur Upshaw se redressa lentement, le tisonnier pendant mollement dans sa main.

— Écoutez-moi attentivement, dit enfin Darrell. Je vous tuerai si vous ne suivez pas exactement mes instructions. Il n'y aura pas de deuxième chance. Vous comprenez ? Répondez-moi. Vous comprenez ?

Duff hocha la tête d'un air hébété.

— Répondez-moi, répéta Darrell.

— Je comprends, dit Duff.

— Je comprends, dit calmement Jilali.

Darrell regarda Arthur Upshaw qui hocha la tête, les lèvres serrées en une mince ligne blanche.

Darrell lui dit lentement.

— Tournez-vous, Upshaw.

Celui-ci leva son tisonnier de deux centimètres, et le pistolet pointa vers son estomac. Il se retourna face à la cheminée. Dans la lueur du feu, son visage avait des ombres rougeâtres.

— Lâchez le tisonnier.

Le tisonnier tomba sur les briques. Upshaw dit d'un ton méprisant :

— Vous vous comportez comme un foutu imbécile.

— Duff, allez de l'autre côté de la cheminée. Posez vos mains contre le mur.

Duff s'exécuta.

— Jilali, mettez les mains en l'air. Levez-vous. Tournez-vous. Allez dans le coin. Penchez-vous vers le mur.

Sa cigarette à la main, Jilali se plaça dans le coin avec un air de profond ennui.

— Upshaw – tendez les bras et appuyez-vous contre le mur.

Arthur Upshaw obéit sans un mot.

Darrell examina les trois hommes.

— Si l'un de vous fait le moindre geste, ne serait-ce que tourner la tête, je le tue. Je meurs d'envie que vous me donniez un prétexte.

Il écouta à la porte, craignant qu'(il n'y ait des complices dans la maison. Tout était silencieux.

Ellen avait repris connaissance. Elle lui sourit – un affreux petit sourire. Darrell lui demanda :

— Il y en a d'autres ?

— Non, juste ces trois-là.

Darrell s'approcha lentement du bureau et ouvrit un tiroir, sans quitter des yeux les trois hommes. D'un bref coup d'œil, il vit une paire de ciseaux. Il la prit et rejoignit Ellen. Il coupa le ruban adhésif. Elle se massa doucement les poignets.

Darrell lui tendit les ciseaux.

— Coupe le reste.

Les mains faibles et tremblantes, elle coupa la corde et se leva en chancelant.

Considérant que Jilali était celui qui avait le plus de chances d'être armé, Darrell lui dit :

— Jilali, gardez les mains en l'air, et venez vers moi à reculons… Upshaw, ne bougez pas. Ne tremblez même pas… Stop, Jilali. Asseyez vous sur la chaise, mettez les bras derrière vous. Ellen, prends ce ruban et attache-lui les poignets… Très bien. Maintenant, fouille-le, vois s'il a une arme.

Ellen retira un petit pistolet de la poche de sa veste. Darrell le prit, l'examina, et engagea une balle dans le canon.

— Tu sais t'en servir ?

— Bien sûr, dit Ellen d'une voix étouffée.

— Le chien est levé, il suffit d'appuyer sur la détente.

— Je sais.

— Garde-le pointé sur Upshaw… Duff, allongez-vous à plat ventre.

Darrell lui ligota les poignets et les chevilles.

— Et maintenant, Upshaw, à votre tour.

— Elle a tué votre frère, espèce d'imbécile ! lança Upshaw avec fureur. Elle vous a complètement embobiné !

— À plat ventre.

— Bon sang, qu'est-ce que c'est que cette comédie ?

Darrell s'avança lentement, et Upshaw s'allongea de mauvaise grâce. Il se retrouva ligoté lui aussi.

Darrell regarda un instant les trois hommes. Ellen vint à son côté.

— Combien de fois t'ont-ils brûlée ? demanda-t-il.

— Juste une fois… Qu'est-ce que tu vas faire ?

— Je ne sais pas. Au début, j'avais l'intention de les tuer.

Il ramassa le tisonnier qu'il remit au feu. Les trois hommes l'observaient avec fascination. Duff leva la tête et cria d'une voix étranglée :

— Au secours !

Darrell roula un mouchoir en boule et l'enfonça dans la bouche de Duff, qui le recracha et essaya de mordre en se débattant à terre. Darrell lui donna un coup sur la tête avec le canon de son arme, et attacha le mouchoir pour en faire un bâillon.

Le tisonnier était chaud.

— Vous avez de la chance que je sois arrivé à ce moment-là. Vous n'avez eu le temps de la brûler qu'une fois… Je devrais peut-être faire ce que vous aviez l'intention de faire ensuite.

Ellen lui serra le bras.

— Ne les touche pas, Darrell. Ne les brûle pas.

— Non ? Pourquoi ?

— Je ne sais pas. Je ne peux pas t'expliquer. Ils sont trop horribles pour qu'on y touche.

Darrell grimaça un sourire.

— Juste un petit souvenir ?

— Non, je t'en supplie, ne fais pas ça. Ce n'est pas parce que je leur pardonne. C'est juste que… Je veux m'en aller d'ici, c'est tout. Je ne veux pas respirer le même air qu'eux.

— Comme tu voudras. Tu as tout ce qu'il te fallait ?

— Oui. S'il te plaît, allons-nous-en.

Darrell examina les trois hommes. Duff le regardait fixement, Upshaw froidement. Jilali avait un vague air de reproche, avec une touche de dérision.

— Ellen ne sait rien de votre héroïne, et moi non plus. À l'avenir, laissez-nous à l'écart de vos plans.

Upshaw ouvrit la bouche, et la referma aussitôt.

— J'ai une information différente, dit Jilali.

— Votre information est qu'un homme et une femme sont arrivés à Ksar Es-Souk dans une voiture de sport noire le matin où Noel a été tué. C'est tout ce que vous avez.

— C'est suffisant comme base de travail, dit Jilali.

— Dorénavant, basez votre travail sur autre chose. (Darrell se retourna et prit Ellen par la main.) Ton genou te fait mal ?

— Un peu. Mais ça va.

Darrell remit son pistolet dans sa poche. Après un dernier coup d'œil aux trois hommes, il quitta la pièce.

Une fois dehors, Darrell paya le chauffeur de taxi – qui dormait à moitié –, puis il prit la Mercedes.

— Où veux-tu aller ? demanda-t-il à Ellen.

— Ça m'est égal. J'étais tellement heureuse de te voir, Darrell, tu ne peux pas imaginer...

Elle se mit à pleurer, puis elle essuya rageusement ses larmes.

— Ils voulaient sans doute leur maudite héroïne ?

— Oui, fit-elle. Jilali a dit à Arthur que j'ai tué Noel.

— C'est ce que ses hommes lui ont dit hier.

— Je leur ai dit que ce n'était pas moi, mais ils n'ont pas voulu me croire.

Darrell lui tapota doucement l'épaule.

— Je n'arrive pas à imaginer Duff faisant ce genre de choses. Les autres, oui, mais Duff ? Après tout, c'est ton frère.

— Il fait ce qu'Arthur lui ordonne de faire. Il ne peut pas s'en empêcher. Et je pense qu'il croyait vraiment que je lui avais pris son héroïne.

Darrell se gara sur la place de France, devant une pharmacie.

— Laisse-moi voir ton genou. (Il examina la cloque rouge vif.) Je vais acheter un peu de pommade et de la gaze. Je crois que c'est tout ce qu'on peut faire pour l'instant.

Il revint avec la pommade, la gaze et du sparadrap, et il fit un pansement.

— Merci, dit Ellen d'une voix faible.

Il lui caressa la joue.

— Et maintenant, j'ai un cadeau pour toi. Tends la main.

— Qu'est-ce que c'est ?

— Regarde dans la boîte.

Elle ouvrit le boîtier et en sortit la bague – un solitaire carré monté sur un anneau en platine.

— Darrell, quand je pense à quel point j'ai été méchante avec toi...

— Allons dans un endroit calme et romantique. Nous boirons une bouteille de champagne, et après, si tu as faim...

— Oh, non, dit-elle. J'ai l'impression que je ne pourrai plus jamais rien manger. Mais j'aimerais bien boire, et boire... Non, à la réflexion, il vaut mieux pas. Je suis trop fatiguée. En fait... je crois que...

Indifférente aux regards des patients, elle se pencha par-dessus la portière et vomit dans le caniveau.

— Ah, bon sang, marmonna Darrell. J'ai laissé mon mouchoir sur Duff…

— Ce n'est pas grave, dit-elle d'une voix étouffée. Allons-nous-en d'ici. Je me sens une parfaite imbécile.

— L'imbécile, c'est moi. J'aurais dû t'emmener directement à l'hôtel et te mettre au lit.

— Je ne veux pas me mettre au lit. Je me sens mieux, maintenant. Ah, ce n'est vraiment pas élégant. J'ai honte.

— Tu as subi un choc terrible.

Elle hocha la tête.

— Oui, c'est vrai.

Ils allèrent dans un restaurant aux lumières tamisées, tout en haut de la colline. Une jeune fille en costume berbère rouge et jaune servit un Tom Collins à Ellen, un whisky-soda à Darrell.

— Le mystère reste entier, dit Ellen. Qui a l'héroïne ? Mais je m'en fiche complètement, maintenant. Je serai tellement heureuse quand nous serons loin d'ici.

— Demain, nous irons au consulat. Je suis sûr qu'il y a toute une paperasse à remplir.

Ellen admira sa bague.

— Qu'est-ce que j'ai pu être bête… Vraiment, je ne te mérite pas, Darrell. Je ne t'embêterai plus jamais avec des histoires de morale et d'éthique. Il est évident qu'il vaut mieux être bon que méchant.

— Tu as très bien résumé, dit Darrell. J'ai failli tuer trois hommes, ce soir. J'imagine que ce n'est pas très bien… Je ne sais pas ce qui m'a retenu. Un excès de sensiblerie, sans doute.

— N'en parlons plus. Tout ça est étrange et flou, comme si ça ne s'était pas vraiment passé. Et maintenant, je commence à avoir faim.

Il y avait une salle à manger attenante au bar, avec sur les murs des tapis, des cimeterres et de longs fusils fantastiques. Ils s'assirent sur des coussins en peau de chèvre et on leur servit des plats marocains : agneau grillé, couscous avec des morceaux de poulet baignant dans une sauce jaune vif.

En redescendant la colline, Darrell ralentit à cent mètres de la Calle Miranda et finit par s'arrêter.

— Que se passe-t-il ? demanda Ellen.

— Toute cette affaire m'inquiète. Ils doivent s'être libérés, à l'heure qu'il est. Upshaw est contrarié, Duff est grincheux, Jilali a perdu la face. Et s'ils nous attendaient devant l'hôtel ? Il fait très sombre sous ces arbres.

— Je ne crois pas qu'ils se donnent tout ce mal ce soir. Eux aussi, ils en ont probablement assez de cette histoire.

— Je n'ai pas l'intention de prendre de risque. (Il roula encore une cinquantaine de mètres avant de se garer.) Je vais faire une petite reconnaissance.

Il s'avança jusqu'au coin de la rue et jeta un coup d'œil. Les néons criards du Masquerade Bar étaient découpés en taches et en traits par le feuillage. Un groupe d'hommes et de femmes en tenue de soirée quittaient le bar dans le bruit des conversations et des rires. Tout semblait parfaitement innocent et normal.

Darrell s'avança lentement sur le trottoir en face de l'hôtel. Les voitures garées étaient vides, personne n'était tapi sous un porche. Il retourna à la Mercedes.

Le siège d'Ellen était vide.

Il entendit sa voix venant de l'ombre.

— Je suis là, dit-elle en s'approchant.

— Tu m'as fait peur. Un instant, j'ai cru… Bon, peu importe. La voie est libre. Allons-y.

CHAPITRE XV

La journée du lendemain débuta dans le calme et la tranquillité. Darrell et Ellen se rendirent au consulat américain, où ils remplirent plusieurs formulaires. On leur demanda de revenir une fois qu'ils seraient mariés.

En sortant du consulat, ils retournèrent à la voiture, garée dans le Soco Grande. Ellen caressa le pare-chocs avant.

— Pauvre M. Burdette. Ça fait longtemps que j'aurais dû lui rendre sa voiture.

— Il pourra la récupérer cet après-midi, dit Darrell.

Ellen s'approcha d'un kiosque à journaux et lut la une d'un des quotidiens espagnols de Tanger.

— Ça parle de Noel Hutson.

Darrell acheta le journal.

— Qu'est-ce que ça dit ?

— Pas grand-chose : « Noel Hutson, citoyen américain, a été retrouvé mort près d'Erfoud, un village du Tafilelt au-delà de l'Atlas. Il conduisait un camion, avec probablement un chargement d'armes destinées aux rebelles algériens. Il a été tué d'une balle en plein cœur. »

— Quoi ? fit Darrell. Une balle en plein cœur ?

— C'est ce qui est écrit. Tu ne l'as pas remarqué ?

— Non, j'ai juste jeté un coup d'œil dans la cabine. C'est bizarre. Continue.

— « Le cadavre a été découvert dans un camion dissimulé non loin de la route reliant Ksar Es-Souk à Meknès. Le véhicule appartenait à la Société Anonyme de Transports Europe-Afrique de Tanger. La police de Tanger, ainsi que des autorités importantes de Rabat, mènent l'enquête sur cette mort. Les délicates négociations actuelles entre le Maroc et la France pourraient être troublées si l'on venait à découvrir qu'un système de fourniture d'armes de contrebande opère au nez et à la barbe des autorités. Sans aucun doute, les Français durciraient leur attitude à l'égard du roi Mohammed qui demande le retrait de leurs troupes du territoire marocain. Les lecteurs au fait de la situation se souviendront que… »

Ellen s'interrompit, et jeta un coup d'œil au bas de l'article.

— C'est tout, dit-elle. Ensuite, ils parlent de l'arraisonnement du *Slovenija* effectué par les Français il y a quelque temps. Ils ne parlent pas du tout de nous.

— Tant mieux. (Darrell ouvrit la portière de la voiture pour Ellen.) C'est toi qui conduis. Moi, je te regarderai.

— Darrell, tu es un grand idiot. Je ne suis pas aussi agréable que ça à regarder.

— Bien sûr que si. Et même encore plus. Si nous n'avions pas autant de choses à faire…

— Mais il faut bien les faire.

Ellen démarra et ils se rendirent au quartier général de la police. Le capitaine Goulidja informa Darrell que le corps de Noel avait été ramené à Tanger, et qu'il se trouvait à présent à la morgue municipale. Il confirma que Noel était bien mort d'une balle dans le cœur.

— Cela devrait vous simplifier les choses, dit pensivement Darrell.

— Pourquoi donc ?

— Cela signifie que la personne qui a tué Noel n'a pas tiré depuis le bord de la route, ni en se tenant sur le marchepied – dans ce cas, la balle serait allée se loger dans la tête. Noel a dû s'arrêter et descendre de la cabine. Étant donné les circonstances, il ne l'aurait fait qu'avec quelqu'un en qui il avait confiance, quelqu'un qu'il s'attendait à voir. Ou quelqu'un dont il n'avait pas peur.

— Oui, c'est tout à fait possible. (Le capitaine Goulidja ne semblait pas attacher d'importance à la remarque.) Cet après-midi, si vous le souhaitez, nous pourrons remettre le corps aux pompes funèbres de votre choix.

C'est ce que Darrell souhaitait, et le corps fut transporté jusqu'à une entreprise funéraire décorée de marbre noir, où il régla les détails nécessaires.

Il était maintenant deux heures de l'après-midi. Darrell et Ellen mangèrent un sandwich dans un café, puis ils allèrent à pied rendre visite au commissaire-priseur, dont les bureaux se trouvaient une centaine de mètres plus loin. Ils y eurent une discussion animée. L'homme protesta avec véhémence : les objets qu'Ellen souhaitait retirer de la vente étaient justement les seuls qui vaillent la peine d'être vendus. Ellen répliqua que la vente n'était pas organisée au seul bénéfice du commissaire-priseur. Celui-ci rétorqua qu'il devait prendre ses propres intérêts en considération, et que vendre un vaisselier plein de pots et de casseroles, quelques vieilles tables et des lampadaires, n'était pas l'idée qu'il se faisait d'un gagne-pain honorable. Le contrat finit par être signé, et ils se rendirent à l'American Express pour organiser l'emballage et l'expédition des objets qu'Ellen avait conservés : un piano à queue, une grande horloge, des livres, de l'argenterie, quelques porcelaines de Chine, deux tapis persans.

Ellen fut effarée par le coût du transport.

— Darrell… chuchota-t-elle. C'est plus que ce que tous les autres objets vont rapporter !

— Et alors ? Nous aurons un piano, une horloge et quelques tapis. Nous construirons une maison autour. Qu'est-ce que tu dis de ça ?

— C'est très bien, mais est-ce que je vaux tout cet argent ?

Darrell l'assura qu'une brebis de race, avec un bon pedigree et en bonne santé, rapportait quelquefois encore plus.

Ils retournèrent à la voiture.

— Où allons-nous, maintenant ? demanda Ellen.

— Où tu voudras.

Ellen repartit au hasard dans les rues.

— Je ne devrais pas me sentir aussi heureux et insouciant, dit enfin Darrell. Ce n'est pas tout à fait décent, alors que le pauvre Noel est à la morgue.

— Et ça ne t'intéresse vraiment pas de savoir qui l'a assassiné ?

Darrell rit tristement.

— Abdallah El-Kazim m'a aussi posé la question. Bien sûr que ça m'intéresse. Je n'arrête pas d'y penser depuis que nous l'avons retrouvé. C'était forcément quelqu'un qu'il considérait comme inoffensif, sinon il ne se serait pas arrêté. Souviens-toi, il transportait toute cette héroïne. Il avait peur, il était inquiet, soupçonneux. La veille, il a essayé par trois fois de joindre Arthur Upshaw, mais il n'a pu contacter que X – M., Mme ou Mlle. X a promis de transmettre le message à Arthur, mais celui-ci n'a jamais rappelé. Qu'est-ce que Noel peut penser ? Il se demande si Upshaw a eu son message. S'il ne l'a pas eu, pourquoi ? Est-ce que X ne le lui a pas transmis ? Pourquoi ne l'aurait-il pas fait ? Quand Noel grimpe cette pente, il a X à l'esprit. Et tout à coup, voilà X qui lui fait signe de s'arrêter ! Noel a le choix entre s'arrêter et poursuivre sa route comme le vent. Il s'arrête. Pourquoi ? C'est quelqu'un dont il n'a pas peur, ou qui lui semble avoir droit à l'héroïne. Dans les deux cas, Noel voit X avec joie et soulagement. Il est ravi de pouvoir se débarrasser de la drogue, ravi d'avoir de la compagnie jusqu'à Tanger. Malheureusement, X lui tire dessus et le tue. Ça remonte à un mois. Les X – M. X et Mme ou Mlle X – attendent que la poussière soit retombée avant de toucher le fruit de leur labeur.

« Je t'exclue des soupçons, pour les raisons que j'ai déjà exposées, mais aussi parce que je te sais incapable de faire une chose pareille. Arthur est la personne pour laquelle Noel se serait le plus facilement arrêté. Mais il semble vraiment troublé et aux abois – joue-t-il la comédie ? Duff, Ventriss, Jilali – tous plus ou moins plausibles. Certains ont peut-être un alibi. Si c'est le cas, le choix se réduit encore davantage. Donc, voilà. Qu'est-ce que tu en penses ? »

Ellen secoua tristement la tête.

— Je ne sais pas. Ton raisonnement est tout à fait impressionnant. Mais il y a encore un aspect que tu n'as pas évoqué.

— Lequel ?

— Noel t'a écrit qu'il assurait ses arrières. Comment ?

— Ça, je n'en sais rien. Nul doute que nous finirons par l'apprendre.

Ils retournèrent à leur hôtel. Le réceptionniste avait un message pour Darrell.

— Une dame a téléphoné pour vous, M. Hutson. Je lui ai dit que vous étiez sorti.

— Une dame ? A-t-elle laissé son nom ?

— Non, monsieur. Elle a dit qu'elle rappellerait.

— Je vois.

Ellen monta dans sa chambre. Quelques minutes plus tard, Darrell frappa à sa porte et elle le fit entrer. Elle s'était changée et portait maintenant un tailleur bleu ciel. Ses cheveux étaient bien brossés et brillants.

— Si nous prenions un verre avant de dîner ? proposa Darrell.

— Je serai prête dans dix secondes.

— Une dame m'a téléphoné, dit Darrell.

— Vraiment ? Qui ça ? Mme X ?

— Je ne sais pas. Peut-être quelqu'un des pompes funèbres. Si nous allions en face, au Masquerade, au cas où elle rappellerait ?

Ellen hésita.

— Nous pourrions rencontrer Duff et Arthur.

— S'ils ont le culot de s'y montrer, j'en aurai assez moi aussi pour les regarder en face.

Ellen rit assez faiblement.

— Dit comme ça, je crois que je l'aurai aussi.

Darrell s'arrêta à la réception avant de sortir.

— Si la dame rappelle, dit-il à l'employé, je serai au Masquerade.

— Entendu, monsieur.

Ils traversèrent la rue et franchirent le seuil. Ellen se raidit. Arthur Upshaw et Duff étaient assis dans une alcôve. Upshaw les regarda d'un air impassible. Duff fronça les sourcils et se passa les doigts dans ses cheveux en bataille.

Darrell s'arrêta net. Il sentit la rage monter en lui, mais Ellen le prit par le bras et l'entraîna vers le bar.

— Bonsoir, les amis, dit Phil Beresford. Et pour vous, qu'est-ce que ce sera ? Allez-y, profitez-en, parce qu'il ne reste plus que trois jours.

Darrell commanda des martinis. M. Burdette, assis sur son tabouret habituel, agita un doigt réprobateur vers Ellen.

— Eh bien, ma jeune demoiselle, il est grand temps que vous montriez votre visage. Nous avons une petite affaire à voir ensemble.

— Oui, M. Burdette. Elle est garée dehors. Vous pouvez la reprendre, maintenant.

Elle lui tendit les clés, mais il leva les mains en protestant :

— Je conduis en ce moment une voiture de démonstration. Que voulez-vous que je fasse de deux voitures ?

— Préférez-vous que je vous la rapporte demain matin ?

— Excellent. Soyez gentille de conduire prudemment ce soir.

Phil servit les boissons.

— Au fait, M. Hutson, la journaliste amateur voudrait vous parler.

Darrell eut un rire gêné, conscient de la présence d'Ellen à son côté.

— Elle m'a soutiré tout ce que je sais hier soir.

— Je vais quand même lui demander de descendre. T-Bone a l'art de mettre de l'animation. (Il fit signe à son assistant.) Hé, Charley ! Appelle T-Bone, dis-lui que la soirée bat son plein. M. Burdette est soûl, et il distribue des boîtes de chocolats.

M. Burdette frotta ses joues rebondies.

— Samedi est votre dernier soir, Phil ?

— C'est bien ça, M. Burdette. Ça me fait un peu mal au cœur de m'en aller.

— J'imagine que c'est la maison qui offre, samedi ?

— Et aussi tout le dimanche et tout le lundi.

T-Bone fit son apparition. Elle s'arrêta un instant en voyant Ellen, puis elle s'avança. Elle jeta un coup d'œil à M. Burdette, puis à Phil en fronçant le nez.

— Il n'est pas en train de donner des boîtes de chocolats.

— J'ai autre chose pour vous, si vous voulez, répliqua M. Burdette.

— Du calme, M. Burdette, dit Phil. Ce genre de propos fait sortir Mama de sa cuisine. Ça me ferait de la peine si vous étiez privé de tous ces steaks.

T-Bone se glissa sur un tabouret à côté de Darrell.

— Bonsoir, M. Hutson.

— Bonsoir, T-Bone.

— Il y a du nouveau au sujet de Noel ?

— Pas à ma connaissance.

— La police sait-elle qui l'a tué ?

— Si elle le sait, elle ne m'en a rien dit.

— Quel dommage, dit T-Bone. Noel était un si gentil garçon. J'étais amoureuse de lui, pas vrai, Phil ?

Il se gratta la tête.

— J'ai oublié. Quel jour sommes-nous ?

— Est-ce qu'il t'arrive d'être sérieux, Phil ?

— Tu agis sur moi comme un alcool fort, T-Bone. En parlant d'alcool, puisque personne ne paye, je crois que je vais me servir un verre.

(Il se prépara un cocktail.) Le prochain coup, M. Burdette n'aura droit qu'à une demi-dose.

M. Burdette le dévisagea d'un air perplexe.

— Pour un homme qui se fait expulser de son commerce, vous me semblez d'excellente humeur.

— Mieux vaut en rire qu'en pleurer, M. Burdette.

T-Bone se tourna vers Darrell.

— Que comptez-vous faire du bateau de Noel ?

— Rien. Vous le voulez ?

T-Bone rit de plaisir.

— Je peux vraiment l'avoir ?

— Certainement.

— Qu'est-ce que je fais, Phil ? Je le prends ?

— Prends tout ce qui se présente, du moment que c'est gratuit.

— Tu m'aideras à le repeindre ?

— À condition que tu mettes ton bikini.

— Voilà une petite opération à laquelle j'aimerais participer, dit M. Burdette.

Phil secoua la tête.

— Quand T-Bone et moi sommes occupés à peindre, nous n'aimons pas être dérangés.

Il regarda par-dessus son épaule et se mit la main sur la bouche.

Mme Phil s'avança sans un regard autour d'elle. Elle marmonna quelques mots à l'oreille de son mari, et retourna aussitôt dans la cuisine. Phil se tourna vers Darrell :

— Téléphone pour vous. Prenez-le dans la cabine.

— Ça doit être la dame mystérieuse, dit Darrell à Ellen. Commande-nous un autre verre.

Il descendit de son tabouret et traversa la salle, en passant à côté d'Arthur Upshaw et Duff. Les deux hommes détournèrent la tête.

Il entra dans la cabine dont il referma la porte avant de décrocher le combiné.

— Darrell Hutson à l'appareil.

— Allô, M. Hutson ?

— Oui, c'est moi.

— C'est Mme Ritterman, de l'hôtel.

— Ah, oui, Mme Ritterman.

— J'ai lu dans les journaux ce qui est arrivé à Noel. C'est bien triste. C'était un gentil garçon. Je suis vraiment désolée.

— Oui, moi aussi.

— Il a ses affaires ici. Ses vêtements.

— Est-ce qu'ils iraient à votre mari ? Parce que, dans ce cas…

— Les vêtements d'un mort ? Ah non, ça, jamais ! Et il y a aussi ces deux paquets. Il m'avait demandé de les garder et de n'en parler à personne. Mais maintenant qu'il est mort.

Darrell s'efforça de parler calmement.

— De quels paquets s'agit-il ?

— Il m'a écrit une lettre à propos de ces paquets qu'il m'envoyait pour que je les mette bien de côté, au cas où il ne serait pas là. Mon mari les a rangés à la cave.

— C'était quand ?

— Après le départ de Noel – quelques jours après.

— Je vois. C'est très intéressant. Surtout, n'en parlez à personne.

— À personne ?

— Non. Quelqu'un viendra les chercher ce soir ou demain matin.

— Très bien. J'attendrai.

— Merci de m'avoir appelé, Mme Ritterman.

— Je l'ai fait à cause de ce que j'ai lu dans les journaux. C'est terrible, ce qui se passe de nos jours !

Darrell raccrocha. Il ouvrit la porte de la cabine et balaya la salle du regard. Ellen, toujours assise au bar, l'observait avec curiosité. Arthur Upshaw et Duff l'épiaient. Noel avait assuré ses arrières. Il avait pris la précaution de poster l'héroïne. Ses pensées, ses peurs, ses mobiles et ses plans étaient maintenant révélés au grand jour. Assis dans le hall désert du Gîte d'Étape, il avait échafaudé sa stratégie.

« Câble-moi l'argent à la Lombard Bank de Tanger. Je passerai le prendre quand j'y serai. Je viens juste de penser à un moyen d'assurer mes arrières, et je serai en sécurité au moins jusqu'à Tanger. Je vais sans doute devoir trouver les bons arguments… »

Voilà ce que Noel avait écrit. Le lendemain matin, il était entré dans Erfoud où il avait posté l'héroïne à l'intention de Mme Ritterman.

Il avait assuré ses arrières – ou du moins le croyait-il.

Quelqu'un ne lui avait laissé aucune chance de présenter ses arguments, aucune chance de s'expliquer. Quelqu'un avait tué Noel sans lui poser de questions.

Sans lui poser de questions ? Mais Noel avait été tué d'une balle dans la poitrine. Quelqu'un avait-il posé des questions, et tiré ensuite ? Perplexité…

Ellen le regardait d'un air de plus en plus étonné. Darrell se dirigea vers le bar. Au passage, Arthur Upshaw releva la tête. Darrell s'arrêta, frémissant de dégoût. D'une étrange voix métallique, il dit :

— Vous avez un sacré toupet tous les deux de vous montrer ici.

Arthur Upshaw resta impassible, mais Duff répondit avec véhémence :

— Elle a tué votre frère, espèce d'imbécile ! Elle a tué votre frère, et elle nous a dépouillés !

— Ellen n'a pas pris votre héroïne, Duff.

Le jeune homme éclata d'un rire amer.

— Quand elle veut, elle est très forte pour vous embobiner. Elle vous mène par le bout du nez !

Darrell secoua la tête. Il commençait à éprouver une immense satisfaction.

— Vous m'avez vu prendre cette communication ? Ellen n'a jamais touché à votre héroïne. Je viens juste d'apprendre où elle est. En dix minutes, je pourrais mettre la main dessus.

— Où ça ?

La question venait d'Upshaw. On aurait dit qu'il éructait.

Darrell éclata de rire.

— Vous le saurez en lisant les journaux demain. Excusez-moi, il faut que je réfléchisse un peu.

Il retourna à sa place au bar. Ellen lui demanda :

— Qui était la dame ?

— Mme Ritterman, la patronne de l'hôtel de Noel. Elle voulait savoir ce qu'il fallait qu'elle fasse de ses affaires. (Il lui serra doucement la main.) Excuse-moi une minute. J'ai besoin de réfléchir. Je crois que je tiens une piste.

— Encore une de tes théories ?

— Oui, et peut-être la bonne, cette fois. Les autres étaient à côté de la plaque.

Il contempla le fond de son verre. Il n'entendait plus le bruit autour de lui – les conversations et les rires, les verres et les glaçons qui cliquetaient, le *ding* de la caisse enregistreuse, le tapotement des clés avec lesquelles Ellen jouait.

Phil était plongé dans une discussion avec M. Burdette.

— Vous voulez dire qu'il y a des femmes plus belles que T-Bone ? Donnez-moi un nom, un seul, et je la dévore. Si j'arrive à l'attraper.

— Eh bien, disons Hélène de Troie, par exemple.

— Sans comparaison. À l'époque, il les aimaient robustes et bien en chair, pas mignonnes comme T-Bone.

— Quoi ? Le visage qui par-dessus les mers lança mille vaisseaux ?

— T-Bone a grugé mille gogos par-dessus les verres. Sans compter les assiettes.

Il pinça affectueusement la joue de la jeune femme.

— Voyons, Phil ! Tiens-toi bien ! Psst, voilà Mme Phil.

Mme Phil passa à côté de T-Bone en lui lançant un regard glacial.

— Téléphone, dit-elle d'une voix bourrue à M. Burdette, puis elle retourna là d'où elle venait.

M. Burdette glissa ses fesses bien rembourrées à bas de son tabouret et disparut dans la cuisine.

Phil secoua la tête.

— Ce n'est vraiment pas juste. Je me récolte un regard torve parce que j'examine les amygdales de T-Bone, pendant que Mama flirte avec M. Burdette dans la cuisine. Elle dit que c'est le téléphone, mais en fait, elle le gave à deux mains de côtelettes d'agneau. Je vais faire retirer ce téléphone de la cuisine, pour savoir ce qui se passe ici.

Darrell sentit une tape sur son épaule. Il se retourna et se trouva nez à nez avec Arthur Upshaw.

— Je veux vous parler. J'ai une proposition qui pourrait vous intéresser.

— Oubliez-la, M. Upshaw.

— Ne faites pas l'imbécile, Hutson, dit Upshaw d'une voix menaçante. Cette affaire ne vous concerne pas. Ne vous en mêlez pas.

— Mais si, elle me concerne. Mon frère a été assassiné. Et dans deux minutes, je vais appeler la police et tout leur raconter.

— Leur raconter quoi ?

— Leur dire où ils peuvent trouver l'héroïne. Où ils peuvent venir chercher l'homme qui a tué Noel.

— Dites-le-moi, dites-le-moi ! s'écria T-Bone. Je veux savoir !

Darrell fit tourner son verre. Cinq visages l'observaient. Le groupe était assis ou debout au fond du bar, où les autres clients ne pouvaient les entendre.

— Très bien, fit Darrell. Je vais vous le dire. Je vais vous le dire à tous. Ce n'est pas un mystère – enfin, plus maintenant. Il y a cinq minutes, j'ai appris que le matin où Noel a été tué, il a mis deux colis à la poste à destination de Tanger.

Arthur Upshaw et Duff se penchèrent en avant, en fixant leur regard brûlant sur Darrell.

— Continuez, grinça Upshaw.

— Est-ce bien nécessaire ? Ce qui s'est passé n'est-il pas très clair ? Quelqu'un extérieur à votre organisation a tué Noel. Appelons-le M. X. Ni vous ni Duff, ni aucun de vos associés, n'auriez tué Noel dans ces circonstances. Vous auriez été bien trop anxieux de récupérer votre marchandise. Mais M. X est parti vers le sud au milieu de la nuit. Il a arrêté Noel. Il n'y avait rien à bord du camion. Pas d'héroïne. M. X a quand même tué Noel, pour l'empêcher de raconter l'histoire à Tanger. (Darrell s'arrêta un instant pour boire une gorgée de son whisky.) La question est donc maintenant de savoir qui est M. X.

Il regarda le groupe. Cinq paires d'yeux étaient braquées sur lui.

— Allez-y, dit Arthur Upshaw.

— Quand il était à Erfoud, Noel a passé trois coups de fil à Tanger.

— Non, s'écria Duff, deux !

— Trois. Le premier était au Balmoral. Aktouf lui a dit que M. Upshaw était sorti. Noel a ensuite appelé chez les McKinstry. Pas de réponse. Au troisième appel, il a parlé à M. X. Noel était très excité. Il a sans doute fait comprendre clairement ce qu'il transportait – ou refusait de transporter. M. X a pris la route du sud. Il a tué Noel. Mais pas de butin. M. X était furieux. Tout comme Mme X – ou Mlle X. Il y avait aussi une femme avec lui. Tous ces efforts pour rien. La longue route, le meurtre, et maintenant le retour. Ils ont dû être très déçus. Ils ont fait rouler le camion dans le ravin, et ils sont rentrés à Tanger.

— Tout cela est très clair, dit Arthur Upshaw d'une voix grinçante. Qui sont ces deux personnes ?

— Où Noel ferait-il un troisième appel dans l'espoir de vous trouver ? Pourquoi pas ici, au Masquerade Bar ?

Arthur Upshaw se tourna vers Phil. Duff se tourna vers Phil. Darrell se tourna vers Phil. Celui-ci fit un pas en arrière.

— Oh là, oh là. Qu'est-ce que c'est que cette histoire ?

— C'est vous qui avez pris la communication, dit Darrell. Qui d'autre l'aurait pu ?

— Vous êtes complètement dingue ! s'écria Phil. Vous croyez que je suis descendu là-bas à toute vitesse et que j'ai tué Noel ? Vous êtes cinglé !

— Vous avez une voiture de sport – une MG. Ce n'est pas une Mercedes, mais c'est assez similaire si on ne fait pas trop attention.

Phil s'adossa à la tablette derrière lui, avec un petit sourire amusé.

— Darrell, je vous croyais plus malin. Regardez-moi ici, dans ce bar. Ça fait un an que je n'ai pas pris un soir de congé. Tout le monde vous le dira. Demandez à M. Burdette. Demandez à T-Bone. Vous croyez que je pourrais partir d'ici à deux heures du matin, à moitié bourré comme je le suis en général, et faire toute la route jusqu'à Erfoud ? C'est débile !

Darrell hésita.

— Vous y êtes peut-être allé en avion.

— Dans mon avion privé ? Sur un manche à balai ? Votre raisonnement prend l'eau de partout. Je vous le dis, ce coup de fil n'est pas arrivé ici. Et si vous ne me croyez pas, demandez à Mama. C'est toujours elle qui décroche. Elle vous le dira. Réglons ça tout de suite. (Il alla jeter un coup d'œil dans la cuisine.) Hé, Mama, tu peux venir une minute ? Hé, Mama !

Phil entra dans la cuisine. Duff le suivit aussitôt. Ils entendirent la voix de Phil :

— Mama !

Il ressortit, le visage triste et incertain.

— Mama a pris la poudre d'escampette, M. Burdette aussi. À moins qu'ils ne soient en train de manger quelque part en cachette.

Darrell ressentit un déclic dans sa tête. Il eut l'impression qu'un filet d'eau glacée lui coulait dans le dos.

— Mama écoute les conversations téléphoniques ?

— Je suis navré de dire que oui.

— Elle a donc entendu Mme Ritterman me parler.

— Ritterman ! beugla Duff. C'est l'Hotel de los Dos Continentes, l'hôtel de Noel ! C'est là qu'est la marchandise ! Allons-y !

— Appelle un taxi ! cria Arthur.

Duff arracha les clés des mains d'Ellen.

— Prenons la Mercedes !

Ils sortirent du bar en courant.

Phil se tenait la tête entre les mains.

— Quelque chose ne va pas ! C'est une des fables de T-Bone. C'est impossible. Pas le gentil M. Burdette et Mama. S'il vous plaît, quelqu'un, réveillez-moi de ce cauchemar.

— Son agence est remplie de voitures de sport, dit Ellen.

Phil sortit de derrière le bar.

— On ne peut pas rester comme ça sans rien faire. Allons-y ! C'est une soirée de gala ! C'est tellement pathétique que c'en est drôle ! Arthur et Duff lancés à la poursuite de Mama et de M. Burdette !

— Qu'est-ce qu'ils ont fait ? s'écria T-Bone. Est-ce que quelqu'un va me le dire ?

— Il faut que j'appelle la police, dit Darrell.

— Je m'en occupe, dit Ellen. Ça ira plus vite.

Elle se précipita vers la cabine du téléphone.

— Si vous voulez venir, c'est maintenant ! cria Phil sans s'occuper des regards effarés de ses clients. Ils ont une sacrée avance !

T-Bone le tira par la manche.

— Je veux venir, moi aussi.

— Appelle tes copains des journaux ! Il y a cent mille francs à gagner. C'est le scoop du siècle !

T-Bone hésita, puis elle courut à la cabine. Elle secoua la porte. Ellen sortit. T-Bone s'y engouffra, et ressortit aussitôt.

— Phil ! Je n'ai pas un sou !

— Prends ce qu'il te faut dans la caisse. Je ne peux pas attendre !

— Mais je ne sais pas quoi leur dire ! Je ne sais pas ce qui s'est passé !

— Dis-leur la triste vérité : Mama et M. Burdette ont massacré le pauvre Noel Hutson !

Darrell et Ellen s'entassèrent dans la MG, Phil démarra et fit brutalement demi-tour. Ils descendirent la colline dans un rugissement de moteur. Venant d'une autre direction, ils entendirent un bruit de sirène.

— Nous ne les rattraperons jamais, gémit Phil. Ah, si j'avais pu imaginer…

— Ma foi, dit Darrell avec amertume, je me suis vraiment ridiculisé. Pendant que j'étais là avec mes théories, ils chargeaient l'héroïne dans leur coffre.

— Vous n'étiez pas si loin de la vérité, le consola Phil. Je ne vous reproche rien.

Ils traversèrent le boulevard Pasteur, tournèrent à gauche au bas de la colline et débouchèrent dans la Calle Erasmus. Mme Ritterman se tenait sur le seuil, regardant autour d'elle d'un air éberlué. Elle vit Darrell et lui demanda d'un ton plein d'espoir :

— Vous avez bien envoyé quelqu'un pour les paquets, M. Hutson ? J'ai bien fait, hein ?

— Où sont-ils allés ? s'écria Phil.

— Par là ! (Elle pointa vers l'autre bout de la rue.) Il y a juste une minute. Et une autre voiture aussi. Il y a juste une minute !

Derrière eux se fit entendre un mugissement de sirène. La MG s'élança dans un crissement de pneus.

— Ils ont dû tourner et rejoindre le bord de mer. C'est le seul endroit où mène cette rue. Accrochez-vous bien ! Ah, bon sang de bonsoir ! Je suis vraiment épaté. M. Burdette, si doux et si tranquille. Mama a dû le nourrir avec une viande sacrément forte.

Phil fit un virage serré à droite et ils traversèrent un terrain vague en cahotant.

— C'est un raccourci, expliqua Phil. Nous gagnons une centaine de mètres sur eux.

Ils furent secoués en descendant du trottoir, et ils se retrouvèrent sur la route du bord de mer.

Cinq cents mètres plus loin apparut une petite étincelle, puis une rapide flamme rouge comme un coquelicot.

Ellen retint son souffle. Phil fit claquer sa langue contre ses dents.

— Mauvais, ça…

La flamme grandit, devint une boule orangée, épaisse comme du miel et striée de fumée noire. Phil s'arrêta à une cinquantaine de mètres et bondit hors de la voiture. Un camion-citerne transportant de l'essence gisait sur le flanc en travers de la route. Au-dessous, visible au milieu des flammes, était encastrée la carcasse d'une voiture de sport. On pouvait y distinguer deux formes noires, anonymes comme des traversins.

Une foule était déjà rassemblée. Plusieurs voitures s'étaient arrêtées. La Mercedes était un peu plus loin devant. Debout sur la chaussée, Arthur et Duff contemplaient les flammes. Upshaw faisait deux ou trois petits pas en avant, puis reculait aussi vite. Derrière eux, une voiture de police s'arrêta dans un hurlement de sirène. Trois hommes en uniforme blanc s'élancèrent vers le brasier, mais ils furent obligés de s'arrêter, impuissants.

Phil retourna à sa voiture.

— Non, je ne peux pas voir ça…

Ils s'éloignèrent lentement, avec de grandes lueurs orangées qui se reflétaient dans le pare-brise. Phil poussa un profond soupir.

— Je me sens un peu triste. Pauvre Mama. Pauvre M. Burdette. Le monde vient juste de prendre fin pour eux… Ça fait un drôle d'effet.

CHAPITRE XVI

Phil se gara devant le Masquerade. Ils descendirent tous les trois. T-Bone accourut.

— Qu'est-ce qui s'est passé, Phil ? Où étiez-vous ?

Phil lui mit un bras autour des épaules.

— On a poursuivi Mama et M. Burdette, T-Bone. On les a poursuivis et poursuivis, jusqu'à ce qu'il n'y ait plus rien à poursuivre.

— Mais qu'est-ce qui s'est passé ? Où ils sont ?

— Ils sont morts. Ils ont percuté un camion d'essence, probablement à cent à l'heure.

— Phil ! Ce n'est pas vrai !

— Tout ce qu'il y a de plus vrai. En ce moment même, Mama est en train de donner à M. Burdette des sandwiches à l'ambroisie. Ou plus vraisemblablement des milk-shakes au soufre.

T-Bone enfouit son visage dans le creux de l'épaule de Phil, qui lui caressa doucement les cheveux.

— Ne sois pas triste, T-Bone – pas pour moi, en tout cas. Tu sais comment c'était...

— Je sais, mais...

Il hocha la tête.

— Ça fait un choc quand tout explose aussi brutalement. Venez, Darrell, Ellen. Allons boire un coup.

Il prit T-Bone par le bras et l'emmena à l'intérieur. Darrell et Ellen les suivirent. Leurs verres étaient là où ils les avaient laissés. À la place favorite de M. Burdette, un whisky solitaire attendait, avec un dernier morceau de glace flottant à la surface. Phil se glissa sous le comptoir et prit le verre. Il s'apprêtait à le vider dans l'évier quand il s'interrompit. Il alla dans la cuisine et en revint avec une violette d'Afrique. Il la mit dans le verre et posa le bouquet improvisé sur la caisse enregistreuse.

— À la mémoire de M. Burdette et de Mama, dit-il, même si c'étaient des assassins et des bandits.

Il jeta un coup d'œil à la salle. C'était l'heure du diner, et le bar était presque désert. Quelques visages se tournèrent vers lui. Phil fit signe au serveur :

— Charley, verrouille tout. Le bar est fermé pour la nuit. On ne sert plus à boire.

Arthur Upshaw et Duff réussirent à entrer avant que Charley n'ait pu fermer la porte. Le visage d'Upshaw ressemblait à une tête de mort, et une rage meurtrière brillait dans ses yeux. Il s'avança vers le bar et foudroya Darrell du regard.

— Est-ce que vous vous rendez compte du coût de votre interférence ? Quatre cent mille livres, mon argent !

— Une grosse quantité d'héroïne est partie en fumée, dit Darrell. C'est ça que vous voulez dire ?

Upshaw se tourna brusquement vers Phil.

— Un double scotch.

— Le bar est fermé, M. Upshaw. Je ne sers plus à boire ce soir.

Sans un mot, Arthur Upshaw se retira dans le hall du Balmoral. Duff hésita, regarda Ellen.

— Je suis désolé pour hier, tu sais. Vraiment désolé.

Ellen détourna la tête. Duff haussa les épaules. Il jeta les clés de voiture sur le comptoir et suivit Upshaw.

Phil posa deux bouteilles de whisky sur le comptoir.

— C'est la maison qui offre. Dommage que M. Burdette ne soit pas là pour en profiter. Mais voilà, c'est la vie.

— Je n'ai absolument rien compris, gémit T-Bone.

Tout en remplissant les verres, Phil secoua la tête.

— Je n'y comprends pas grand-chose non plus.

— Mais qu'est-ce qui s'est passé, Phil ?

— Eh bien, pour ce que je crois savoir, M. Burdette et Mama ont pensé qu'ils avaient besoin d'un peu d'argent. Ils n'ont pas tout à fait réussi à en trouver, et ils ont tué Noel Hutson par dépit.

— Mais M. Burdette et Mama… !

— Oui, T-Bone, je sais, c'est un choc. (Il avala les deux tiers de son verre.) Mais s'il y a une chose que j'ai apprise au cours de mon existence sur cette terre, c'est qu'on ne peut jamais savoir ce qui se passe dans la tête des autres, conclut-il en la regardant fixement.

— Phil, arrête ! (T-Bone s'installa sur le tabouret.) Ça me fait tout drôle.

Phil vida son verre qu'il reposa sur le comptoir.

— Ouais, c'est vraiment une drôle d'histoire, la vie. Je n'ai pas encore tout compris. Darrell, buvez votre scotch. C'est une nuit exceptionnelle. Il y a des chances pour que je sois un peu bourré. Ellen, videz votre verre. C'est une fête d'adieu. Pour Noel et Mama et M. Burdette. (Il se resservit un mélange de whisky et d'eau de Seltz, et il leva son verre.) Salut à vous, et bon voyage ! (Il fit signe au garçon.) Charley, commence à éteindre les lumières, et flanque-moi tous ces gens dehors.

Phil remplit de nouveau les verres.

— C'est la meilleure façon de faire une veillée funèbre, avec un bar bien garni où on peut se promener à son aise. T-Bone, trempe ton bec. C'est gratuit.

— Je n'aime pas trop le whisky.

— Jette-le dans l'évier. Je vais te préparer quelque chose de bien. Champagne et cognac, avec deux traits d'angostura sur du sucre. Alors, qu'est-ce que tu en dis ?

— Ça a l'air très bon, mais je n'ai pas le temps de le boire. (Elle jeta un coup d'œil vers le hall du Balmoral.) Il faut que j'aille me changer.

— Te changer ? Pour quoi faire ? Tu es très bien comme ça.

— Je suis invitée à dîner.

— Ça, c'était avant que tu deviennes ma nouvelle fiancée.

T-Bone eut un petit rire gêné.

— Comment pourrais-je être ta fiancée, Phil ?

— C'est indispensable, T-Bone. Je ne peux pas te faire entrer aux États-Unis à moins de t'épouser. (Il jeta prudemment un coup d'œil par-dessus son épaule, vers la cuisine.) Ah, bon sang ! J'ai vraiment pris une sale habitude.

— Phil, est-ce que tu seras jamais sérieux ?

— Je suis parfaitement sérieux. Je vais rentrer aux États-Unis. Si tu veux venir avec moi, tu ferais mieux de commencer à préparer ton trousseau.

T-Bone se pencha au-dessus de son verre.

— Où ça, aux États-Unis ?

— New York, Beverly Hills, Honolulu. Je ne sais pas encore très bien.

— J'ai un ami à Hollywood, dit T-Bone d'un air songeur. Il m'a promis de me faire tourner un bout d'essai.

Phil lui prit le menton et le souleva légèrement.

— Ça veut dire oui, ou ça veut dire non ?

— Oui ou non à quoi ?

— Tu viens avec moi aux États-Unis ?

— Alors, tu pars vraiment ?

— Absolument que je pars. Tu crois que je veux rester ici ? (Il se versa une bonne rasade de whisky.) Nous allons régler cette affaire tout de suite. T-Bone, regarde-moi dans les yeux et répète après moi : Je…

T-Bone sauta à bas de son tabouret.

— Phil, je ne peux pas rester une minute de plus. M. Sverdlup va arriver, et je n'ai même pas encore pris mon bain.

Elle lui tapota la main.

— T-Bone ! Tu es ma fiancée, oui ou non ?

— J'ai promis à M. Sverdlup…

— T-Bone ! Oui ou non ?

— Oui, mais…

— Mais quoi ?

— Rien.

— Répète après moi : M. Sverdlup, vous pouvez aller vous faire voir.

— Non, Phil, je ne pourrais pas. Il est très gentil, et maintenant…

— T-Bone ! Regarde-moi dans les yeux. Dis : Je t'aime à la folie.

— Je t'aime à la folie.

— C'est mieux. Tu as fait de moi un homme heureux, T-Bone. (Il leva son verre.) À nos nouvelles vies !

Ils burent, et T-Bone partit se préparer pour son dîner.

Phil referma la porte derrière elle.

— Si j'avais pour deux sous de bon sens, je partirais demain très tôt, avant que T-Bone ne se souvienne qu'elle veut aller à Hollywood. Je pourrai toujours dire que j'étais soûl. (Le bar était à présent presque vide. Phil versa sans compter du whisky, du champagne et du cognac.) Un autre toast : À la mémoire de Noel, M. Burdette et Mama !

Ellen rit tristement.

— C'est un drôle de toast. Les assassins et la victime réunis.

— Ouais, dit Phil. En général, ça ne se fait sans doute pas.

Il alla prendre le verre avec la violette d'Afrique posé sur la caisse enregistreuse et il le vida lentement dans l'évier.

— Adieu, Mama. Adieu, M. Burdette. Malgré vos péchés, je vous souhaite bonne chance.

Il jeta le verre dans la poubelle.

Darrell et Ellen se levèrent.

— Venez avec nous, Phil, dit Darrell. On va manger quelque chose.

— Vous avez raison. C'est trop triste, ici. Je vide la caisse et je vous rejoins.

Ils attendirent dehors sous la lumière verte de l'enseigne. Un déclic. Les néons s'éteignirent. La rue semblait désolée et sans couleurs.

Quelques minutes plus tard, Phil sortit et ils descendirent ensemble la colline vers la place de France.

Jack Vance est né en 1916 en Californie, dans une famille aisée qui a connu des revers de fortune alors que Jack était encore enfant. Jeune homme, il est donc obligé d'occuper une série d'emplois ingrats avant de pouvoir suivre des cours à l'université de Californie, à Berkeley : génie minier, physique, journalisme et littérature anglaise. À la fin de ses études, alors que l'Amérique entre en guerre, il s'engage comme simple matelot dans la marine marchande. Plus tard, il travaille comme mécanicien de chantier, arpenteur, céramiste et charpentier avant que sa production de romans et de nouvelles dans les domaines de la science-fiction, de la fantasy et du policier ne lui permette de vivre de son écriture et de s'y consacrer à plein temps.

En plus de soixante ans de carrière, sa production a été prodigieuse et lui a valu de nombreux honneurs : trois prix Hugo, un prix Nebula, un prix World Fantasy pour l'ensemble de son œuvre ainsi qu'un prix Edgar-Allan-Poe décerné par l'Association américaine des auteurs de romans policiers. L'Association des écrivains de SF et de Fantasy lui a décerné le titre de Grand Maître, et il a été admis dans le Science Fiction Hall of Fame en 2001.

Il a su explorer une variété de genres en en repoussant les limites, que ce soit de la fantasy sombre (en particulier le cycle de la Terre mourante, qui a influencé de nombreux auteurs), des space opéras interstellaires, de la fantasy héroïque (la trilogie Lyonesse), ou encore des romans policiers dont le personnage principal est shérif d'un comté rural de Californie (la série Joe Baine). Une histoire vancienne est souvent centrée sur un protagoniste extrêmement compétent plongé dans des situations périlleuses sur une planète où l'aventure est son lot quotidien, ou encore sur une jeune personne qui s'embarque pour une odyssée semée d'embûches dans des régions peuplées d'ennemis redoutables...

Vers la fin de sa carrière, un groupe de fans à travers le monde s'est constitué pour rétablir ses œuvres sous leur forme originelle, en restaurant des textes malmenés ou amputés par des éditeurs surtout préoccupés par le nombre de pages qu'ils pouvaient caser dans un magazine « pulp ». Le résultat a été la Vance Integral Edition, version définitive de l'œuvre vancienne en 44 volumes magnifiquement reliés. Spatterlight publie à présent les textes du projet VIE sous la forme d'ebooks et de livres imprimés à la demande.

Ce livre a été imprimé en utilisant Adobe Arno Pro comme police de caractères principale, avec NeutraFace pour la couverture.

Cet ouvrage a été créé à partir des archives numériques de la Vance Integral Edition, une série de 44 volumes produits sous l'égide de l'auteur par un groupe de ses lecteurs répartis à travers le monde. Le projet VIE exprime sa reconnaissance à l'aide éditoriale que lui a apportée Norma Vance, ainsi qu'à la collaboration du Département des collections spéciales de l'université de Boston, dont la collection consacrée à John Holbrook Vance a été une source importante de matériau textuel.

Remerciements particuliers à R.C. Lacovara, Patrick Dusoulier, Koen Vyverman, Paul Rhoads, Chuck King, Gregory Hansen, Suan Yong et Josh Geller pour leur aide précieuse dans la préparation des versions finales des fichiers sources.

Composition et mise en page : Joel Anderson

Direction artistique et dessin de couverture : Howard Kistler

Correction : Patrick Dusoulier

Quatrième de couverture : Matt Hughes

Direction : John Vance, Koen Vyverman

www.ingramcontent.com/pod-product-compliance
Lightning Source LLC
Chambersburg PA
CBHW031958240626
47153CB00003B/1020